久野豊彦傑作選

ブロッケン山の妖魔

嶋田厚＝編

工作舎

久野豊彦傑作選

ブロッケン山の妖魔

嶋田厚＝編

工作舎

目次

2

猫の耳

詩・言葉とタイポグラフィの冒険・掌編

4

私の履歴書

自伝・追悼文

ブロッケン山の妖魔

久野豊彦傑作選

久野豊彦

I

ブロッケン山の妖魔

短編小説

「虎に化ける」（『文学時代』昭和5年4月）

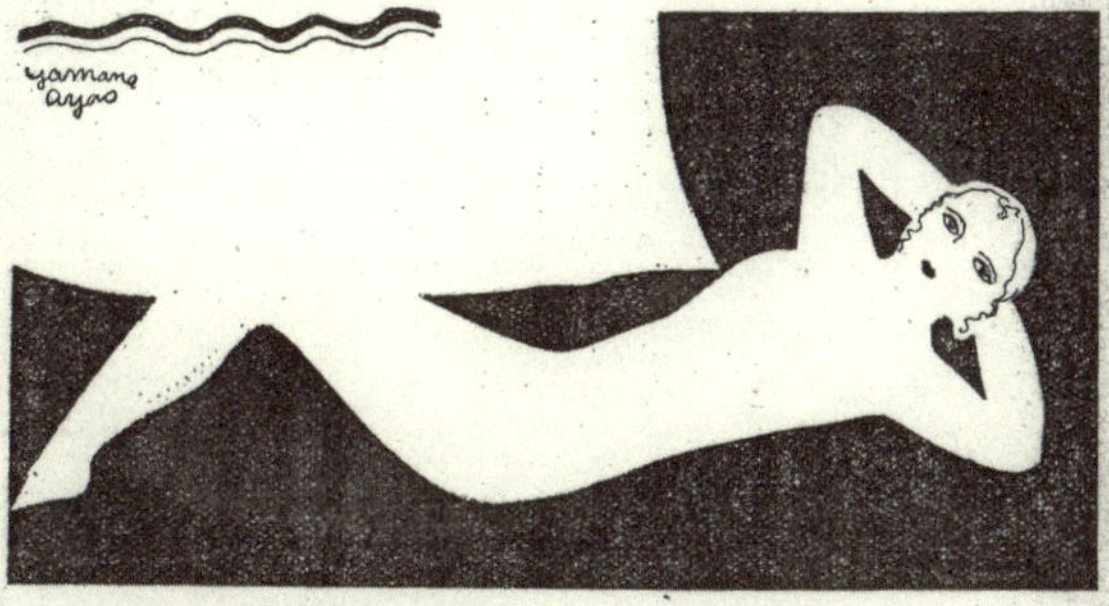

虎に化ける

久野豊彦

人は、たれでも、人のことを呼ぶのに人だと云ふものは、あんまり、なささうである。だから、人には、たいがい、物質名詞がよくつけてあるものだが、僕の友達の袋一馬は、たしかに袋一馬なのに、僕らの學生時代には、僕は彼のことを、

――わが親愛なアンチピリン君！

と呼んでゐたものだ。すると袋一馬のアンチピリン君は、どうやらニツク・ネエムといふものは、その人の急所を端的に表現するものと見えて遠くからでも、よく微笑をするのだつた。だから、アンチピリン君のことをアンチピリンと呼んでた方が、よつぽど、アンチピリンらしかつたのである。

ところが、この親愛なわがアンチピリン君が印度から生ける虎となつて送還されたといふ――驚くべき情報に接したので、僕は、周章《あわ》てゝ、アンチピリン君の邸宅へ虎を見にかけつけたのである。

坂の上をフオードのボロ自動車が、惡漢のやうに登つてゆくと、頂上では、天を挾撃してゐた並木が両側から躍りでてきて、僕の頭を盛んに亂打してゐたが、そんなことにはうはの空で僕は揺られながらも、どうして、彼が虎に化けたものかと、思ひに耽けつてゐたのである。すると、僕の頭の中へ、彼が虎となり得べき、いろんな必然的な材料が、鮮やかに、聯想されてくるのだつた。

ブロッケン山の妖魔

I

白昼《はくちゅう》は云《い》うまでもなく、夜間でも、独逸《ドイツ》の空は、音響と色彩とで賑やかだった。工場街の巨大な煙突からは、紅い襟巻《えりまき》のような煙がのぼっていたり、ツェッペリンだの、無数の小さな飛行機からは、高いところで、果実《くだもの》のような新鮮な火をつけて、盛んに、往来していたりするので……

ところが、これらの空の機械が、ほんの少しばかし、格納庫《かくのうこ》の蒲団《ふとん》のなかで、昼寝をむさぼっている隙間《すきま》を狙って、ハルツ山《さん》の一霊峰《れいほう》、ブロッケンの山巓《さんてん》へ、大胆にも、時々、奇怪《きっかい》な大入道《おおにゅうどう》が現れでるというので、みんなが、この大入道のことをブロッケンゲスペンストと呼んでいたが、さて、この大入道は、欧羅巴《ヨーロッパ》の空からか、それとも、欧羅巴《ヨーロッパ》以外の空からか、どこから、ブロッケン山《ざん》へ飛来してくるものなのか——

利《き》かぬ気の彼女が、このブロッケン山の妖魔《ようま》の正体を見届けに、アフリカ系の黒ん坊で、当時独逸《ドイツ》の大学街へ、医学と美容術とを研究にきていたR氏と一緒に出掛けたのは、一ケ月も前のことだったが、いまだに、彼等《かれら》は下山して来なかった。

——ことによると、大入道の餌食《えじき》になったのではあるまいか。

と、いま、馬車に揺られながら、独逸《ドイツ》の有名な山岳家ブラックマン氏と彼女の母親と友人の僕とが、次第に暮れゆくブロッケン山の山麓《さんろく》の方へ急いでいた。

すると、彼女の母親が、不審《ふしん》そうに、ブラックマン氏に訊《たず》ねるのだった。

——今時《いまどき》ほんとうに、ブロッケン山なんかに、大入道がでるんでございましょうか。

——そりゃ、でないとは限りませんよ。このごろうちも、ブラジリア辺《へん》でも、コルコウァダでも、大入道を見たっていう人の報告が山岳会へきているんですから。

ブラックマン氏は、母親の不審を打消しながらも、

——しかし、僕は、まだ、一度も観察したことはないんですが、

と、言葉をにごしていた。

――それじゃ、出るってこともあるのではございますね。でも、あたしには、なんだか、あれに同行していった黒ん坊が、どうやら大入道のような気がしてならないんでございますよ。

――しかし、R氏は立派な教養ある黒人紳士《くろんぼしんし》ですから、まさか、そんなことはありますまい。

――でも、あの人の教養ときたら、ゴリラが帽子を頭にのっけているようなものなんで、いつなんどき本性《ほんしょう》をだし、帽子をかなぐりすてて、あれに飛びかからぬとも限りません。もともと、あたくしは、あれが女だてらに、ブロッケン山の妖魔の正体なんか見届けにゆくってことが不賛成なんでしたのに、あれは、どうしても、利《き》かないもので、そいじゃ、妖魔よりは、あの黒ん坊の方にお気をおつけって申しますと、あれは、プンプン怒《おこ》って、ろくろく、あたくしに、返事もしなかったんでございますよ。

母親のいう、その彼女というのは、スペイン生れの女にしては、珍しく紅毛《あかげ》だった。名前をスプリシオといっていたが、南方スペインの感激性と軽快さに溢《あふ》れている彼女は、いつだって、彼女の方から好んで、僕らのまえで裸《はだか》となり、鳶《とび》色《いろ》の肌をしながら、マドリードの夏祭の歌をうたっては、手でカスタニエータを打ち鳴らす真似《まね》をして、踊り狂うので、誰でも、彼女のことを、スプリシオと云うよりは、「裸体《らたい》の意気女《いきおんな》」と呼んでいた。

この「裸体の意気女《いきおんな》」の潤《うるお》いのある優《やさ》しい瞳《ひとみ》！　顔中《がんちゅう》の愛嬌《あいきょう》を一杯、たたえた、小さなくくり顎《あご》！

——スプリシオ！

と、興奮して、僕が近づきかかると、このスペイン美人は、肉感的な濃艶《のうえん》さのなかから、聖母のような神々《こうごう》しさを見せびらかして、これは彼女の手品だとは、百も僕は承知しながら、つい、彼女の魔術《まじゅつ》にひッかかってしまうのだったが、それでも、彼女は、悔《く》いてはいないらしかった。

母親は、またしても、スプリシオのことを、こまごまと語りつづけていた。

あれは、あたくしの物の考え方には、ことごとく反対ばかしいたしているんでございますよ。それは、あの娘《こ》の考え方に、あたくしが、反対していることにもなるんですが、それにしても、どうして、あれが、黒ん坊なんかを愛するようになったものやら、どうにも、このあたくしには、あの娘《こ》の気持が分らないんでございます。尤《もっと》も、あの黒ん坊が、いつでも、紅《あか》や青や黄色のワイシャツを着ているところが、あれは、とてもいいって申していたんでございますよ。それに、あ

のアメリカの活動俳優《かつどうはいゆう》のロナルド・コールマン型とやらの口ひげを生《は》やしている
ところが、これはまた、流行《はやり》だとも申して居《お》ります。でも、あなたがた、お若い
方！　黒ん坊が口ひげを生やしたって、さて、何んになるんでございましょう？
——それは、R氏の近代的なアメリカ趣味《しゅみ》かも知れませんよ。
こう、僕が口を挟《はさ》むと、母親が一撃《いちげき》のもとに、僕の説を顛《ひっ》り覆《かえ》してしまった。
——なに、趣味でございますって？　生えていても、あの黒ん坊には生えてい
ないと同然な、それでいて、生えていなくっても、また、生えていそうに見える
のが、アメリカ趣味とか申すんでございましょうか。それなら、この、あたくし
にだって、生やして生やされぬこともない趣味でございます。
——それでは、スプリシオさんの悪趣味だとでも仰有《おっしゃ》るんですか。
——いえ、悪趣味のなんのというどころではございません。あれは、故国《ここく》のス
ペインをヨオロッパの片隅に忘れられた不思議な国だって、軽蔑《けいべつ》して、とうとう、
父親を、そそのかして、独逸《ドイツ》の方へ移転してしまったんでございますよ。でも、
あんなに黒ん坊を愛して、あたくしの云うことに滅茶苦茶に憤慨《ふんがい》したりするとこ
ろを見ますると、どうやら、あの娘《こ》には、誰よりも一番、ドン・キホオテの血が
まじっていそうでございます。あの娘《こ》の生れぬさきには、父親は、近郊で百姓《ひゃくしょう》

男《おとこ》をしていたんでございますょ。降誕祭《こうたんさい》が近づきかかると、七面鳥《しちめんちょう》の群《むれ》を小さな鞭《むち》でもって市街《まち》や広場の方へ追い立てては、気取った足取りで、七面鳥に歩《あ》るかせながら、やっと、そのあたりで売り払っては、どうにか年越《としこし》をしてきたものでございます。それが、あの娘《こ》の子供のころには、父親は夜番《よばん》をしていたんでございますよ。鍔広《つばひろ》の帽子《ぼうし》をかむり、灰色の合羽《かっぱ》をきて、父親の出掛けてゆく後《うしろ》姿《すがた》を、あれは見て、ろれつのまわらぬ癖《くせ》に、

――アベ、マリーヤ、プリシマ……二時！　晴れェ！

などと、節《ふし》をつけながら歌って、父親が、時刻と天気を知らせに街を歩るいている真似《まね》をしたりしていたんでございます。ところが、ある年、父親が富籤《とみくじ》に当たって、急に、あたくしたちが大富豪《だいふごう》になりますと、あの娘《こ》の女学生生活も、だんだん、放埒《ほうらつ》なものとなってきたんでございますよ。学校のかえり道に、夜遊びしては、夜店で陸《おか》の魚釣《うおつ》りに凝《こ》っていたんでございます。棒と糸と輪とで立ち列《な》らべた綺麗《きれい》なレッテルの貼った酒壜《さけびん》を釣り上げるスペインの遊戯《ゆうぎ》でございます。あれを釣りあげるには、呼吸もので、なかなか、技巧がいるんだそうでございますのに、あれはいつの間にやら酒壜を釣りあげることを覚えて、見るまに釣りあげると、その場で、ラッパ飲みにしながら、家《うち》へ酔っぱらって帰ってくるんでご

ざいます。塀《へい》をのりこえ、そっと自分の部屋へ這《は》いずり込みながら、どうかすると、あれは、朝になるまで、机の上に馬乗りになったまま、よく居睡《いねむり》していたものでございます。

馬車は、このとき、険《けわ》しい勾配《こうばい》の上を攀《よ》じのぼっていたので、なんだか、僕には、スプリシオが、よくも一と晩中、机の上から転《こ》ろがり落ちやしなかったものだというように、きこえてならなかった。

——それでも、まだ、あの娘《こ》が酔っぱらいながらも、家へ戻ってくるうちは、よろしかったんでございますよ。それが、いつの年だったかの降誕祭の前夜に、あれは紙の三角帽をかむりましてね、このあたくしに、顔へペンキで眼鏡《めがね》を画《えが》かせると、よしきたッと若者の一隊のなかへ、空缶《あきかん》をたたきながら飛び込んでゆくと、そのまま家へ寄りつかなくなってしまったんでございます。なんでも、その夜、往来の真中《まんなか》で、あれが、楽器を放りだしてチャアルストンを踊っているのをあたくしは、見たんでございますが、それから半年ばかりして、やっと、あの娘《こ》が、ヴァレンシヤの街で、ピカソのお弟子のエスキモオの青年画家と間借りして、フランス帽子やスペイン扇《おうぎ》を造って渡世《とせい》しているのを見つけだしたんでございますよ。あれは、どうして、スペイン娘《むすめ》のように公然と、あたくしたち両親に認められない恋人同士だったら、夜間にでも、鉄の格子窓《こうしまど》でも距《へだ》ててやさしく、恋を囁《ささ》やかなかったものでございましょう？　あたくしの国では、この鉄格子《カンセラ》の恋のことをベラール・ラ・パバって申して、よく娘子《むすめご》たちが、鉄格子《カンセラ》のところで、鍔《つば》広《ひろ》のコルドヴァ帽をかむった黒い影の男と囁きあっているんでございますよ。

するとブラックマン氏が、急に小首を傾《か》しげて、

――ベラール・ラ・パバ？　それは、あたしも、何處《どこ》かで、きいたことがありますよ。

というと、母親もちょっと、云いにくそうな顔をして云うのだった。

――なんでも、アラビヤ人の古来の伝習だそうでございますが、「ベラール・ラ・パバ」とは雌《めす》の七面鳥の毛をむしるとかいう意味だそうでございます。あのエスキモオには、スペインの鉄の格子窓は、あの娘《こ》の毛をむしるのには、あんまり、高かすぎたからなのか、それとも、あれが、むしられるのに、あんまり低くすぎたためなのか、あの娘《こ》は、いきなり、エスキモオの胸に抱《いだ》かれてしまったんでございますよ。ほんとうに、あの娘《こ》は、イカモノ食いで！　どうにか、今度も、無事でだけはいてくれたらと思うんでございます。

馬車の窓が、一枚のブロッケン山の油絵をなして、山襞《やまひだ》が紫色に塗られていた。

2

その翌日、山麓《さんろく》へ、母親をのこして、ブラックマン氏と僕とは、ブロッケン山の山肌を山巓《さんてん》の方へのぼりつめていた。登山するまえに、ブラックマン氏が見して呉《く》れた独逸《ドイツ》陸軍の軍用地図によると、ブロッケン山は、彼女の指の頭ほどの指紋でしかなかったのに、こうして、吐息をはきながら登っていると、これは、どうして、やさしい彼女の指跡《ゆびあと》どころでない。空《くう》へひらいた不思議に巨大な一本の樹木だったのだ。

いま、僕は、ブラックマン氏と、実に木をのぼっているのだ。行手《ゆくて》に、ときどき、木のなかに木が生えているので、

——あれは、寄生木《やどりぎ》でしょうか。

と、僕が指さすと、

——高山植物の一種です。

と、ブラックマン氏は微笑《びしょう》しながら教えてくれた。

霧《きり》が、僕らの股《また》の穴を潜《くぐ》り抜けて、絶頂へ這い上がってゆくと、そこで、急に一転して、霧は深い渓谷の底へころがり落ちながら、またしても、湧《わ》く湧《わ》くとの

ぼりつめてきては、僕らの股の穴を潜るのだったが、少しばかし、霧が中断したので、脚下《きゃっか》の平原の方を見おろすと、蛇行《だこう》している一筋の河が、そのあたりの水を扇状《おうぎじょう》に集めて、天から煙でぶらさがった小さな工場街へ届いていた。

——どうも、スプリシオの行方《ゆくえ》もR氏の足跡《あしあと》も、さっぱり分りませんね。この路《みち》は、ブロッケン山へ登る、唯一の登山路《とざんみち》なので、先刻《さっき》から彼女の愛用している、レディ・シガレットの吸殻《すいがら》か、R氏の噛《か》みしゃぶったチュウインガムの断片《かけら》でも、何処《どこ》かに落ちていやしないかと、注意していたんですが、どうやら、それらしいものも見つからなくって……

丹念《たんねん》に観察してきたブラックマン氏も、やや、当惑《とうわく》しているらしかったので、

——矢張《やはり》、大入道の食餌《えじき》になってしまったんじァないでしょうか。

と、訊ねてみると、

——いや、そんなことはありません。ブロッケンゲスペンストって云うのは、高い山巓に立ち現れる人間の霧の姿が、非常に拡大されて地上へ顕《あらわ》れることであって、何んの不思議もない自然現象です。

——それじァ、二重人格といった風《ふう》のものでもありませんね。

——そんな不健康なものでなくって、写真のように、山巓の人間を、ひきのば

されるだけ、ひきのばした、実に巨大で健康な人間なんです。

——それでは、僕は、先刻《さっき》、山を登っているとき、山腹のあたりで、霧の晴れまに、僕は、たしかに彼女の遺留品《いりゅうひん》らしいものを目撃したんです。

——スプリシオの遺留品というと？

——巨大な女持ちの懐中鏡《かいちゅうかがみ》でした。鏡の上には、紅いヨットの帆のような口紅がこぼれていたんです。

——それは、水湖《みずうみ》かなにかと、君、まちがえたんじァないんですか。

と、ブラックマン氏が大声あげて、哄笑《こうしょう》したとき、急に、一塊の霧が、またしても僕らの周囲《まわり》に襲《おそ》いかかってきて、忽《たちま》ち、ブラックマン氏は、雲霧《うんむ》のなかへ埋没してしまったのだが、その時何処《どこ》からか、コティ会社の香水の匂いがただよってきて、僕の鼻先へ、水色と黒との巨大な靴下が現れたかと思うとひどく痩《や》せて、レールのようになった脚《あし》を距《へだ》てて数哩《マイル》も向うに、裸体になったスプリシオの両股をひらいた、霧の姿が、こちらを見ながら、天空に浮かびあがっていた。

——スプリシオ！

僕が飛びあがって叫ぶと、数分を経てから、やっと彼女が、

——なあに？

と、拡声器のような大声をたてたので、ハルツ山の連峯《れんぽう》へ、渓谷をつたいながら、ぐわんと、彼女の声が木霊《こだま》した。

僕は、こんな大きな人間の姿は、かつて一度も想像してみたことがなかったし、彼女は、ひどく痩《や》せてもいたので、これほど、痩せた女もまた見たことがなかった。どうやら、これでは、すべて、あり得《う》ることが、彼女にあっては、すべてあり得《え》ない大いさをしているのである。

彼女の耳は、世界のクエスチョン・マアクである。彼女の鼻の穴は、瓦斯《ガス》タンクである。彼女の顔の輪郭は、三角形の大破片である。彼女の乳房は無限の円のなかの紅い一点の太陽である。彼女のオルガンは、汽船から黒煙《くろけむり》を吐きだしている。

これでは、僕は、彼女と話をするのに、梯子《はしご》にでも登って、その上から、彼女へ電話でもかけたらいいものかと、ちょっと、思案をしていると、急に、絶頂の霧の壁へ、巨大なR氏の首が現れた。スプリシオへピアノの鍵盤《キイ》のような白い歯を見して笑うと、R氏は、数哩《マイル》も向うから、手をさしのべながら、彼女の紅い太陽の乳房を指でいじりかけた。

——あら、お止《よ》しなさいましよ!

彼女が身じろぎすると、そのとき、山腹のあたりから、またしても、新たなる濃霧が、怪速力《かいそくりょく》で襲いかかってきた。

——離して下さらなきゃ、妾《わたし》、帰るわよ。

——ここまできて、誰が帰すものですか。

——だって、あんまり、あなたは、しつこすぎるんですもの。

——あなたが、淡泊《たんぱく》すぎるんです。

R氏の怪腕《かいわん》が、濃霧のなかを潜《くぐ》って、彼女の背後《うしろ》の方へ廻ってゆくと、自然に巨大な痴情《ちじょう》の活劇が、霧の人間によって始まりだした。

大きな霧の腕から、霧の彼女が抜けだしてきて、R氏の霧の股をくぐると、R氏も、また、彼女の霧の股倉《またぐら》をくぐり抜けて、互《たがい》に、からみ合っては、大きな霧の毬《まり》となりながらも、やがて彼女の霧の顔が、R氏の足の先へ、ぽかんと浮びあがると、R氏の首も、彼女のふくらはぎのあたりへ、突きでてきて、そのままスプリシオとR氏は、かたがたへ泳ぎながら、別れていってしまった。

スプリシオは暫《しば》く、山頂の周囲《まわり》を飛び廻っていたが、やがて、絶頂から続く鋭い坂路《さかみち》を駈《か》け降《お》りてくると、背後《うしろ》から消防隊のホースのようなR氏の腕が、のびてきて、彼女の首筋を、彼の椰子《やし》の葉の手でつかみかかったのだ。

スプリシオから濃霧の警笛《けいてき》のような悲鳴があがった。

太陽を背にして見ていた僕の頭上へ、霧なだれがして、厖大《ぼうだい》な彼女の脚が落ちてきたので、小さな僕の手で、なつかしい彼女の腰のあたりを、生れて始めて、抱《いだ》きかかえかかると、彼女は黒煙《くろけむり》を吐きながら、汽船のような快速力で、僕の腕のなかを辷《すべ》り抜けていってしまった。

彼女の怪《あや》しげな霧の脚が、山麓へ届いていたとき、ピアノの鍵盤《キイ》で荒らされた彼女の紅い唇は僕の鼻先のところで、赤い天井のようにひらいていた。

どこから、接吻《せっぷん》したらいいものなのか、この一瞬間の赤い大陸のなかで、僕は途方にくれてしまった。

——スプリシオ！

だが、僕は、ついぞ、こんなに間近かなところで、彼女を見たことは、一度もなかった。そのために、僕は、いつでも、遠くから憧《あこが》れていた、やさしい彼女の唇を、いま見失ってしまったのであろうか。

——スプリシオ！

僕は、彼女の唇のありかをさがし求めてみた。すると、暫くしてから、僕の頭の上で、スプリシオらしい声で、

――うるッさい！　なんですって？

と、大きな雷が鳴ったかと思うと、山巓の方からまたも巨大な霧の一群《ひとむれ》が近づいてきた。押合う霧の塊の中へ彼女が消えてゆくと、R氏も退去する雲に飛び乗りながら、僕の頭上を掠《かす》め去ると、だんだん、これらの雲霧像《うんむぞう》は小さくなって、遠くの霊峰を越えて飛翔《ひしょう》し去ってしまった。

3

こうして、僕も、始めて、ブロッケン山の妖魔の正体を見届けることができたので、霧を押し分けながら、無茶苦茶に、山を下りてきた。

すると、山巓から見えていた、天から煙でぶらさがった工場街《こうじょうまち》へ、でてきた。ブロッケン山への登山口につづく、街の盡頭《はずれ》の警察署で、巡査が二人、チョオクをもって、何か黒板に書いては、気に入らぬと見えて、また考えては消していた。

――どう、君、書いたのかね。

――どう、書くったって、まあ簡単に、春先きになると、ブロッケン山で風儀《ふうぎ》を乱す男女が多くなったから、当分、登山を禁止すると、ありのままに書けば、いいじァないか？

――しかし、ありのままに書くことは、却《かえ》って風儀《ふうぎ》を乱すことじァないかね？

それから、数時間後である。

僕が、街のキャフェにいると、僕の卓子《テーブル》の前へ、突然蒼《あお》ざめたスプリシオが、黒人紳士《くろんぼしんし》のR氏と腕を組みながら現れた。手を僕があげると、彼等も、僕の存在に喫驚《びっくり》したらしかったが、スプリシオは、忽《たちま》ち、不機嫌そうな顔色《かおいろ》をして、横をむいてしまった。

――どうかなすったんですか？

彼女が山酔いでもしたのじゃあるまいかと僕が訊ねてみると、彼女は返事もしなかったが、R氏が化粧室の方へ立去ったとき、彼女は、非常に小さな声で、

――ひとの腰を無闇《むやみ》に、抱《かか》えたりして、失礼じゃないの？

と、僕をたしなめた。

――あなたが、僕の頭の上へ、辷《すべ》り落ちていらっしゃったんじァないですか。

――どうか、知らないけれど、妾《わたし》は、白《しろ》と黄《きい》との子供は産みたかありません。

僕も、つい、癪《しゃく》に触《さわ》ったので、

――それじァ、白と黒のだんだらの子供でも産もうとなさるんですか。

こう云ってやると、彼女は珈琲《コーヒー》を飲みさしにしたまま立ちあがって、化粧室の方へ立ち去っていってしまったが、なんだか、これで彼女との交遊も、とうとう、終りなのか知らと思うと、彼女の後姿がなつかしくなってきて、ふと、彼女が飲みさしにしていった珈琲《コーヒー》の匙《さじ》を、僕は手にすると、ひとりでに、僕の唇へ持ってきた。すると、微《かす》かに、R氏のチュウインガムの匂いがして……思わず皿の上へ匙を落してしまった。

——あッ！　驚きました。どうかあなたはなすったんですか。

僕の隣りで新聞を見ていた老紳士が僕をふりかえったので、

——ブロッケンゲスペンストを見て喫驚《びっくり》していたところなんですよ。

こう僕が答えると老紳士は、

——あ、ブロッケンゲスペンストですか。あたくしも、何時《いっ》かコルコウァダの三方海面に孤立した七百メートルの巌山《いわやま》で見たことがありますよ。あたくしの見たのは絶頂で吠えている厖大な霧の犬でした。

そこで僕も老紳士に答えるのだった。

——私の見ましたのは、実に大きなチュウインガムの匙なんでしたが……

遠くの鏡の前ではスプリシオが、力なく、顔の化粧をしなおしていた。

靴

I

その頃といったばかりでは誰にも分るまい。私《わたし》の十八の小夏《こなつ》の頃で、それを何かに、なぞらえようとも、なぞらうべきものとてないが、強《し》いて云《い》えば、季節のはしり——水々《みずみず》しいメロンといったところである。

その頃の私は、アンナ夫人に私がモスクワの寺院の脇で生れたと云《い》う、たったその一つの理由から、あやふやな日本語を、しかも、ひときわ、なまりっぽい露《ろ》語《ご》と一緒《いっしょ》くたにして教えていたのである。

——朝は八時ですよ。

かっきりと、夫人は時をきざんだ。私は毎朝のように、ホテルの部屋にのぼり、戸口《とぐち》に番兵然《ばんぺいぜん》と突立《つった》された。いつも部屋のなかへ深く歩《あゆ》んでゆく私《わたし》の顔を、とら

えるようにして、薄笑《うすわら》いしいしい、

——あなたは封切《ふうきり》のフヰルムよ。

と、寝台《しんだい》の上から、私の身支度を見抜いた。それが、私に可《か》なりな興味をそそったので、夫人が見破《みやぶ》れば見破るほど、一心こめて、己《おの》れに細工をほどこしたのである。祖父が着たオランダ渡りの焦茶色《こげちゃいろ》の洋服が、しっくり自分の肌に合ったので、会津戦争頃の洋服さえも、倉から引出《ひきだ》して、数のすくない私の洋服へ加えたのである。そうして、それらの洋服をば、古典の洋服と独《ひと》りで銘打《めいう》っていた。こうして、洋服を、たとえば、オランダの上衣《うわぎ》と会津《あいづ》のズボンとを組合《くみあわ》したりその逆を組合《とりあわ》したりして、十種にも、十三種にも着がえて、それにネクタイの色かえたり、靴はきかえたりして、ともかく、封切《ふうきり》のフヰルムにそむくまいと努めていた。また、アンナ夫人は、たとえばネクタイピン一つ、かわっていても、それを見のがしはしなかったほどで、実際、そのたびに大仰《おおぎょう》に叫ぶのであった。ある朝の如《ごと》きは、僅《わず》かに夏靴一足《いっそく》かえたばかしにも、夫人は、

——あ！　エレガントな若者！

そう、過分《かぶん》に云《い》って、いま、霧をふいたばかしの朝顔の花を惜気《おしげ》ものう剪《き》った。

——その靴は、そっくり白汽船《しろきせん》。

夫人は笑いながら、いきなり私の胸《むな》ぐらをつかんだ。私は驚いて、手足を十字架にしたが、胸ボタンに大輪《だいりん》の朝顔が咲くと、胸が開くくらいすがすがしかった。

2

まだ、すっかり明けきってはいなかった。かつかつ蹄《ひづめ》がなった。アンナ夫人が白馬《しろうま》にまたがって誘いに来たのである。私《わたし》も、灯《ともしび》の細る町を、田舎の森に向った。道々《みちみち》、蓮《はす》の花がぱちぱち開《さ》く。燕《つばめ》が快速力を空中に見せる。夫人は、手を休めずに、昨日《さくじつ》の読本《どくほん》の復習をやってゆく。

——ねえ、一つ二つ、暗誦《あんしょう》してみましょう。さあ、きいていて下さい。

夫人はここで、目をつぶって、頭をまとめようとした。

「大砲から人魚が煙になって出て、小銃から、けしの種子《たね》がぱちぱち飛んだ」。

——こうでしょう。間違ってますか。

——てにをは一つ、ちがっていません。

——ところで、日本へはどこへはじめて鉄砲が入ったんでしょう。

——しかとは知りませんが、火縄銃は種子《たね》ヶ島《がしま》に着いたってことですよ。

——そうですか。もう一つ暗誦してみましょう。

「星は賛美歌をうたい、石は念佛《ねんぶつ》を唱《とな》う」

——その通りです。

夫人は馬に鞭《むち》あげた。馬の鬣《たてがみ》は風をきった。一里《り》ばかり村落を馳《か》けると、工場の煙筒《えんとつ》の上に、たれた黒雲《くろくも》が、風で空一杯《いっぱい》にふさがった。百姓が腰をのばした。大粒の雨がたばこの葉を打とうとした。

——奥さん！　雨がきますよ。雨が。

予感どころでない。私は靴を眺めた。家を出《で》しなに、こっそり兄の靴を借用したからである。靴が雨にうたれてみろ！　それっきりだ。追っつけ追っつけ、心の目に兄の怒顔《どがん》がうつってきて、今頃は、きっと玄関のたたきを穴のあくほど、さがしまわっては、舌鳴らしているであろう。

——では、一時《じ》の雨やどりにあの木陰《こかげ》まで。

夫人は云《い》いも終らず馬を一直線に進めた。私は、おどろおどろ心おどらせてはいたが、封切《ふうきり》のフヰルムを思えば、兄の怒位《いかりぐらい》かまうものか。と、私も夫人のあとに猛《たけ》る馬を進めた。しだれ柳に馬をつないだ。風に馬と柳が吹かれた。

ざあと驟雨《しゅうう》がきた。夫人は樹《き》のこんだあたりへ泳ぐように逃げたが、つづく私は、雨に濡れたばかしか、地にはね上がる、烈《はげ》しい雨のしぶきに、靴を泥まみれにした。

3

あッと兄は叫んだ。障子が破れそうにあった。あれほど、こっそりとではありながら、丹念に磨きかけて、そっと、片隅《かたすみ》に据え置いたのにと、私《わたし》は不審を抱いて、上框《あがりかまち》をのぞいた。兄は火傷《やけど》したかのよう、足をぶらぶらさせ、靴は無惨《むざん》にも踏みにじられているではないか。惟《おも》うに、と……　私《わたし》は先《ま》ず、努《つと》めて心を制した。靴の姿から云《い》えば、兄は一旦《いったん》、靴履《くつは》いたに違いない。而《そ》して、驚いて声放《こえはな》ったのであろう。つづいて、兄は爪先《つまさき》をさすり、さする姿を見せた。

爪に傷がついたかな。私は漠然と、ひとに抜きん出て、爪先《つまさき》に鋭敏な神経をもつ兄の病的さを眺めていたが、振返《ふりかえ》る熱帯《ねつお》んだ目にぴたと逢《あ》うと、私は知《し》らず識《し》らず頭を下げて了《しま》った。

——お前だな、俺の足の神経を傷つけたのは。これを見るがいい。だが、それより、俺の愛した靴の死をお前はどうしようとするんだ。

——いや、僕は殺しはしない。太陽の昇るまで、ほんの僅《わず》かの時間を借用したにすぎない。

——では、この大きくなったのはどうする積《つも》りだ。俺の足はいま、靴の中で漫《まん》然《ぜん》と放浪しつづけたではないか。さあ、この無様《ぶざま》な重箱靴《じゅうばこくつ》をどうでも始末してくれるがいい、それに、これを見て置け。

兄はそう云《い》って、以前、掌《てのひら》で踊るばかり溌剌《はつらつ》していた鮎《あゆ》のような靴が今は崩れかかって見るもみじめな姿を、惜気《おしげ》そうに眺めて、

——爪先《つまさき》を見ろ！　見ろ！　このバクテリヤを見ろ。一杯《いっぱい》付着《ついつ》ているではないか。

よく見れば、たしかに靴先に、びっしり、斑点《はんてん》がついて、明け方の一雨に、飛《ひ》沫《まつ》を喰《く》った靴の、私がふいても、ふいても、かの鮮やかにのこった斑点《はんてん》であるが、こうも即座に、兄が見出《みいだ》そうとは思われなかったほどの極《ご》く極《ご》くの細菌である。

——これは時の力だ。僕の知ったこと以上のことだよ。

——では、物から離れて、お前に訊《き》こう。他人の所有ということをどう解釈している。

——所有が固定してはうそだ。兄さん。他人の所有を誰にだって代用させなくちゃ、人生はあんまり窮屈《きゅうくつ》じゃないか。僕の場合だって、隣家《りんか》の火事に他人の下駄をひっかけて飛び出したのとちっとも変りないさ。

――それがお前の了見《りようけん》なら、そうときいて置こう。だが、お前にはこの靴の斑点《はんてん》と拡大とを当然、始末する義務がある。覚えて置くがよい。お前は俺の靴の殺人だぞ。

兄は口を緘《むす》んで了《しま》った。殺人になりきった私も、これ以上、兄とのいきさつを続けようともしなかった。打ちきって、街の靴屋へ持ってゆくことにした。街へ――

――所有を狭く考えすぎる男だな。

靴を、ぶらぶらさげて、私《わたし》はあてもなく、空《そら》むけて、兄を笑った。それ故に、他人のものを無断に借用した罪悪なぞ、少しだって考えられなかった。

第一の町を曲るとき、靴の重みよりも、兄の心の重みが胸にこたえた。私はひるむどころか、却《かえ》って反発したのである。第二の町にさしかかると、私は胸をたたいて叫んだ。

――世紀の道徳は靴の拡大を許すにある。許しなき靴の借用を恥《は》ずる道徳こそ時代錯誤じゃあるまいか。してみれば、兄は道徳の落伍者《らくごしや》か、ないしは前世紀の遺物《いぶつ》である。これこそ世紀の先駆者《せんくしや》に訊《き》きただしてみたいものだ。

私は冷たく唇《くちびる》をかんだ。

第三の町――靴屋の通りである。

――こまやかな兄弟の情愛が靴につながっているとすれば、靴は単なる靴ではなくなる訳だ。兄と自分との感情が殆《ほとん》ど靴に化して了《しま》ったいまの場合、それをどのように、さげすんだところで、あるいは仕方あるまい。靴の、のびちぢみは、畢竟《ひっきょう》兄弟の感情ののびちぢみに帰《き》する訳で靴が復活しない限り、兄弟の気持も戻っては来《こ》まい。

兄の所有欲の、ぎこちなさを淋《さび》しく見ながら、靴屋の前にさしかかりはしたが、矢庭《やにわ》に、

――素直になおってくれれば。

と、妥協的《だきょうてき》の感情がこみ上がったので、私はぎくりとした。あんまり、生《なま》やさしいからである。腹をたてて、はたと、手を打った。店先の猫がひるねの夢を破った。私はつんと済《すま》して店に入った。

――いらっしゃいまし。

いい愛想《あいそ》のお内儀《かみ》さんだ。キッドのように黒い歯をにいと出した。私はつられて笑った。

——この靴を小さくしては呉《く》れませんか。

お内儀《かみ》さんはさっと頬《ほほ》を赤らめた。店を張《は》っていても出来ない相談であるから。

それでも、細い手で、靴を取り上げ、一応は点検をした。私はじっと見ていた。

いまわの靴の生死より、靴屋のお内儀《かみ》さんにしては白魚《しらうお》の指を、しすぎているからだった。

——ちょっと、難《む》ずかしゅうございますよ。少しは小さくもなりましょうが。

私は顔をさしのべた。お内儀《かみ》の背後に仕事場が窪《くぼ》んで見える。静かに仕事が運んで。風のような職人たちだ。

——ちょいとお待ちなすって。

お内儀《かみ》さんは云《い》い置いて、仕事場の片隅《かたすみ》を呼んだ。

——もし！　あんた。

亭主がのそのそ出てきた。

——小さくしてくれと仰有《おっしゃ》るんですが。

お内儀《かみ》は亭主に私を渡した。

——駄目ですね。これあ。靴は型《かた》に入れりゃ。ちっとやそっと、大きくはなりますがね、とても縮めることなんぞ出来ませんぜ。

——そうですか。では、この斑点文《はんてんだけ》でもとれませんか。

亭主とお内儀《かみ》は思わず笑って了《しま》った。こんな古靴《ふるぐつ》をと、まあ、一口に云《い》えば、こう思って笑ったのであろう。

——このつ・ぶ・つ・ぶのあとですかい。

亭主は頬杖《ほおづえ》ついた。

——そうです。この斑点《はんてん》を。

私は指をさしたが、とうとう声は落《おと》して了《しま》っていた。

——はいていたら、これっぱかしの痕《あと》はどうしたってつきますぜ。

——では、どっちみち駄目でしょうか。

あれほど気を張っていたが、私は力が抜けて了《しま》った。亭主とお内儀《かみ》は顔を見合《みあわ》した。

一つには気の毒に思ったからであろう。

——やったところで、まず無駄でしょうな。だが、一ン日《ち》わッしにかしてくんなさい。

亭主は馴《な》れた手つきで靴をなぶった。靴は自在に動いた。

——何《な》んとか出来るだけしてみて下さい。

私はこれで帰ることにした。亭主は靴を手にしたまま立上《たちあが》ったが、私の大きな足の寸法を見ると、どこまでも合点《がってん》のゆかぬ顔をしていた。

——では、お願いします。

簡単にして、私は帽子の鍔《つば》に指をかけた。外に出た。猫はまた眠っている。硝《が》子窓《らすまど》に昼の月がうろついているからである。私はよぼよぼ歩《あゆ》んでいった。

——この件をアンナ夫人に知られたら、きっと封切《ふうきり》のフヰルムに傷がつくであろう。

落《お》とした私の影のなかに、そんな考《かんがえ》も雑《まじ》っていた。

徒然草一巻

測候所見積書

土田杏村先生に捧ぐ

——金属製太陽。一枚の青紙《せいし》。オランダ晴れ。水銀、八十度。

朝の時計が七時、針はゆうべの速力だ。私《わたし》はベッドの上である。かの、新鮮な、手足。ぐるぐる。曲げては、延ばす。有繫《さすが》、争われぬものだ。私は一匹の動物である。

——アメロンヘンも天気だし、リラはいまにも来るし。何から何まで、行届《ゆきとど》いたことだ！

起き上る。水でざぶ、ざぶ。破顔《はがん》を洗っている。と、下から上へ。宿の女だ。バネ仕掛《じかけ》の声、投げた。

——ね、オランダの官憲ですって。

——何《な》にさ。

上から、ニッケルの声。垂らす。と、女は周章《あわ》て、復習した。

——あの、オランダの、あの、官憲ですってさ。

時間に隙《すき》もない。男の靴だ。十二文《もん》の足音、等差級数に昇ってくる。咄嗟《とっさ》！慣習である。私はポケットへ、指、辷《すべ》らした。が、生憎《あいにく》、ピストルはトランクのなかである。

——来るものは、何時《いつ》なりと来るがいい。

明かに、一足《ひとあし》のことだ。が、こちらの手後れである。牽牛花《あさがお》の咲く、涼しいひま。私は盗もうとしたのに。リラを連れて、アムステルダムに発《た》とうとしたのに。リラは、また、リラである。木曜日の撮影所。日曜日にまでもしたのに。何んのことだ！顔、突きさらす。と、鏡の平和が割れていた。

テーイブルのまえである。油絵のような官憲だ。ポストの形式となっている。

——いざ！　潔《いさぎ》よく、黒白《こくびゃく》争《あらそ》いしよう。

まず、私は握手した。が、晴れやかな、この朝というのに！　官憲の顔が汚れている。すでに、神の掟《おきて》を犯したものか。

——神法《しんほう》による、家宅侵入罪だ！

危《あや》うく、咽喉《のど》まで来た。が、私は素ばやく、煙草《たばこ》と、すりかえた。燐寸《マッチ》の赤い花、口はバナナの瓦斯体《がすたい》である。

――あなたに退去命令を交付します。

官憲が、黄色い法律、突きだした、私は無造作に手に取る。と、つぶさに見詰《みつ》めた。

――何ですって。今晩の十二時までに、完全に、本国を退去すべしですって。

――そうです。十二時が、オランダ領の最大限です。

――一体、何んの理由のもとに？

――あなたの、平素の行動を良心に照してみれば、よく分る筈《はず》です。

――良心に？　馬鹿な。わたしは毎日、太陽と空気のなかで、ペンを走らしていたじゃないか。

――しかし、遅蒔《おそまき》の議論なんか、今更《いまさら》、何んの効果もありますまい。

――いや、事実は事実なのだから、私はせっせと、ランプと三日月と幻の花で、小説の先を、いそいでいたのだ。

――あなたが、何んと、仰有《おっしゃ》ったって、あなたの行動は正確なレンズに収められてますからね。

官憲が一行の言葉、吐きだす。と、顔面を複雑にした。すこし、巴里《パリー》の市街地図に似よっている。

——正確なレンズ！

私はピンセットで、言葉の焦点、つまんだ。が、ありあり、目に拡《ひろ》がってくる。

同々《フィフィ》教徒の陰謀事件である——アムステルダムの晩だ。星座早見の郊外、私は直線に走った。地は心棒《しんぼう》の蝋燭《ろうそく》。教徒の車座《くるまざ》だ。声こそ、喃んでいる。が、陰謀の製図、しきりと引いていた。私も割り込む。と、心こめて筋、引きだした。

——まさしく、これであろうと。

私は油絵のまえに、目を伏せた。が、またも、浮びでたのである。

——破壊の建設！　革新の清浄！　正義の真理！

教徒の一人だ。飛び上る。車座に火がついた。沛然《はいぜん》、地を蹴る。教徒が巻風《まきかぜ》の踊りだ。からだの渦。雨の足。煙る砂。生命《いのち》ぐらい！　と、私も、惜《おし》からず。踊ったのである。

——私は、いま、昂然《こうぜん》とした。ポケットへ法律は収めたのである。が、さっと、リラの面影である。私の胸にさしてきた。

——刻限は夜の十二時までですぞ！

官憲が時計を掌《てのひら》にとりだした。ガラスの下は、白と黒の時間表。針は八時の木《もく》版《はん》である。

——飽《あ》くまで、獣欲《じゅうよく》、遂げるのか。

一と太刀。私は言葉をあびせはした。が、徒《いたず》らに、暗《やみ》、切るだけである。

——あなたは一個のテロリストだ！

鋭く、云い放つ。官憲はくるり！　踵、廻《めぐ》らした。下りてゆく、オランダ人の後姿！　はかなく、私は見納めた。

——あと、十時間。オランダ領のわが部屋ですって？

ふか、ぶか。椅子《いす》に腰かけている。リラは、白粉《おしろい》の顔。笑って見せた。散乱と。いまは洋服品である。カメラ。ステッキ。ネクタイ。トランク。タイプライタア。なかに、入り交《まじ》る。英国産の小犬。アポロと私の首である。

——黒表《ブラックリスト》。或《あるい》は、またの。青天霹靂《せいてんへきれき》の部屋さ。

努めて、私は陽気づけていた。リラは白粉《おしろい》。ふり落すほどだ。笑いこけてはいた。が、瞳は、優《しと》やかなほどである。うるみ、含んでいる。

——リラ！　リラの瞳はトルコの光玉《こうぎょく》のようだって。シャガールも云ってましたね。

リラは目、つぶった。恥かしさに！　瞳かくしたのである。脇には、小犬が欠伸《あくび》していた。口腔《こうこう》は赤裏《あかうら》の財布。そのままである。が、私はたしなめた。忙しい手をやめて。

——アポロ！　Do not yawn in company

——まあ、およしなさい。夏の夕ぐれ。男が女つれての公園散歩は野暮《やぼ》だ。利発なポインタアに限ると。あなたでしょう？　そう、仰有《おっしゃ》ったのは。

三十日まえである。夏のはじめ。倫敦《ロンドン》からアムステルダムに渡った。その、つい鼻。アポロと公園、遊弋《ゆうよく》していた。遠く、ベンチに舞い上る。私は目を奪われた。東洋の赤い、花いり日傘！　一散にアポロだ。めがけて、かけだした。

——アポロ！　アポロ！　アポロ！　生菓子《なまがし》じゃないといったら。

私はステッキ振り上げた。が、アポロだ。濃く斑《まだら》の一筋、描《えが》く。と、はるか玩具《がんぐ》の犬にまで、なってしまった。私は、あと、追っかけた。犬と日傘。まもあらず。一つに重なった。

——東洋のお方！　まあ、可愛《かあい》らしい犬ですこと、英国産でしょう。

日傘から顔がでた。ぼうと、天鵞絨《びろうど》、ばんでいる。若く女が幻の花、いつか、フヰルムで見た覚えがある。

――この犬。ピカデリーで拾ってきました。

――じゃ、捨犬？　アポロっていう名？

――そうです。ピカデリーで、石のように、おっこちてましたからね。拾いあげて、アポロとつけてやりましたよ。あそこでは、金銭《かね》か、美しい人でなくちゃ、人が、相手にしやしませんからね。それに、倫敦では、あなた、いまでさえ、ペンタム派が影のように、つきまとってますよ。

リラの靴の尖《さき》。アポロが、蹲《うずく》まっている。走った胸息、吐きだしながら、さながら、海綿《かいめん》の伸縮である。

――あなたは犬を友とする。淡白でいいわ。

――全く夏の夕ぐれに男が女つれて……。

その折り、ゆきがかりの云草《いいぐさ》である。が、女は言葉に微笑した。立ち上る。アポロをさき。私たちは歩きだした。

それから――今日まで。チューブ入りの愛。惜しまず私はだしている。

――リラ！　あなたは鋭敏な記憶だ。

私は立ち上った。が、もろとも、顔そむけてしまった。恐らく、さし迫る。いま。犬にからまる。愛の斑点《はんてん》。それに触れる。それは、つらいことだ。

顔のない。リラは、露わな腕、さしのべた。私は目で払う。と、いきなり、部屋の棚にとびついた。いまは、唇つけても、いいのであろうか！　重《おも》なる書物、胸にかかえた。果実のように、張りのある。あの肉つきに！　トランク開けて、ぶち込んだ。口髭、ひたして、刺してもいいと云うのか！　棚に、また、ひっかえす。青く本が倒れた。花のコップだ。割れる。青、赤、ガラスの音！　砕ける快感！　リラの腕に滲《にじ》みついたのである。

——行先の暗さは、何もかも、忘れて。ね、リラ！　今から、新しく出直そうではないか。

——ええ、出直しましょうとも。

——明日、殺されるものか。明後日になるものか。それだって、分りもしない。私の命だ。

——本統《ほんとう》に！　明日のことは、誰だって一歩さきも、分りっこありませんわ。

——さあ、のこる。わずかの時間のために。二人して、南の心の窓を、開けるとしよう。

私は活気づいた。が、リラの手をとる。と、跪《ひざまづ》いてしまった。私の目に冴え返る。リラの、きびしい爪の石！

——今日は、私のために、シャガール忘れてくれる？

——まえから、あたし、ふっつり、忘れます。でも、シャガールが、ひつこく、あたしの手を握るんですもの。

——だが、リラ！　私の退去命令をきき込んだなら、さぞ、シャガールも、ラツールも躍り上るだろう。

——却《かえ》って、マーシャやダルタスが、徒《いたず》らに、気を揉むばかしよ。きらびやかに、踊り舞う。この情緒の輪！　シャガールはリラに。ラツールはマーシャに。手と手をつなぐ。男が女に、紫の情。女が乱れて、男、追う。嫉妬の裸火《はだかび》。しかし、ダルタス。私は追わなかった。

——いまさら、シャガールやラツールでもありませんわ。短い時間を生かすこと。これだけよ。

爪の上。唇《くちびる》の署名。私は、なごやかに、手、離した。が、卓上に光る。小さなナイフ。リラは返す。その手で、いじっている。

——生かすこと。それに違いない。だが……。

——C座へいってみましょう。アルト・ハイデルベルヒよ。

——アルト・ハイデルベルヒは甘すぎる。

——じゃ、H座の封切《ふうきり》。東洋の随筆《ずいひつ》？

——いま、わたしは、日本にかえられる、身ではなし。アムステルダムの、この別れに、ひとつ、見納めて置くかな。

リラは椅子を離れる。部屋の隅にゆく。ナイフ、つかんで……。

——ね、オランダ政府に落書《らくがき》してやるわ。愛と正義のために。

壁、刻む音が……左の花文字から……はじまる。直線……コンマの過程……右《う》端《たん》のピィーリオド。

出来上る。一字づつ。私は目で拾った。

強《し》うるもの、やがて、身に禍《わざわい》あり　——聖書

ひらり、振りかえる。リラは微笑した。

——きっと、五時六十一分。いらして下さいましね。

リラが部屋、抜けた。あとには残る。刻字《こくじ》だけである。私は壁に惑溺《わくでき》した。

一と足。アポロがさき。夕日、あびてゆく。

——リラは舶来石鹸《はくらいせっけん》。私を日本手拭《てぬぐい》。

口さがない。シャガールも京童《きょうわらべ》である。途上で、なぞらえ、思い浮べた。美

徒然草一巻
測候所見積書

しく、行《ゆ》きすぎる。女の数。なかへ、私をさらしたためであろう。

いま、この市街——東に満月。西に太陽。挟《はさ》まる、自動車。馬車。靴の行列。口笛。洋傘《コウモリ》。

アムステルダムは、じたばた、磁石の上で、喘《あえ》いでいる。

——アポロ！　さあ、はやく薄暮《はくぼ》の力。切り抜けようではないか。

アポロのはや足。私が、いそぐ。誰か尾行する男だ。その男も、私の足並ならった。

A街で——童話の光景。私は拾った。

道に一枚。牛の舌が落ちていた。日ぐれのことであり。見方によれば、見えぬでもない。大きな、枯葉に。老婆が見つけた。煙草屋の店をかけだした。あとから、姪《めい》も走りました。

——見事な煙草の葉もあるものだ。生れて、見たことがない。

一気に屈《かが》んで、手をのばす。その途端だ。老婆の頭に雷がした。

——おいぼれ婆奴《ばばめ》が！　タング・スチュウの種、とられてたまるものか。

ホオーク逆手《さかて》に。コックが仁王立ちである。見て、アポロが飛び上った。垂れた、舌の根、ひっこめた。老婆は仰いで、肝ひやした。が、姪をひっかかえる。

と、そのまま、店にかけ込んだ。

——ええか。舌はあるか。舌は。

——ある。あるわ。

——まだ、あるな。だが、用心だけはするとええ。獣の舌が絶えるとな、貧乏人の舌が移るぞえ。

姪の口、老婆が、しょぼ、しょぼ、透かしている。私もアポロに云いふくめた。

——アポロ！　箪笥《たんす》にはみでた、赤い小切れは、しまって置くがいい。


E街である。薬屋の通り。病人の卸問屋《おろしどんや》だ。商売は熾烈《しれつ》、極めている。目を殺す。色彩の広告。それだけで駄目なのか。情《こころ》さえ、射《い》っている。

見よ！　沃度加里《ようどかり》の広告はどうだ。赤地に白文字。ぶち抜きだ。

若き娘もつ世の父兄よ。

「人間の情緒《じょうちょ》は肝臓のなかに生れる。肝臓故障の度合は、まこと、人間恋愛の情《じょう》の濃度に比例す。父兄よ！　人間は心臓を以《もっ》て恋愛するにあらず、肝臓を以て恋するものとす。肝臓を根治し、恋愛を終息《しゅうそく》せしむるは、独り沃度加里のみなり——米国内科研究年鑑」

——あ！　恋愛哲学は科学に兜を脱いだのか。そんな筈《はず》はない。だが、まて、シャガールの、ラツールの肝臓が、膨《ふく》れていると云《い》うのなら、試しの積りでいい。クリスマスの贈物は、まず、シャガールに沃度加里としよう。

私は心よく、空に嘯《うそぶ》いた。が、リラの言葉に雷死《らいし》した。

——まだ、信じられない？　これほど、忘れ果てて、いるのに！

家並はさかんな宣伝である。向側《むこうがわ》。タカジアスターゼの褐色《かっしょく》広告。沃度加里の効力、全く帳消している。

「肝臓機能による恋愛誘導説は一個の空想である——パリ慈善病院長ラングロア博士」

世の子息ある並《ならび》に母夫人《ははふじん》。

「情緒の中心は、メーリアル・セールスにより、起さるる反応の働きである。故《ゆえ》に肝臓にあらず。胃腑《いのふ》こそ、屡《しばしば》、恋愛に関与するものである——リヴィエール教授」

——この一大福音《ふくいん》！　マーシャは知っているのか。売薬。ダルタス、買占めたのか。

雨。霰《あられ》。色彩。情緒に、打たれた。が、私はさき、急いだ。

G街だ。産婦人科病院の前。人だかりだ。

婚礼行進曲が、いま、通っている。見るもの——善　悪。老、若。男、女。みな、青春の燈《ともしび》、点《つ》けている。老母が伜《せがれ》に囁《ささや》いている。

——一年たって、ごろうじ。花嫁は乳児と母乳の製造所。檻《おり》の獣になってしまう。

——三日月の晩、山犬に胡瓜《きうり》を噛ましてみろ。花婿になる。お婆さん！　この社会は火のある動物園だ！

一人の労働者だ。話かけた。が、行進曲は小さくなる。青春の火も自滅した。

五時六十一分。

H座の開幕。リラが待っている。オルンシュタインの作曲『支那市街《しなしがい》』奏楽。切って、落した。猫でも百足《むかで》、踊りそうにある。電気の下は染物展覧会だ。ダルタスの扇。隠れたラツール。現れた。微笑……一揉《ひともみ》に消えた。私はリラと腰ならべた。

序写《じょしゃ》——掻き乱れた僧の顔。硯《すずり》と筆。分裂した、心の光線。

——まあ、硯って、底気味の悪いもの！　甲蟲類《かっちゅうるい》のようね。

——でも、筆は内気で、どこか、しおらしく、ありはしない？

——筆と比べたら、ペンは明るすぎるくらい、軽快よ。

——あの顔ったら！

——長老、ゾシマよりひどいあ。

あたり、闇に囁《ささや》く。まち、まちの声だ。私はリラの顔、さぐった。鼻先に、しょんぼり、触れた。驚いてリラだ。闇に顔の花、開いた。

…… …… …… …… …… ……

はるかの山里。庵《いおり》に閼伽棚《あかだな》がある。菊。紅葉《もみじ》。指で折りちらかしてある。が、庭を蔽《おお》う。大きな柑子《かんし》の木。熟《う》れて枝もたわわに。ぽた、ぽた。果実が落ちている。

——面白いわ。人、ひとり、訪れもしないのに、これくらい、人も個人主義に徹しきれたら。

木のまわり。悪魔でも、飛び越しかねる。きびしい構《かこい》だ。

——リラ！　東洋じゃ、「この木なからましかば」ってね、床《ゆか》しさ失っているのだ。

秋の日の井戸端だ。許由《きょゆう》が手で水をのんでいる。

——おまえさん。いくら、無所有を頑張《がんば》っても、すこし、それでは不自由だろう。さあ、これでも、持ってゆくがいい。

なりひさご。老人がくれた。だまって、許由は受けとった。空に木の写る。ひるからだ。枝にひさご掛けた。が、風に吹かれて、カラカラ、鳴っている。

——こいつ、かしがまし！

ぽんと、放りすてた。許由はまた、手に水うけている。

「許由は世の乞食《こじき》と質は違います」——弁士。

…… …… …… …… …… …… ……

秋の夜風に
銀紙の満月
空にぞ　貼《は》ってある
妻戸《つまど》くる　優し女
月見るけしきぞ
　あわれその額《ひたい》銀紙貼っている

陰画《いんが》が消える。次の映画である。

——鬼がおる！

——女の鬼がおる！

——一条室町《いちじょうむろまち》に鬼がおる！

双手《もろて》をあげて……北へ。どや、どや、走る。翻《ひるがえ》る！　足の蹠《うら》。

——おとつい西園寺にじゃ！

——きのうは院にじゃ！

南から走りでた。人の足。北に頭がつかえている。院の桟敷《さじき》のあたり、人の塊《かたまり》だ。親と子で、もみ合っている。室町越しても北へ。日が暮れても、北へ……堤燈《ちょうちん》、さしあげ、南から北へ。魂擦《す》り減らして、走っている。

——女の鬼だ！

——一條室町、女の鬼だ！

……　……　……　……　……　……　……

赤。黄。黒。くらべ馬。白。緑。

空にとどく、おうちの木。法師がのぼっている。下は賀茂の競馬場である。将《まさ》に押し寄せる、人の波。車の人で埋《うず》まっている。

二週——走馬燈《そうまとう》だ。赤を黄の肉迫《にくはく》。黒が。黄。飛び越えて。白は黄。緑が白。

追い越した。赤、黒、黄、緑、白の雁行《がんこう》だ。

三週——混戦。絡《から》まる。色の馬。ひと握り。跳《は》む。黄の首がでた。

大きく写る——法師は木の又に。こくり、こくり。と、いねむっている。落ちかかる。はっと、目をさます。下では、はら、はら、して。リラさえ指に汗かいている。

四週——黄。赤、緑。緑、赤。白、黒。黒、白。……抜かれては……また……抜いて……。

——エピナール！

——マスター・ボブ！　エピナール！　ボブ！

——黄、緑。緑、黄。赤、白、黒……緑。黄、赤。赤、黄。……

——ボブ！　マノエル！　ボブ！　マノエル！

——ボブ！　エピナール！

——エピナール！　ボブ！　エピナール！

いま、声嗄《から》す。観客の応援である、足踏《あしぶみ》する。どよめく。H座は暑気《しょき》に煮えくり返っている。

五週——緑、赤、黄、黒、白。白、黒。

エピナールの緑。真先《まっさき》。群《むれ》抜いた。色の循環小数である。割れる。拍手喝采だ。

……　……　……　……　……　……

若い女が男に縺《もつ》れて……何か囁《ささや》いては……解《ほ》ぐれ……また、空気を圧して……絡まりついて……歩いてゆく。

——ね、延政門院《えんせいもんいん》さまって、いとけないのに、それあ、お早熟よ。

——からすみやうにを召し上るからさ。

——でもね「あなた恋し」ってことをさ、随分《ずいぶん》、まわりくどく仰有《おっしゃ》るわよ。まあ、おききよ。

ふたつもじ牛の角《つの》もじすぐなもじ
　ゆがみもじとぞ君はおぼゆる。

リラのみか、なみいる女ら、苦笑を闇に咲かしはした。が、隠して、顔をハンカチにした。

……　……　……　……　……　……

うつら、うつら。春の日が縁《えん》、蝕《く》っている。静かだ。指先にも、風一筋ない。が、老婆が、きりきり白糸車《しらいとぐるま》、廻《まわ》す。輪の小風《こかぜ》がたつ。子供は鹿の袋角《ふくろつの》、膝で遊び戯れている。

——のう。鼻にあてて、嗅ぎなさるなよ。

糸車がとまる。白い花。老婆の顔を飾っている。

——袋角にはのう、小さな蟲《むし》が住んでるでのう。鼻から這入《はい》ると、脳を喰うと云うでのう。

糸車の花。廻りはじめて……風が白い。


…… …… …… …… …… …… ……


池をでた夥《おびただ》しい雁《かり》の列だ。まき散らした餌《え》。雁を堂にたぐっているCu Cu Cu Cu Cu……

開け放つ戸。くぐって、Cu Cu Cu……数も知らず。なかに篭《こも》る、雁である。

法師の腕だ。ぬっと、でた。ばッ。ふためきあう。大雁《おおかり》である。堂は羽翼《はがい》で、かすんでしまう。飛びつく。法師が、

——これでもか！　これでもか！

捉《とら》えて、首を絞《しぼ》っている。Dota Bata Dota Bata 首の手拭《てぬぐい》、また絞る。GaGaGG G……　障子にしみる。悲鳴！

戸口は数に限《き》りがない。Cu Cu Cu……雁が這入《はい》ってくる。十・一だ。

——まだか！　これでも、まだか！　GaGaGG……Cu Cu Cu……。

うち伏せる。ねじあげる。手拭の首！　舞い上る。感覚の風。天井の雁。血ばしる目。

Dota Bata……GaGaG……Cu Cu Cu……法師のまわり。羽と悲鳴が煙っている。

「法師は殺した鳥を首にかけ、禁獄《きんごく》せられたということでございます」――弁士。

…… …… …… …… …… ……

春の日に、童女ら、腕交《かわ》して、雪佛《ゆきぼとけ》こさえている。腕と首。金、銀、珠《しゅ》、玉《ぎょく》を供えたてている。空は、のぼる、童子ら白木《しらき》さし渡して……家の図、仕組んでゆく。ふりこぼれる。春の光。雪佛は、頭から浴びている。ぢり、ぢり。姿は縮む。が、家の図は伽藍《がらん》になってくる。男ら、女ら。雪佛。安置しよう。と、働いている。

しと、しと。雪の朝。色紙《いろかみ》まじる。風船玉。子供ら、脛《すね》そろえて、ついている。

ふれふれ小雪
たんばの小雪
垣や木のまたに
ふれ、ふれ小雪
たんばの小雪

舞い上る……唄につれて。五色《しき》の紙玉。かず、かず、上る。ぼた、ぼた、雪がふりかかる。

ぱっと、点燈。急転直下。東洋の情緒は消えてしまった。かや、かや。電気の花模様。扉に女の項《うなじ》、なかに揺らめいている。

紅色の女が腕を組む。黄と黒。だんだら染《そめ》、衣翻《ころもひるが》えす女。テイーブルさして泳ぎくる。靴の快音。

食堂は水族館である。はるかの卓上。こちらの食卓。いま、世界の国が、羅列《られつ》している。

カルホルニア・ターキイ。ヨーク・ハムだ。イタリアン・サリミ。ボログナ・ソスイヂ。ザウアークラウト。カヴイヤーだ。ロマン・パンチ。アイリッシュ・ポテーイトウ。ポタージュ・インピイーリアル。

それのみでない。次から次、白い給仕《きゅうじ》の指先だ。皿数まわしている。

正覚坊《しょうがくぼう》！　焼南瓜《やきかぼちゃ》！　おらんだ防風《ぼうふ》！

口めがけて、赤い酒。つづけて、黒い酒。私は投げ込んでいる。目蓋《まぶた》は赤らむ。

咽喉《のど》は発火演習であり。リラはホオークとナイフで余念がない。

——リラ！　シャガールだ。

咄嗟《とっさ》。私が叫んだ。リラは静かにナイフ、下ろした。瞳、あげる。窓ガラスに写る。私は鋭く感じた。過ぎてゆく姿！　消えて、また姿。洋服のカタログ、繰《く》るようなものだ。シャガールの、剃刀《かみそり》の風。あてた顔。マーシャは夕顔の花。ラツールがタバコの煙。顔に巻いてゆく。廊下を漫歩《まんぽ》しているのであろう。

——これが一生の別れだ！　立ち上がる。急ぎ出る。握手する。

そのような、淡い感情！　危《あや》うく、私は落ちこみかけた。が、間《ま》もあらず。ダルタスの黄衣《こうい》さえ、かき消える、ガラスに煙ばかり。もがいている。

——シャガールが、よく、あなたのことを云ってましたわ。半分、大好きで、半分大嫌いですって。

扇、使いながら。リラは言葉を送った。が、脇に廻転する。烈《はげ》しい扇風機だ。リラの話を吸い込んでしまう。私は心持《こころもち》首さしだした。が、鼻のまえ。卓上に白百合だ。ふと、花を！　私は色よき、異性に感じた。

——大好きで、大嫌いだって？

——そう云ってますの。大嫌いの半分は、あなたが純然たるマルクス学徒だか

らですって。資本主義が崩壊する。そんなことのあって、たまるものか。眉唾《まゆつば》も
のだよ。それが証拠にベルンシュタインのように裏切者が、すでに内輪から、でたじゃないかって。興奮してましたわ。

――だが、ベルンシュタインは、崩壊のただ、時間問題に異議を唱えているのだよ。いいつけてやるがいい。シャガールに。

――没落を信ずる。紅海《こうかい》に白いハンカチ、ひたせば。紅《あか》く染まると思うようなものですって。

――なんとでも、シャガールに云わせて置くさ。けれど、時計は容赦《ようしゃ》なく動いているからね。止《とど》まらないよう、一遍《いっぺん》にネジをまくことだ。

――ネジをまく！　本統《ほんとう》に、いまは、それだけですわ。でも、シャガールは、ひどく、罵《ののし》って、レニンは馬鹿正直だ。マルクスに誑《たぶら》かされて、一体、われらの皇帝をどうしてしまったんだ。レニンの馬鹿奴《め》が！　そう、云うんですよ、

――しかし、シャガールになって見れば、むかしは、露西亜《ろしあ》の生糸《きいと》商人だったからな。罵《ののし》る。それも尤《もっと》もかも知れない。

――いまでは、マーシャもレニンを怨《うら》み殺したようなものよ。

リラは述懐《じゅっかい》にいそがしい。が、銀の匙《さじ》をとる。スインナモン・アイス・クリ

イーム。舌ざわりに溶かした。隣り。卓子《テーブル》、かこむ。若い男女だ。積木細工のもろい恋。囁き返している。男は目付《めつき》で、それと分る。倫敦《ストリート》無頼《アラブ》少年であろう。女は上海でかッ攫《さら》われた。支那《しな》の小娘であろう。腕は露《あらわ》だ。が、肌には、アラベスクの衣。まとっている。

——大好きな半分は……あなたのね。

リラは高く笑った。赤い幕に。歯の足！　踊っている……。

——三日月で、幻の小説、書くことですってさ。どんな、小さな短篇集にだって、気をつけて見ろ『芸術は長く、人生は短し』って、それあ、素ばらしく広告が、貼りつけてある。そう云って、ひどく、礼賛《らいさん》してましたわ。

——リラ！　シャガールも矢張《やはり》、かんちがいしてるよ。東洋の教室で、私も、しばしば、きいたものだ。芸術は長く、人生は短いってね。だが、そのたびに、わたしは、心ひそかに、教師を嗤《わら》ったものだ。だって、これこそ、人生の極めて短命なことを、強調する句じゃないか。どうして！　芸術なんぞ、永遠であるものか。

——では、人生の短命なこと？

——そうだとも。芸術の脈拍《みゃくはく》、うつのは、社会性のあるうちだけだ。あとは、古典の庫《くら》に投《ほう》り込まれて、蒼《あお》ざめては、なかで、託《かこ》つのさ、フヰルムだって、小説だって、みんな、幻の花だよ。

萬雷的《ばんらいてき》だ！　鳴り渡る。奏楽。また、オルンシュタイン『テエムス河の印象』である。私は意気ばんだ。突きあたる！　窓に不協和音だ。が、思い浮べた。このオランダの別れ。音の分裂！　明日は英国領である。ガラスに旋律。震い渡っている。私は嘆息《たんそく》した。

——リラ！　リラ！

思わず。手を握った。指のつなぎ目！　二つの魂であろう。篭《こも》っている。

——さあ、別れの乾杯！

羅馬《ローマ》混合酒。私たちは唇にした。一つは、明日のリラのため。パラシュートで、飛行船を落下する。その恙《つつが》ない、撮影のために！　いま一つ。それは、倫敦《ロンドン》に安住する？　私の行末、祈るためであろう。

たえまもない。気分の音響！　窓の爆烈する。卓上の白百合は、その頂《いただき》だ。微々、と震えた。が、くるり？　三日月べり、つたう。と、顔、そむけてしまった、コンパス！　テイーブルがまわしたようにある。

——あら！　この花の敏感。

リラは花粉に、目、落した。が、あたりの花。一様の方向——頭、右である。

——花は音楽が嫌なものだ。白百合は、ことに、未来派が大嫌いだ。

ベルが響いた。食堂を出た。一枚。外の窓。円い月が嵌《は》まっている。

——リラ！　日本の旗だ！

指さした。が、さす光。リラの顔が、屈折している。


電気に皺《しわ》がよる。消えた。

ゆらり。大馬。現れる。足そろえて。ゆらり。閾《しきい》、越えた。消える。田のなか。小袖の老人だ。水で地蔵の木造《もくぞう》を洗っている。狩衣《かりぎぬ》の男。ばた、ばた。現われて。老人、具《ぐ》して去る。


男が二人。青田にいる。風でも生れそうな、青さで。一人の男が、ぎらり、鎌、使う。跳ねあがる。魚の腹のようにある。が、見る、見る。青田が、斑《まだら》になってくる。

——訴訟にまけて、ねたましいなら、おまえ、あいつの青田を刈りとるがええ。

ここは、おまえ、あかの他人の青田だ。

——どうせ、おまえさん。五十歩。百歩じゃ。

青田が、ぎらり、光って。ぎらり、ゆく。斑だ。大きく、拡がってくる。

……　……　……　……　……

黒戸の奥だ。簾《すだれ》をまくる。ぬうと。赤襟《あかえり》の娘だ。碁盤《ごばん》の目に、顔うつした。

——これ狐！

うちての声にたたかれた。簾を投げ棄《す》てる。尾をのこす。狐は奥にかけ込んだ。

「この狐は、まだまだ未熟であります」——弁士。

……　……　……　……　……

——くるぞ！　くるぞ！　見にくるぞ！

獅子のまわり。子供の声が、犇《ひし》めいている。力合《ちからあわ》して、獅子の向き、かえた。

秋の午後。出雲大社の境内《けいだい》である。

——くるぞ！　くるぞ！　見にくるぞ！

狛犬《こまいぬ》のまわりに犇《ひし》めいた。狛犬の向《むき》、かえたのである。

——きたぞ！　きたぞ！　見にきたぞ！

うすれて、子供の声が、逃げてゆく。

社《やしろ》のまえは、獅子と狛犬だ。背なか合せに立っている。聖海上人《しょうかいしょうにん》が、真先《まっさき》である。ぞろ、ぞろ。参拝人《さんぱいにん》がついてくる。

——この獅子の、みごとな、立ち栄《ば》えは！　いかにも、深い理由《いわれ》が、ございましょう。

上人は見上げる。涙ぐむ。声が、かすれている。

——みなの方。その忝《かたじけ》ない、お姿は。いかがでございます。

われ勝ち。あわてた、参拝人である。手を合す。拝みはじめた。うすれた子供の声。愛撫しながら。リラは、とめどなく、苦笑した。が、私たちは、席、はずした。

R街《まち》は月の運河だ。

——十五夜の愛蘭土《アイルランド》の犬が狂気になる。そんなことが、東洋にも、あるのか知ら。

——よく、夢幻劇《むげんげき》にはね。だが、こんな晩、東洋では、鰯《いわし》の大漁《たいりょう》だよ。

アポロをなかに、リラと言葉、交してゆく。道端《みちばた》は天幕《てんまく》の夜店だ。人の出入。凸凹《でこぼこ》状態である。

フランス野菜ズッペ講習会——これが、主婦の人気、あつめている。卓上に自然の生産物。盛られている。どれも、天然色、極めている。セザンヌの馬鈴薯《ばれいしょ》。

豌豆《えんどう》は青さの一点。水の白紙。食塩は砂漠だ。

——一名、また、メリー氏野菜ソップと申して、豌豆二十五瓦《グラム》……。

割烹《かっぽう》主任が、描写している。耳で主婦らは感受する。

——何時《いつ》になって、マーシャもダルタスも、落ちつくことだろう。

——この主婦らのように？

——そうとも。

次は学説売買出張店である。わずか、二説、売れのこっている。

メチュニコフ氏、学説（免疫ハ白血球ノ喰菌作用ニ由来ス）

マックスウェル氏、光線論（光線ハ、エーテルノ電磁波ナリ）

——誰か、二説、買ってしまえばいい。ね、リラ、天幕《てんと》はすぐ、つぼむよ。

幕から首だした。が、リラと驚いた。美しい娘じゃないか。電信柱に泣いている。悲しみ、柱に、青う移す。そのようにも見える。が、涙こぼしている。

——娘の美しさ、悲しみ、かくすというのに！　まあ、泣きやむがいい。ここは冷たい学説で一点張りだ。

顔こそ、かくしている。が、小脇にかかえる。マルクスの独逸《ドイツ》版だ。月と瓦斯《がす》の光が書いている——ルヰボナパルトのブルメーヤ第十八番と。

——済世学者《さいせいがくしや》よ！　ここにも一つ、社会の不幸が落ちている。

私は心で叫んだ。が、それ！　また、テロリストだ。と、尾行が怒鳴るか知れない。私はうしろ、のぞいた。尾行が目をそらした。

Z街に統計中央局がある。

掲示板に貼ってある。大露西亜《ロシア》の大死亡率表だ。官報数字が喪服をつけている。

ペーテルスブルグ　一六〇三〇〇〇
モ　ス　カ　ウ　七八九〇〇〇
カ　ザ　ン　二二一〇〇〇
アストラカン　四二〇〇〇
ニッシー・ノヴゴロッド　三三〇〇〇

まえを儀葬車《ぎそうしや》の一列だ。遅々として、進まない。日くれて、道、遠いことだ。が、これこそ、後にも先にもない。家内悲劇の跡《あと》始末だ。

——シャガール！　ひつこく、これを見てくれ。そうすれば、よく分ることだ。女の手を、無暗《むやみ》と握るのが、もう、厭になりはしないか！

私はリラの脇に立っている。くる花環《はなわ》、また、花環。と、みな、昨日の花ざかりだ。月の光に死んでいる。轍《わだち》の上。アポロが嗅いでくる。

徐々に。橋梁《きょうりょう》をさし。徐々と。儀葬車はゆく。

駅の改札口は博覧会の入口。それに劣るまい。船に乗り込む。一杯の人だ。

――船まではゆく！

エンブレス・オブ・テレサだ。リラが云い張った。が、波止場《はとば》で振る。そのハンカチは無駄である。

――ほんの銀紙に見えるばかしだから。

きかなかった。が、恐らく、倫敦《ロンドン》の露地《ろじ》で逢われよう。リラは納得した。が、私は励ました。プラット・フォームを歩みながら……。

――オランダの切り花さえ、朝、倫敦に向う。と、ひるには、あちらで、花市《はないち》がたつじゃないか。

――そうですってね。

ボスコープの園からだ。夜明《よあけ》に、露の花を切る。日の出だ。自動車を花にする。と、ワールハーフェン飛行場へ疾走だ。空は花模様の飛行機である。

――リラ！　こんなときにはね、ひとつ、愉快な夢想でも、して欲しいものだよ――苦のために。

——できるものなら、一生、夢想して、暮したいんですけれど。

——赤い切花《きりばな》が、飛行機から、一輪——蒼《あお》い海峡に落ちたとしたら。燕《つばめ》が花の首、銜《くわ》えたら。さて、どちら向くだろう。英吉利《イギリス》か。和蘭《オランダ》か。倫敦に着くものか。ボスコープへ、ひっかえすか。それどころか、その花が、私の胸ボタンに倫敦で開いたら。さぞ、さぞ、奇妙なことだろう。

リラは微笑した。が、顔、一杯。驚き、溜《た》めている。

——いまのいま。オランダに告別しよう、とするのに。あられもない、夢想をして。

まあ、そう思ってであろう。リラは深く目を伏せた。アポロが、さきに。こつ、こつ。尾をまいてゆく……。

二点間の、列車は、最短距離だ。

美しく、つらなる。南の窓。女らの花鉢《はなばち》である。私はいそぎ、飛び込んだ。が、忽《たちま》ち、驚いてしまった。かの囘々教《フイフイ》の一団だ！　ゼラール大佐はじめ、乗り込んでいる。一気呵成《いっきかせい》の追放である。大佐の腕には、よりかかる。娘がある。私は目をうたれた。かの独逸《ドイツ》版の娘じゃないか！

ベルだ！　ベルだ！　発車予告のベルだ！

機関車が身構える。さしわたす。列車だ。鋭く痙攣《けいれん》！　スタート、切るばかしだ。

別れの窓は窓だ。たがいの指が麻痺《まひ》している。私が、俄《にわ》かに、アポロを抱きかかえる。窓枠につきだした。一枚の動物画であろう。

――リラ！　これが、私の贈物だ。

アポロは鼻、鳴らしている。さしいだす。下で、リラが手にうける。刹那《せつな》。アポロの首はリラの手に。私が、後脚《あとあし》、ささえている。これが、アポロを加えて三人、名残《なごり》の握手だ。人と犬。つたわる、奇怪な体温。指に、私はしみじみ感じた。

発車！

――リラ！　リラのアムステルダム！　さよなら！　アポロ！

――さよなら！　正義と愛のために！　さよなら！

ひしと、リラはアポロ、胸にした。アポロの舌が、べら、べら、口、割っている。うち、振る。赤い三角の小旗か！

――リラ！　リラ！　リラ！

――さよなら！

リラの顔が、微々と、アポロに傾く。汽車は馬力だ。忽《たちま》ち、リラと私は反比例した。白いリラの姿。視野の縮図。私は目を失ってしまった。

——オランダの地図、抜けるのに。窓の夜景。二百枚。まず、わたしは、見なければなるまい。

倫敦の正《しょう》十二時である。

オランダの切花。私は巷《ちまた》で買った。が、漫然《まんぜん》と、街頭《がいとう》の二時である。突如！死刑の宣告！ 活動写真館の前だ。私はうけた。

広告！ 蒼ざめた広告！ リラの禍《わざわい》！ リラの遭難実写！

犇《ひし》めく人々。目を奇報《きほう》に欹《そばだ》てている。

——惨死の実写で、なおも儲ける。商業主義のどん底だ！

わく、わく、燃えあがる。私の目ではある。が、束《つか》のま。落胆してしまった。

暗室にかけ込んだ。

空に邪魔をする。大きな飛行船である。風は腹に皺よせている。が、船は雲、切り開く。進む。螺旋《らせんじょう》状の緩慢である。赤い太陽。さしては昇る。

——一気にリラが、飛び下りるのか。

つぶれた胸ではある。が、私は待ちかねた。小さくなってゆく。螺旋の円周。

太陽だ。逆に大きくなる。

——からッと開く。花の傘。リラが空辷《すべ》るのか。

いや、太陽は迫ってくる。船の廻転は極度である。迫る！　迫りくる。私の目は奪われている。

——いまか、いまか、リラは、もう、いま、踊りでるのか。

かたず、のんだ。が、船と太陽だ。じりじり迫りくる。一瞬！　火のつく、接近！　あ！　触れたのか。船に太陽。ぼッと！　大空は船火事起した。煙！　火だ！　フヰルムさえ、燃えさかりそうにある。が、何故《なぜ》だ。私は胸が割れるどころか。一途《いちず》に、躍り上った！

——リラ！　リラ！

私は振りあげた。花束！　あたりの人に、散りこぼれる。花びら！　この飛沫《ひまつ》だ！

——リラ！　リラ！　リラ！

煙と火のなか。なおも、花束。私は振りしきる。いまこそ、まことの別れだ
——振りしきる。

黴《かび》の生えたレンズ

丸の内郵船《ゆうせん》ビルディングの七階にあるカール・ツァイス社で、僕は終日、レンズからレンズとのぞきまわって働いている。

すると、なんとなく、同僚の持って生れた性癖《せいへき》だとか瑕疵《あら》だのが自分の隠していた小さな洋服の綻《ほころ》びだとか、あんなことを云《い》って人を怒らせなければよかったといった後悔だのが、そうしてそればかりでなくって、遠い子供の時分に水面《すいめん》へ釣落《つりお》とした鯉の面影などまでが、どうやら、大きく鮮かに双眼鏡のように見えたりして、徒《いたずら》に僕を悩ますので、仕方もなしに高い窓の一枚をあけて、外《そと》の雨降《あめふ》りを眺めていたら、煙る雨の重吹《しぶき》に、ほんのちょっとだけれど、僕の髭の先が、奇抜にも湿っぽくなってきた。

これじゃ、どちらを向いても、梅雨《つゆ》の季節はやりきれたものでないのだが、それもまた尤《もっと》もなことではなかろうか。白と黒との楕円形《だえんけい》の昼夜《ちゅうや》が、絶えずもれなく、細雨《さいう》のなかを出たり入ったりしているのだから。

僕は気が腐る！　髭が湿《しめ》る！　そう思いながら、指の先でもって、レンズを弄《いじ》くっていると、レンズまでが、雨のために曇り、長いレンズの歴史のためにレンズに黴《かび》でも生えていそうな気がしてならぬのである。

なんでも遠眼鏡《とおめがね》ができたのは、十七世紀の初葉《しょよう》だというのだから随分《ずいぶん》、遠い話ではあるまいか。

和蘭《オランダ》の眼鏡研師《めがねとぎし》が、千六百八年に始めて、これを発明したのだとか、和蘭《オランダ》からのニュースに刺激されたガリレオが、その翌年にこれを工夫して天体観測に使ったのだとか云《い》われているのだが何《いず》れにしても、この世へ始めて生れてきた滅法外《めっぽうがい》に単純なタイプの遠眼鏡《とおめがね》をダッチ・テレスコオプだの、ガリレアン・テレスコオプだのと呼んでいるのはこれがためだというのである。

――これでは、レンズの生立《おいたち》に黴《かび》の生えるのも、あたりまえのことではないだろうか。

そう僕は思うのである。

ところが、このガリレアン・テレスコオプは漸次《ぜんじ》、彩色上《さいしきじょう》の欠陥を改良するために、異なれる種類のグラスの結合的用法《けつごうてきようほう》を試みられたのだけれど、そして、埒《らち》があかなかったとみえて、僅《わず》かに、実体を二倍から三倍までに拡大して見せるオペラ・グラス型のテレスコオプが依然として使われていたということである。そうして、クリミア戦争の時には、やっとこさで戦争の実況を三倍から五倍ほどに見せる矢張《やはり》オペラ・グラス型の遠眼鏡《とおめがね》が盛んに流行していたそうである。

これでみると、夕日を浴びた丘の上から遠眼鏡でもって戦争の光景に気をもんでいた貴婦人たちはトーキーでも見ているようなものではなかったろうか。

それにしても、遠眼鏡は、なんとまた悪戯《いたずら》好きな器械だろう。

彼女をすてた憎らしい男が、悲鳴をあげながら敵に殺されるところを彼女に見《けん》聞《ぶん》させては実際よりは五倍も、よろこばせたり、そうかと思うと、なつかしい恋人を殺させたりしては彼女に五倍以上も悲しませたりして、自由自在に彼女たちを操っていたからである。

だが、レンズのために、操《くすぐ》られては、はかない泣笑いをしたのはひとり古風なオペラ型の貴婦人ばかりでなく、今も、ツァイスの工場のアプベ教授が発明してから全世界を風靡《ふうび》しているプリズム・ピノッキュラァを手にしていると、何となくレンズが齎《もたら》すところの消え易くして、それでいて、変に人たちに覗きたがらせようとする怪しげなる衝動に僕もまた操られそうな気がしてならないのだ。

それにしても、オペラ型の遠眼鏡《とおめがね》だの貴婦人だのは、いったい、何處《どこ》へ消えていってしまったのだろう。ただにレンズの歴史の陰に古風な鼾《いびき》をかいているばかしで。

雨がやんでくると、灰色の空に一点の水溜《みずたまり》ができてきた。音もなく煙《けむ》の蛙《かわず》でも飛び込みそうな青いものが、次第に大きく拡《ひろ》がりだしてくると、だんだん灰色の空だったものが小さな一枚のハンカチになってしまって、——

やがて、何處《どこ》かへ空は吹き飛ばされていってしまった。ただ、もう頭の上には茫々《ぼうぼう》たる跡方《あとかた》もない青いものだらけになって……

そこで、鉄柱《てっちゅう》の上にしつらえてある巨砲《きょほう》のような五インチ八分の一のテレスコオプを日本橋の方向へむけながら、ちょっと、僕は覗いてみると、接眼レンズと筒先《つつさき》レンズとがぴったり調和して、僕の視野のなかへ、これはまた、近代的な軍艦のような、とあるビルディングの屋上庭園《おくじょうていえん》が浮んでいて、水兵ならぬ多勢《たぜい》の人たちがうようよと波うっている。

気の変り易《やす》いほど、レンズに現われては消えてゆく、白粉《おしろい》の匂いだの、穴だらけの天然痘《てんねんとう》のお面だの、あんまり孤独であり過ぎる義眼だの、そうかと思うと、出たり入ったりするサツクリだとか絵のない絵本のようなハゲ頭だとかが、思わず僕に底しれぬ世間の広さを感じさせるのである。その他《た》全く何が住んでいるのか知れやしないと云《い》ったような。

ために、僕はこれら天変地異《てんぺんちい》の百面相に嘆息《たんそく》をしながら、こんどは幾らか人の疎《まば》らなあたりにテレスコオプの焦点をおきかえると、まず第一景に現われてきたのは、どうやら季節の挨拶でも交《かわ》していそうな中年の紳士の一組なのである。レンズに映る顔の表情を凝視していると「しのぶれど、いろにでにけりわがなにやらは」とでも云《い》ったような、優しい歌の思いだされるほどわが耳に彼等の囁《ささや》きが聞こえそうなのである。

——この頃うちのお天気ときたら。いや実に言語道断じゃござんせんか。晴れそうな気がして、停留場あたりまで、手ぶらでやって来るか来ぬうちに、もう後から雨が降ってきたりして。これじゃ、吾輩《わがはい》たちは、お天気を逆さまに歩いているようで、ちょいと、やりきれませんね。

——まったく！　まったくそうなんですよ。だが、それでいてこんどは霖雨《りんう》のなかを、傘さして来るといつの間にやら晴れていて、往来を蝙蝠傘《こうもり》さして歩るいているのは吾輩ひとりであったりして、おまけに、傘の上から太陽の奴めが、吾輩の麦桿《むぎわら》帽子をのぞき込んでいたりしたときには、ちょっと実際てれくさくなりましてね。

――左様《さよう》、天気のいい日に長靴をはいているより馬鹿らしい気がしましてね。

――だが、考えてみると、無論、天気も天気だけれど、これァ、お互《たがい》の感受性が、次第に衰えてきたからのせいかも知れませんよ。

――いや、そういうよりもこの現象は雨の降る日に、必ずしも天気が悪いとは限らぬことを意味するんじゃないでしょうかね。

こうして雨と太陽！　太陽と雨とのなかに六月の紳士たちが板ばさみになっていた。

次に、現れてきたのは、そういうよりは、どこからか、このレンズのなかへ、または、屋上庭園《おくじょうていえん》の方角へ落ちてきたといった方が妥当なほど、刹那的《せつなてき》ではあったが、僕を驚ろかせたものは一台の灰色の飛行船なのだ。

その飛行船から、なに故《ゆえ》だか、ふと僕は右の肺を失って、いまでは、もう一つの肺でもって辛《から》くも青い海の空気を吸っては保養している、ある青年俳優を思い出したのだが、なんと飛行船もまた雷の類《るい》と同じく、何時《いつ》どこからくるとも分りゃしないと同時に、どんな気まぐれなことを僕らに考えさせぬとも限らぬような代物ではなかろうか。

僕は昨年の初夏に近い海の日を思いだした。巖《いわ》の上に、腰をかけていた僕たちは、『ぬいぐるみの犬』の舞台効果に就《つい》て談《だん》じ合っていると、水面へぽかっとフットボールのような影らしいものが落ちてきた。すると、青年は話の中途で高く空《くう》へ手をのばした。潮風に南方へ飛行船が流されていた。

——あれを見ていると、僕は何遍《なんべん》だって、騙《だま》されていたいような気がしてならぬのですよ。あれは長いこと、僕が探し求めている音らしいのです。そうしてあれは僕のだったもう一つの失《き》えた方の肺《やつ》かも知れませんよ。

——そいじゃ、あれに乗ってたら、一生君の苦はなくなりそうじゃありませんか。思いきって乗ってみてはどうなんです。

こんな思い出のなかで、僕はレンズを眺めていると、だんだん大きくなった飛行船のために、やがて、小さくレンズが飛行船の一部分になってしまった。そこで、レンズの焦点を他方《よそ》へ移すと、その次ぎに映ってきたのは、蕾《つぼみ》のようなベンチ・レータァが明暗色《めいあんしょく》にきりきり廻《まわ》っていて、その下方《した》にあたって、若い男女が素敵な会話を交している光景だった
——何時《いつ》、お会いしても、あなたは実に綺麗《きれい》で、お若くていらっしゃいますね。

――あら、あんなことを……

と、女は恥《はずか》しそうに、自分の顔を朝顔の花のような洋傘《コウモリ》で隠すと傘の上で跳《とび》上《あが》った外光《がいこう》のために、男の顔の眼から下半分が急に陰影をなした。

――そんなに恥《はずか》しがらなくたっていいじゃありませんか。

――そうね。そんな年でもありませんからね。

そのうちに、彼女も彼も、恥《はずか》しがらなくなってしまって、お互《たがい》の指を秘かに弄《いじ》くり合いだしていた。それが何となくベンチ・レータァの蕾といい、朝顔の花といい、指もまた鉄筋コンクリートに生えた朝顔の蔓《つる》の一種じゃなかろうかと思わせるほどだったが、その途端《とたん》に見知らぬ皺《しわ》苦茶《くちゃ》の手が背後《うしろ》からそっと、のびてくると、彼のポケットから巧みに財布を抓《つま》みとった。それを気づかなかった彼は幸福そうな顔をしていたが、僕のレンズが手を追っかけてゆくと、大きく映ったのは、何処《どこ》のものとも分らぬような老齢の男だったので、受話器をはずして、ビルディングの屋上庭園《おくじょうていえん》に掏摸《すり》のいることを知らせるとまたしても、僕はレンズを覗いていた。すると、いままでいた筈《はず》の老齢な男の代りに、これもまた年老いてはいたが、ロシアからでも流れてきたような見窄《みすぼ》らしい外国人が彼等の後《うしろ》に、ぼんやり立っていた。掏摸《すり》と間違えられやしないかと、遠いところから、僕が気を揉《も》んでいると老人はポケットから、鉈豆煙管《なたまめきせる》をとりだして、淋しそうに一服火をつけてぼかッと吐きだしたので、僕のレンズ一面が煙だらけになってしまった。濛々《もうもう》とした煙のなかに黴《かび》の花の男女が明滅《めいめつ》しながら……

李大石

黄《きい》ろい月のような顔色して、李大石《りたいせき》(Litaishih)は気を腐らせて云《い》うのでした。

——これから僕はこの海を故郷《こきょう》へ渡ろうと思うのです。

それもその筈《はず》であろう。風のある日など、風にさからい、この晩近《ばんきん》の大男である彼が、一寸《ちょっと》、自転車にでものると、いくら踏んでも、自転車は一点に蟻集《ぎしゅう》したままであり、足を放せば、独りでにペダルが逆転して、遠く後方の漁村へ吹きたっていったりして、どん詰りは、花影《はなかげ》の木に突きあたっては、転がり落ちて、ふりしきる花を浴びながら李君《りくん》は頭をかきかきしたりするのでした。こうして、彼は知《し》らず識《し》らずのうちに、早くも、意志を失い、肝心《かんじん》の要事《ようじ》を逆さまにして走ったりする癖がついて了《しま》ったのです。そして、あとでは大きな後悔をするのでした。

——今度、家へかえったら、君は何をするつもりなのです。

すると、李君は、すでに、支那《しな》の小川でも散歩していそうな風《ふう》つきをするのでした。

——いけませんね。現代の新らしい詩ときたら、打つ！　殴る！　蹴るで、うかうか、こんな詩の近くへ寄ったら、ひどい目に遭《あ》わされそうです。僕は国に帰ったら、もっと、詩のなかへ影の鳥を逃がしたり、珍花《ちんか》を笑わせてみたりしてみたいものです。春雨《はるさめ》も降ったら、序《ついで》に、降らせたっていいじゃないかと考えてもいるのです。

李君は、これまでに何遍《なんべん》、商売がえしたか知れませぬ。はじめ日本に渡ってきた時には、飴屋《あめや》をしていました。ところが、李君は十以上の数に出逢うと深く考え込んで了い、さっぱり数が分らなくなって脳裡《のうり》で胃痙攣《いけいれん》を起したりするのでした。

ひょっとすると、頭の骨が一枚足りないのかも知れません。が、それにしても、李君は自尊心を愛し、しかも甚《はなは》だ以《もっ》て功利主義的なのです。大方、飴を買いに来る子供たちには、目分量よりは、やや少なくして売りつけるのです。が、これでは足りないじゃないかと痰呵《たんか》を切られると、忽《たちま》ち、おおそうか！　そうかと、李君は周章《あわ》てて両手を一杯の飴にして差出すのです。こうして、自尊心が飛びだしては、何時《いつ》でも損をするのでした。

——あれだから李のところへ買いにゆかずにはいられない。

子供たちに持囃《もてはや》されながらも、これだから、数学にかかると、全く僕は敵《かな》いません。李君は嘆息《たんそく》するのでした。が、妙な病気も世に、あればあるもので、誰しも、頭の肥えた李君を眺めては不思議に感ずるのでした。が、李君はいつか屋台店をたたんで了ったのです。

それからが百貨店のサンドウイッチマン時代です。

——Bonantagon！

大男の李君は入口に突立《つった》っては、往来の紳士の帽子をいきなり、つまみ取っては、二階の窓へ放り投げる。すると、人たちは、怒鳴り散らしては、百貨店の中へ飛び込んでゆくのです。

——俺の帽子を何處《どこ》へやったのだ！

——ここにございます。

ショップ・ガアルが恭《うやうや》しく差しだすと、違うじゃないかと一撃のもとに紳士が撥付《はねつ》けるのでした。

——早く俺の奴をださないか。

――いいえ、これに間違いはございません。あなた様の築山《つきやま》を、一寸《ちょっと》掃除して水をふりまいて置いただけです。

すると紳士は微笑して、紙屑一つない見ちがえるほど新しくなったこの築山をかむって、戻ってゆくのでした。

――一寸、気の利《き》いた離れ業《わざ》だね。

白髪《しろがみ》のかげに香水の匂いがもれたりして。それなのに、李君は、すっかり神経衰弱になってしまっていたのです。

――これでは、今に僕も気が狂うかも知れません。聞いて下さい！　入口では、こんなに怒ったりして、出口ではあんなにニコニコしながら、何がなにやら、さっぱり、僕には分らないのです。誰がこんな薄気味悪いところに生活なぞしていられるものですか。

度重《たびかさ》なるあれやこれやの職業の手違いをして、日本を放浪してきた李君も、この際、国へ戻って、静かに詩でも書きながら、白髪《しらが》の老母《ろうぼ》と余生を送っていた方が、どれだけ、いいか分りません。

そう云《い》えばオルガンを前にして、いきなり全音階をたたきつけて、これ以上の音色を出すことは頗《すこぶ》る困難ですね、と云《い》い放った李君は生れながらの詩人かも知れません。

海が見えだしました。白い花が崩れて、夥《おびただ》しい花びらが浮かんでいました。

——あんなに白鳥がいると、僕はどの一羽を打っていいのか、迷って了うのです。これでは一匹もいないのと僕には、全く同然なのです。

こんなことを云《い》いながら、李君は海岸にきている知人たちと別れを惜んでいるのでした。

——さよなら！

——さよなら！

——なんだか変ですね。君とは久しぶりに逢ったばかしなのに、一度だって、これまで、君と別れていたような気持はしたことがなかったのに。

——僕も、こんどは変なんです。

そのうちに、李君は海を渡りだしたのです。

——さよなら！

ふりかえると、後《あと》の方で、帽子やハンケチが一片の感情になってしまっていたのです。

左の足の沈まぬうちに右の足を出し、右の足の沈まぬ間《ま》に左の足をだしたりして、海上を渡り歩いて急《いそが》しく左右の足の抜差《ぬきさし》のうちにも、股のぞきをしたりして、人たちに別離を惜しみながら曲芸を見してくれたりして、次第に遠く小さくなってゆくのでした。そして、ついには、波浪《はろう》の中に姿が消えながらも、かすかに鉄道唱歌が聞えて来たりして。

——それにしても、李大石は無事に着くことができるであろうか。

汀《みぎわ》で、みんな、月夜の海へ石を投げたことの覚えある人たちが噂し合うのでした。

あるものは、対岸へ廻《まわ》って見に行ったら、日ならずして、李大石が闊歩《かっぽ》しながら、故郷の歌でもうたっては、だんだん、大男になって現われてくるであろうと云《い》うのでした。

それもそうかも知れません。

また、ある人たちは、こう云うのです。

——いや、そうじゃない

甚《はなは》だ悲観説を吐きだしながら。

——中途でくたばってしまうだろう。そして数千の海鳥《うみどり》が群らがっては李大石にとまって、やがて李の肉体も鳥の糞《くそ》に固められて、思いがけぬ小さな島をなして流れてゆくであろう。

そう云えば、果《はて》もない孤島で、折り折り、朱《あか》い椿の花の咲くこともあります。それと一緒に李君の胸ボタンの造花《ぞうか》も開くことであろう。嘘なら、きいてごらんなさい！　何《なん》に？　李君が島になる？　そうです。よく土の中から人の骨のでてくることがあるのですから。

それにしても李君からは、いまだ、何んの消息もありません。

——どうしたのだろうか。

台湾にて。（三月）

虎に化ける

人は、たれでも、人のことを呼ぶのに人だと云《い》うものは、あんまり、なさそうである。だから、人には、たいがい、物質名詞がよくつけてあるものだが、僕の友達の袋一馬《ふくろかずま》は、たしかに袋一馬なのに、僕の学生時代には、僕は彼のことを、

——わが親愛なアンチピリン君！

と呼んでいたものだ。すると袋一馬のアンチピリン君は、どうやらニック・ネームというものは、その人の急所を端的に表現するものと見えて遠くからでも、よく微笑をするのだった。だから、アンチピリン君のことをアンチピリンと呼んでた方が、よっぽど、アンチピリンらしかったのである。

ところが、この親愛なわがアンチピリン君が印度《インド》から生ける虎となって送還されたという——驚くべき情報に接したので、僕は、周章《あわ》てて、アンチピリン君の邸宅へ虎を見にかけつけたのである。

坂の上をフォードのボロ自動車が、悪漢《あくかん》のように登ってゆくと、頂上では、天

を挟撃していた並木が両側から踊りでてきて、僕の頭を盛んに乱打していたが、そんなことにはうわの空で僕は揺られながらも、どうして、彼が虎に化けたものかと、思いに耽《ふけ》っていたのである。すると、僕の頭の中へ、彼が虎となり得《う》べき、いろんな必然的な材料が、鮮かに、連想されてくるのだった。

彼は、たしかに、生れながらの寅年《とらどし》だったのである。彼は、彼の老母に虎の子のように溺愛《できあい》されていたものである。彼は虎の子渡しが好きだった。そうしてそればかしではなく彼は、気がむきさえすれば軽騎兵や荷揚人《にあげにん》だの、飛行家や医師や司祭風の制服で、街を散歩するのが、彼の虎の巻《まき》でもあったのである。してみると、今、彼が虎になったからって何《な》にも、そんなに、不思議なことはなさそうだし、それに、彼は、袋一馬から、先刻《さっき》、アンチピリンに化《ばか》してしまったアンチピリンのことだから、アンチピリンから、またしても、虎になることは、さして難しいことでもなく、ただ、遠く人間から離れたアンチピリンから虎にさえなれば、それでよさそうに思ったりするのだった。すると、はやくも、僕には彼が虎以外の何物でもあり得なそうな気がしてくるのだった。

——虎！　虎！　虎——だ！

と、何度となく、僕は口中《こうちゅう》で連呼していると、急に、運転手がふりかえって、

――旦那ここの道を左へ廻《まわ》るんでしたか？　と、訊《たず》ねるので、

――そうだ、動物園の方へね。

こう云《い》ってやると、運転手は怪訝《けげん》そうな顔をしていた。

青果店《あおものてん》の隣りが煙草屋で、その隣りが猟犬商会で、やがて、車窓へ、何時《いつ》もながらの虎の邸宅の竹藪の頭が、黄《きい》ろな砂のように、もやもやと、天に揺れているのが見えていた。

この竹藪から、ふと、僕は、数年前の彼を思い出した。その頃、彼と僕とは、色の褪《あ》せたモオニングを着込んで、都会の隅々までも就職口、求めに、ほッつき廻《まわ》っていたものだったが、いつだって、骨折り損の草臥《くたび》れ儲《もう》けにばかし終っていた。すると、癇癪玉《かんしゃくだま》の破裂した僕たちは、日暮がたの雑踏する浅草へ出掛けていっては、水族館の隣りの木馬館で、モオニング姿のままで、木馬に乗り、淡いセンチメンタルな「蛍の光」の音楽につれて、木馬を走らしていると、何んだか、急にふたりが悲しくなってきて、

――こんなことなら、あんなに、カンニングしてまでも、学校をでるんじァなかったな！

と、嘆息し合っては、世知辛《せちがら》い浮世に涙をながしていると、またしても、クラ

リネットが癇《かん》の高い音色でもって、われらに哀愁を誘うので、眼にハンカチをあてがっていた僕らは、どうにも、泣かされて仕方のなかったものである。

だが、そんなことがあったかと思うと。また、朝から晩まで、小さなキャフェで、飲まず食わずのままじッと身動きもせずに、蒼ざめた顔をつき合していたりすることもあるのだった。

——こうなったら、僕は、もう何をしでかすのやら、自分にも、だんだん分らなくなってきたよ。

力まかせに、僕がゲンコツでもって、卓子《テーブル》をたたきつけると、その拍子に、紅いアマリリスの花びらが、彼のプレイン・ソーダ水のコップの上へ落ちたので、何故《なぜ》だか、彼までも、急に興奮してきて、

——僕だって、分るものか。毎日、食卓に向っていると、何時《いつ》ものように母親がお給仕して呉《く》れるんだが、なんだか、この頃じゃ、僕の僻《ひが》みか、僕ァ、花屋敷の虎みたような気がしてならないんだよ。僕ァ無政府主義者になろうかと思っているんだ。

呀《あ》ッと、いうまに、もう、彼は、そこにあった家鴨《かも》の首のようなフラスコを握って、頭上へ振りあげていた。ところが、手首からフラスコの水が、背中の方

へ、小切手の点線のように伝わってきたので、吃驚《びっくり》して手を放すと、その途端《とたん》に、フラスコが床板の上で、ばしゃんと風船玉の割れる音をたてて砕けながら、僕ァ水だらけになっていた。

――あッと、ここで、降ろしてくれ給え。

運転手に叫ぶと、自動車は、ピリオードのように、そこへ停《とま》った。

――ごめんなさいまし。

そう云《い》う代りに、手頃なところに、ベルがあったので、何度もそれを押しつづけてみたのだが、誰もなかなか、でて来そうになかったので、こんどは、僕は手を変えて、鶏の鳴き声をしてみると、急に奥の扉《ドア》が開《あ》いて、なかから紅い豆自転車にのった、脚の長い不思議な女が現われてきた。

――あら、よくいらっしゃいましたわ。さア、おあがんなさいましよ。でも、あの人は、とうとう、虎になって帰ってきたんでございますわ。

そう云《い》いながら、僕の帽子をいきなり奪うと、自分の頭にのッけて、またしても、自転車に乗って、奥の方へ消えて行ってしまったので、仕方もなしに、後から僕がついて行くと、温泉とアトリエをごっちゃにしたような硝子《ガラス》張りの部屋へ、僕はきていた。そのあたりには、女の水色のアンダアシャツだの、レモン色のシャッポだの、ヅロオスのなかに女の櫛《くし》がまるめこんであったり、食いさしのチョオコレートが白粉箱《おしろいばこ》の上にのッかっていたり、そうかと思うと、大きな化《け》粧鏡《しょうかがみ》に、袋一馬の虎の似顔が描いてあったり、天井からは、ブランコがたれさがっていたりして、あたりの色彩の調和は、全然、意識的に破壊されていた。だが、破壊されている！　そう云《い》えば、どうしてあんなに、脚のながい彼女が、楽々と豆自転車になんか乗ることができるのだろうか。ここには、途方もない、目には見えない、何かのつながりがあるのではなかろうかと、僕は不思議に思っていると、彼女は、豆自転車から飛び下りて、じッと、僕の顔をのぞき込んだ。だがのぞき込まれることは、また、こちらがのぞき込むことでもありそうである。

　彼女は、花火の茎のように、ひょろひょろとのびて、空間で痩《や》せこけていたのだが、その花の茎のはずれのところで、ぱッと開いた濃い眉と眉との間には、紅い大きな黒子《ほくろ》が一つ鮮やかにうってあって、その下の方では、ゆるやかに垂れさがった鼻筋が上から紅い唇をのぞき込んでいそうで、これら彼女の風貌《ふうぼう》には、どこやら、仏の顔でも丹念《たんねん》に真似《まね》て、化粧のこらされてありそうに思われるのだった。

すると、彼女は、僕の肩に手をかけて、――あなたは、どこか、ほんとうに、あの人によく似ていらっしゃりそうですわ。さア、お掛けなさいましよ。と、支那鞄《しなかばん》の上へ、腰かけさせると、二三歩、後《あと》へ退いて、またしても、じっと、僕の顔をながめ込んでいた。なんだか、写真でも写しそうにして。

――あなた、少しばかし俯向《うつむ》き加減になって、優しい眼をして、妾《わたし》をじッと見て下さいましな。そんなに怖い顔しないでさ、もっともっと妾《わたし》を愛して下さるような顔をして……

彼女は、帽子をとって、僕の頭の上へ軽くのせると、こんどは、僕の右手を弄《いじ》りながら、

――さア、きユッと、妾《わたし》の指を振って下さいましよ。そいでなきァ駄目よ。あの人と妾《わたし》、蜜月旅行《ハネムーン》に出掛けたあの晩は、丁度《ちょうど》、こんな風なんでしたもの……。

――そいじァ、あなたは僕までも虎にしようとなさるおつもりなんですか。

――い……いいえ、そうじァないんですけれど……虎は虎で、もうすっかり虎になって、あちらの檻《おり》のなかにいますわ。でも、あなたは、ようく、あの人に似ていらっしゃるんですもの。

そう云《い》って、彼女は文庫のなかを、滅茶苦茶《めちゃくちゃ》にかきまわすと、一枚の大型の写

真を取りだしてきて、

――これが、あの人の印度《インド》で飛脚をしていた最後の写真なの。

僕のまえに、差しだしたので見ると、黒ん坊の彼は、裸のままで、胸のあたりに、白墨《はくぼく》で何か記号をつけ、腰帯《こしおび》には、真鍮《しんちゅう》でできた勲章のようなものを淋しそうにぶらさげて、跣足《はだし》で立っていた。そのあたりには、よちよちと鵞鳥《がちょう》が歩き、山羊《やぎ》が泣き、大きなサボテンの花が狂的《きょうてき》にひらいて、遠くの方ではインドの建築の起原は竹からでもでたものかと思われそうな、竹でできた崩れかかった僧院だの、黄《き》ろな仏塔《ぶっとう》だのが、ひどく荒涼とした沈黙のなかに日向《ひなた》ぼっこしていたが、写真の上部は、澄んだ青い空間を美しい山肌が皺影《しわかげ》をのこして、その峻《しゅん》峯《ほう》には、氷塔《ひょうとう》が聳《そび》え、さッと氷河が峡谷の方へ走って、白い怪奇な風景が、さむざむと浮きだしていた。裸になんかなっていて、彼は風邪でもひきァしまいかと、僕は思い返していると、いつのまにやら、写真のなかへ、彼女も顔を半分ばかし割り込ましてきて、今は互《たがい》に、彼を知らず識《し》らずのうちに奪い合っていそうだったが、彼の脇に、先刻《さっき》から、しどけなく寝そべっていた女を、彼《あ》の印度《インド》の情人じァなかろうかと、なおもよく見ると何のことはなかった。頭髪に、石楠花《しゃくなげ》の花をかざしたヒマラヤの少女でもなんでもなく、いたずらに嬌情《きょうじょう》をたたえた釈迦の寝像《ねぞう》だったので、苦笑しながら、写真から、僕は眼を離した。

――あの人は、じッと、こちらを見ていますわ。妾《わたし》たちのことをなんとか思やしないでしょうか。だって、なんでもないんですものね。でも、あの人が虎になって戻ってくるなんて、妾《わたし》、夢にも思わなかったわ。なんでも三ヶ月ばかし前よ。ある晩、ヒンドゥスタン郵便局の局長さんから、「おまえのタパリイ(神聖なもの)虎にたべられた」と電報で知らしてきたので、妾《わたし》、吃驚《びっくり》しちァったの。でも、神聖なもの虎にたべられたって、なんのことやら訳が分らぬので折返し訊《たず》ねてみると、こんどは詳しく知らしてきたのよ。だが、あの人は、矢張《やはり》、とうとう、虎に喰べられてしまってたのよ。なんでも局長さんの返電じゃ、「寂寥暗澹《せきりょうあんたん》」とか書いてあったっけ、そんな森林のなかをあの人が行嚢《こうのう》を担いで、左手に一本の松《たい》明《まつ》をかざしながら走ってると、傍《かたわら》の藪蔭から虎が唸《うな》りだしてきて、見るまにあの人の頭から足の先まで、喰べちァッたんですって。可哀《かあい》そうにね。せめて、あの人がピストルでももってたら、そうして、印度《インド》へなんか軍事探偵になって妾《わたし》をふりちぎって、出掛けなかったら、こんな不幸は起きァしなかったのにと、妾《わたし》、さんざん後悔しているのよ。

――御尤《ごもっと》もなことです。

——いいえ、妾《わたし》、御尤《ごもっと》もどころじァないわよ。でも、二三時間すると、やっと、松明《たいまつ》を口にくわえて逃げまわってた虎が捉《つか》まったんですって。ところが、なんだか、さて捉《つか》まってみると、虎のなかに、あの人がどうしても、虎になっていそうな気がするので、つい、こちらの方へ送り還して貰《もら》ったんですの。誰か、妾《わたし》のことを物好きだって仰有《おっしゃ》る方があったら、それは、たしかに、悲しい物好きなのよ。お笑いにならないでね。

——いや、笑うどころじァありません。

——妾《わたし》、どこまでも、あの人が虎になったと信じたいんです。それに、毎朝、餌をもって、檻のところへゆくと、虎は、ほんとうに、生き生きとした眼をして、じっと、妾《わたし》を見ていますの。たしかに、あの人は虎の皮をきて、生きていますわ。お笑いにならないでね。あたし、気は、この通りたしかなものよ。それに、妾《わたし》、もう十何年も趣味で仏教を信じてきてるんですの。一度だって信じていて間違いのあったことはありませんわ。よく仏書のなかに、そうね。三世相《さんぜそう》なんかに、紀州の人が北海道で牛になったり、みみずになったりしていることが書いてあるんですが、してみると、あの人が虎になったからって、何の不思議のあろう筈《はず》もありませんわ。それに、あの人は、たしかに、虎の口の中へ頭から足の先まで、すっぽり這入《はい》り込んでいったきり、どこからも抜けだしてきたような疑いがないんですもの。あの人は這入《はい》っていったきりなんですの。きっと今では、あの人は、虎の皮をきたままじっと、虎の風をして虎になっているにちがいありません。折角《せっかく》ですから、あなた、一ぺん、あの人に逢《あ》ってやって下さいましよ。

またしても、彼女は豆自転車に乗ると、背後に僕を従えながら竹藪の方へ僕を案内してゆくのだった。

——昨夜《ゆうべ》は、印度《インド》を思いだしたのか、あの人は、しきりと、遠吠えばかしして ましたのよ。きっと、今頃は、疲れて鼾《いびき》でもかいているか知れませんわ。

日陰になった檻を遠くから見ると、鉄棒の格子が傘の骨をなして、黄と黒のだんだらの蝙蝠傘《こうもりがさ》がひらいていそうに思われた。ところが、近づいてゆくと、敏感にも、人の気配がするので、天幕《テント》のようになった黄と黒とのものが、ぐらッと、ひっくり返ったかと思うと、巨大な首の奥から紅い舌が、火に燃えてめらめらしていた。

——妾《わたし》、あの噴火口のなかへ、いっそ飛び込んでしまって、あの人と一緒に虎になってみたいともよく思うんですの。

虎は、竹の葉末《はずえ》にぶらさがっている白い昼の月を仰いで、大きな欠伸《あくび》をしてい

た。檻に彼女が手をかけると、目をしばたたいて、優しそうに、

——ねえ、あなた、オメメがさめて？

人前も憚《はばか》らずに、彼女が、甘ッたるいことを云《い》うので、それかあらぬか、流石《さすが》の彼も、極《きま》り悪げに、そっと、あらぬ方を向いて、知らん顔をしてしまっていた。

こうして、春の半日を、彼女を訪れているうちに、どうやら僕の脳髄までも変になってきていそうだった。それにしても、一匹の虎は虎でしかあり得ないものが、どうして、僕には、黄と黒との蝙蝠傘《こうもりがさ》に見え、彼女には首から上が袋一馬で、そのあとはすっかり虎になって見えるのだろうか。だが、僕のことは、さて措《お》くとしても、確かに、彼女の心理状態のうちには、人間の顔をしたスフィンクス以来の謎が、そこに低徊《ていかい》していそうなことだけは事実である。

それから数日後のことである。春雨があると、相変らず、東京郊外の道路は、泥濘脛《でいねいすね》を没していた。

——いらっしゃいますか。

と、僕のアパアトへ彼女が訪れてくると、

——とうとう、あの人が昨夜《ゆうべ》、亡くなってしまったの。

泥靴のままで、僕の部屋のなかへ飛込んでくると、眼を泣きはらしながら、右手の手首のあたりが血だらけになっていた。

——靴だけはおぬぎ下さい。

こう、僕が云《い》うと、

——まア、黙ってきいてらっしゃい。

と、彼女は顔色変えて喋《しゃべ》りつづけるのだった。

——先刻《さっき》、妾《わたし》が剃刀《かみそり》で、あの人の腹部を切っていると、胃の中から消化されずに、あの人が担いでいた行嚢《こうのう》と、あの人が持ってた懐中時計が、いまだに止まらずに、まだ走ってたんですの。妾《わたし》、吃驚《びっくり》して行嚢《こうのう》をあけてみると、なかから、沢《た》山《く》、いろんな手紙がでてきたなかに、あたし宛の手紙が入っていたのよ。読んでみましょうか。なんだか、あの人が、生き生きと妾《わたし》に話しかけていそうな気がするんですの。

——だが、泥靴だけはおぬぎ下さい。

——まア、黙ってきいてらっしゃい。ようござんすか。読んでみますわ。

印度《インド》っていう所は、随分不思議なところです。僕は、こちらへきてから、動物と同じような一ン日《ち》を行動してます。象だの鵞鳥《がちょう》だのが、昼寝をする時には、僕も昼寝します。こんな酷暑の地なのに、頭上では雪の霊山が光っています。これじァ、暑いのやら寒いのやら訳が分りません。

——まァ、いいから靴だけはぬいで下さい。

僕が彼女を追っかけてゆくと、彼女は、白いシーツの敷いてある寝台の上へ飛びのって、またしてもよみだした。

僕はこのごろうち、印度《インド》の地形を研究していたら印度《インド》は三角形の大破片だった。これは地球物理学者も云《い》っていることだが、印度《インド》ばかしでなく、アフリカも南北アメリカも、みんな三角形の大破片です。してみると、地球はどうやら二等辺三角形かも知れません。

この三角形のヅユンゲルという所《ところ》草《ぐさ》の密生した沼沢地《しょうたくち》の荒野《あれの》の奥に、僕は沢山の飛脚と一緒に住んで居ります。印度《インド》では、この飛脚のことをタパリイと呼んで、一種神聖な者に僕らはされています。先達《せんだって》、御送りした僕の写真のように、誰も彼もが、みんな全裸体で、姓名とヒンドゥスタン郵便局の番号とが胸のところに描かれていて、腰帯《こしおび》には、神聖な古代文字を彫った徽章《きしょう》がついています。こちらでは何もかもが神聖づくめで、しかも裸体が飛脚の正服なのだから可笑《おか》しくてならない。そうしてこちらでは、この裸体の飛脚が政府の高官になっているのだから尚更滑稽《なおさらこっけい》です。でも、この飛脚の交通網は、だんだん、郵便列車や自動車によって、破壊されてきていますから、遠からず、これら郵便列車や自動車が政府の高官になるでしょう。そうして、やがて神聖なものとなるでしょう。自動車が走ってくる。神聖！　郵便列車がやってくる。また神聖！　何もかもが神聖ずくめで、神聖といえば、あらたかな仏様は、あちらこちらの地べたにころがって雨露をしのいである。

こんななかにあって、僕が政府の一高官になっているのは当然かも知れないが、それにしても、毎日二キロメートルも脚の続く限り行嚢《こうのう》を担いで全速力で走り通すのは、苦痛です。疲れきって、目的地へ達して、荷物を抛出《なげだ》すと、もう次ぎのものが用意していて、鈴のついた錫杖《しゃくじょう》のような棒を握って、直ぐに、駈けだしてゆきます。こうして、広大な沈黙の印度《インド》内地を走り廻って、一ン日の勤務を遂行して、やっと、初めて印度《インド》式の暢気《のんき》さで、ぼんやり家《うち》へ戻ってくるんだが、それでも、時に、命びろいすることがあります。熱帯地方の特有の怪しげな花が、鉢に植わっているのかと、近寄ってみると大蛇が花に絡《から》みついているのだったり、遠くの方で、英吉利《イギリス》人が黄いろな毛布をひろげて、サンド・ウイッチを食べているのかと思うとそれは、巨大な虎であったりして……。

——はやく、靴だけはぬいで下さい。

——もう、終わりなんですもの黙ってきいてらっしゃい。

——そいつは、いけません。

僕が追っかけてゆくと、彼女は畳の上を泥靴で飛び廻って、

——どうせ、あの人だって、妾《わたし》だって同じことなんですもの、ちょいと我慢しててね。

こんどは、椅子《いす》の上へ立ちあがって、大声で、彼女が叫びだした。

だが、印度《インド》に於《お》ける英吉利《イギリス》人は、確《たし》かに、獰猛《どうもう》な虎の一種です。印度《インド》人は、黒死病《ペスト》と虎と英吉利《イギリス》人とに年中、悩まされている。だから反英精神が濃厚となり、ボムベイに暴動が起り、パンジャブのアムリッツアールで、群集と軍隊が衝突したり、印度《インド》の現行統治法の実施状態を視察にきたサイモン氏一行に対して「サイモン・ゴオ・バック！」の大旆《たいはい》をたてた反サイモン行列がつづいたりして、いよいよ反英熱は白熱してくるばかしです。殊《こと》に、今年は、サイモン委員会の手で、印度《インド》に於《お》ける新憲法立案の報告が提出されるので、今や、ガンディやペザント夫人が躍起《やっき》となって、印度《インド》全線に亙《わた》って、新《あら》なる反抗が激成《げきせい》されつつあります。お蔭で、僕たち神聖な飛脚は、夥《おびただ》しい郵便物をあちらこちらへ走りまわって、日が暮れて

からも松明《たいまつ》をかざして、配らねばならぬので、うんざりさせられます。つい、先《せん》刻《こく》も、僕の知り合いの印度兵《シーポイ》の一人が、ヨオロッパ戦争で、殊勲をたてて貰《もら》ったヴィクトリア十字勲章を、塵芥箱《ごみばこ》のなかへ投げ込んで叫ぶのでした。

——君よ！　英吉利《イギリス》人の海賊に注意し給《たま》えよ。君たち日本人でありながら、自分の国の京都の御所《ごしょ》がちっとやそっとでは、なかなか個人的には見物できないものが、僕ら印度《インド》人は英国大使館の紹介状があれば、直ぐにも見物できるんだからね。そうして、シンガポールに一大軍港ができたら、もっと楽に見物ができるにちがいないのさ。だが、君は、どう考えるかね。ジェリコー総督が大英帝国の国防の重心点たらしめようと熱心に献策したこの一大軍港について。僕の考えるところでは、たしかに、巨大な砲口がわが印度《インド》と君の国の日本の空とへ向けられていそうに見えるのだが……。

これには、僕、返事はしなかったのだが、しかし、僕、この印度兵《シーポイ》の心事は同情しています。

——降りろったら降りてくれ給《たま》え。

——いいえ、もう今に降りるときが来ます。

印度《インド》は何んと云《い》っても奇妙な国です。僕のいま住んでいる沼沢地《しょうたくち》では、魚を弓矢でとってます。冷えびえする晩には、牛の糞の乾したのを薪にしてます。燃えるから奇妙です。だが、奇妙といえば、僕のような郵便飛脚が自分で手紙をあんたへ書き、自分で手紙を持って走るなんざァは尚更《なおさら》、奇妙です。

　こうして、彼女は椅子《いす》から飛び降りると、ポケットから虎皮を一枚とりだして、そっと僕の前へさしだした。

——これが、あの人の皮膚の一部ですわ。

　そのまま、彼女は、僕の部屋を泥だらけにして飛びだしていってしまったのだが、とうとう袋一馬《ふくろかずま》もこれで虎になってしまった訳である。そう云《い》えば、蜂は虎を無限に拡大したものであり、虎は蜂を極微量にしたものであるにちがいないが、はしなくも、僕は今、ふと、彼が、七八年前に仙台の高等学校へ入学して、蜂の徽章《きしょう》をつけて僕を訪れてきたことを思いだしたのだが、どうやら、あの頃から、はやくも、彼は虎になるべき下地《したじ》があったのであろうか。

　僕は、いま虎皮をのこして立ち去った彼女を必ずしも、Material Fallacy に陥っているものとは考えない。というのは、現に、この度、牛込区の区会議員選挙にも、どうやら、彼と縁のある一毛午之允《いちげうまのすけ》だの犬童人二《けんどうじんじ》だのの知名の士が立候補して市街に麗々《れいれい》しく立看板をだしていられることでも、この間《かん》に微妙な有機的な関係のあることが発見されるからである。
――彼は、たしかに虎に、化けたものにちがいない。
そうして彼女は？
――彼女は、虎に化かされたにちがいない。と僕は思っています。

植物の心臓について

幼年時代から、花木は、子供のくせに、心臓が悪るかった。

心室《しんしつ》のどこかに、故障があるらしいと医者は云《い》ってたが、それは、とにかくとして、夜中になると、よく、心臓が、突然とまっては、また、思いだしたように、動きだすのだった。

花木が、よく、この苦悶《くもん》について、友達たちに、訴えると、多くの友達は、

――そんな、馬鹿なことがあるもんか。

と、忽《たちま》ち、一笑に附《ふ》してしまう。

しかし、たしかに、一瞬間、止まってしまうのだから、誰が、なんと笑ったって仕方ないじゃないか。

「それァ、君の神経さ。止まらなくっても止まったように思うんだよ」。

「だが、そうは云《い》うものの、神経でも、心臓が、立派に、止まるんだからね。仕

様ないさ」。

花木は、子供のころから、ほんとうに、思いきって、笑ったことがない。声をあげて、大笑したら、その刹那《せつな》に、心臓麻痺でも起るような予感がするので……。だから、無論《むろん》、疾走《しっそう》なんかしたことは、ついぞ、一度もないのだ。

花木は、往来《おうらい》で、知人に逢《あ》って、帽子をとるときでも、そっと、徐々に、頭上へ手をもってゆく。だから、気の早い相手だったりすると、もう相手は、帽子をとってお辞儀をすまし、もう一ぺん、頭上へ帽子を持ってゆくころに、わが花木は、やっと、手が、自分の帽子に届き、帽子をとって頭が、お辞儀をするのである。

だから、花木は、往来《おうらい》へでるときには、この煩瑣《はんさ》を厭《いと》って滅多《めった》に、帽子をかむったことがないのである。

花木の嫌いなものは、帽子の外《ほか》に、もう一ツある。それは、懐中時計である。あの時計が、コツコツと、動いているとき、花木は、自分の心臓でも、コツコツと動いていそうな気がして、堪らなく、厭《いや》ァである。

まだ、どうやら、動いているときは、じかに、自分の心臓が感じられるといった、薄気味悪るさが、予感されるだけだが、止まったときの、あの、しじまは、とても、花木には堪えられなかった。

花木は、夜中に、心臓が、突然、とまって、眼がさめると、きっと、止まった時計の夢を見ているのである。それから、よく心臓が止まる前に、もう一つ、変な夢を見る。その夢というのは、トラックで、猛烈な勢いで、短距離の選手が走っている夢である。そんなとき、花木は、目まいがして、眼がさめるのである。だが、この速力の夢は、いつぞや、花木が神宮外苑《じんぐうがいえん》のトラックへいって、人間の走る速力が見たいと思って、観にいった晩から、時折り、見る夢ではあるが、彼氏は、外苑《がいえん》のトラックで観ていたとき、物凄い人間の速力に、目をまわしたことは云《い》うまでもない。

花木は、大学へゆくと、植物学を専攻していた。心臓の悪るい男と植物学！いかにも、ふさわしい対照ではあるまいか。そこには、なんだか、切っても切れないような、深い意味がありそうにさえ思われるのである。

いつぞや、花木は、冗談半分に、

――僕が植物学を専攻したのは、植物には心臓がないからのことだよ。脈拍なくして生きることのできる植物！　あ！　僕は、植物になりたい！

と云《い》ったことがある。

そのとき、花木は、微笑していたけども、友達たちは、花木の日常生活を知ってるだけに、なにか、強く胸をうたれるものがあった。

——心臓を持っていない植物か！　なるほどね。

ところが、そのとき、花木は、丁度《ちょうど》、友達たちと鳥のスキヤキを食べていたのだったが、花木は、そう云って、淋しそうに笑いながらも、どうしたことか、煮えた植物の一種とともに、しきりに、鶏の心臓を喰べていたのである。

友達の一人が、笑わなきァいいものを、

「おい！　花木！　君は、なんのかんのと心臓のことばかり云《い》ってながら、盛んに、君は鶏の心臓を喰べてるじゃないか」。

とうとう、くすくすと笑いだしてしまった。

花木は、そう云《い》われて、初めて、

——今、たべた、アレが心臓だったか！

と、仰天《ぎょうてん》して、箸を投げだした。

それっきり、花木は、スキヤキを見るのも厭《いや》ァになって、それ以来、さっぱり、スキヤキを喰べたことがないのだ。

考えれば、花木も不幸な男である。たった一ツ、植物学を研究している時間だけが、彼にとって幸福な時間である。

いつぞや、花木は、下宿屋の娘に、烈しく恋されたことがあった。花木も、青春には燃えてたので、彼女を、美しく愛すべき存在だと、よく、床のなかで、考え込んでいた。

しかし、彼女が、あんまり、烈しく彼を愛して、思わず、階段の中途で、花木の手を指が折られるほど強く握りしめたので、はッと思った刹那《せつな》、花木は、忽《たちま》ち、心臓が、一瞬間、とまってしまって、危く、階段から、ころげ落ちるところだった。

それっきり、花木は、恋に、肝をつぶして、へこたれてしまった。

——感情を激動させることは、心臓によくない！

この建前から、とうとう、花木は、彼女を失恋させてしまったが、やがて、花木は大学をでると、アメリカへ植物学を研究にでかけた。

サンタロオサの植物園には、世界で有名なバアバンク先生がいられた。花木は、この世のなかで、バアバンク先生ほど、偉い学者はないと思っていた。

先生は、植物学の学者というよりも、ことによると、植物の魔術師といった方がいいかもしれない。と云《い》って、魔術師だからといって、決して、インチキな魔術師とは訳がちがうのである。

いや、植物の魔術師というよりも、ことによると、植物の神さまといった方が、妥当かもしれないのだ。

——人間にも、神さまがあるのだから、植物にだって、神様があったって、ちっとも、可笑《おか》しかないじゃないか。

そう花木は思うのだった。

たしかに、バアバンク先生の頭脳は、アメリカでも、珍らしい頭脳の一つにちがいないのだ。ルーズヴェルトのキッチン・キャビネット（台所内閣）の蔭には、ブレン・トラスト！　古の頭脳トラストという奴が巾《はば》を利《き》かせているけども、しかし、どんなに、頭脳が、幾つ寄ったって、バアバンク先生のたった一つのあの頭脳には敵《かな》うまい。

花木は、バアバンク先生に、ながいこと師事《しじ》していた誰より、先生の頭脳をよく知悉《ちしつ》している訳だが、たしかに、先生の頭脳は、アメリカ有史以来の頭脳である。

花木は、ときどき、いまでも考えることだが、ひょいとして、先生の頭脳が、人間の方へむけられたら、あ！　どんなことになったであろうか。考えるのも、まッたく、空怖ろしいことである。

先生の頭脳が、どうやら、植物の範囲に於《お》いて、とどめられたのだから、まあ、ことなきを得たのだったが、あれが、人間に向けられたら、さぞ、人間に、大革命が来たことであろう。

先生は、牛や馬に喰べさせるには、あまりに、南瓜《かぼちゃ》の小さきをお歎《なげ》きになりまして、とうとう、六十貫もある大南瓜《かぼちゃ》をお拵《こしら》えになりました。

だから、もし、バアバンク先生にして、ガリヴァの旅行記を愛読され、エスキモオの部落でも、旅なされたなら、人間のあまりに、矮小《わいしょう》なるを歎《なげ》かれて、奮《ふん》然《ぜん》と、六十貫もある人間を、きっと拵《こしら》えられたことにちがいないのだ。

そうして、先生は、また、一本の林檎《りんご》の木から四十五種の林檎《りんご》をならせになったことがあります。

もし、この筆法《ひっぽう》で、先生が、一人の人間に物足りなさを感じられて、林檎《りんご》のように、人間のなかに、一ぱい、人間をならせになったら、一人の人間から、無数の頭と、無数の手足が生えて、全く、人間の姿は、一変してしまわなければならないのだ。

花木は、先生の頭脳の構造の、あまりに、不思議なのに、いつも、おッたまげるほど、膽《きも》をつぶしていた。

先生の頭脳は、これまで、すべてのものを、現実的に解決している。しかし、先生の頭脳を花木は、想像するたびに、不思議なほど、空想的になり、ときに、われながら、戦慄《せんりつ》することさえあるのだ。

まことに、人間の頭脳ほど、怖いものはない。

先生は、葡萄《ぶどう》の種子は、邪魔ッけなものだと、いつぞや、仰有《おっしゃ》ったことがある。花木も、そういえば、たしかに、葡萄《ぶどう》の種子はあってもなくてもいいものどころではない。不用なものにちがいないと思っていた。

が、その翌年には、もう、先生は、葡萄《ぶどう》から、種子を奪った葡萄《ぶどう》を拵《こしら》えていられた。そうして、ただに、そればかりではなく、電球くらいの大きな葡萄《ぶどう》を拵《こしら》えて、

「ね！　花木君！　葡萄《ぶどう》は、いくつも喰べなきァならぬようじゃ、全く不便だからね、一ツ食欲を満たすように、大きくしてみたが、どう！　君！　一ツたべてみて、食欲の加減を調べてくれませんか」。

花木は、先生に云《い》われて、大きな葡萄《ぶどう》を一つ喰べてみた。一房《ふさ》の葡萄《ぶどう》を一気に、喰べるような気がした。

だが、そのとき、花木は、種子のない葡萄《ぶどう》を喰べながら、先生が、もし、人間から心臓を奪って、心臓のない人間でも拵《こしら》えてくれたら、どんなに、愉快だろうかと、しみじみ、思うのだった。

先生は、また、いつぞやの夏も、サンタロオサの植物園のなかで、美しい混血女のような肌をした水蜜桃《すいみつとう》を手にしながら、花木に、

「僕は、桃の種子が、肉に、密着しているのは、よくないと思うが、君は、どう考えるか。すくなくとも、僕は、桃のカンヅメを拵《こしら》えるのに、種子を肉から、切り離すのに、夥《おびただ》しい人間が、無駄な努力を費しているのは、我慢のならぬことだ」。

先生は、そう云《い》って、

「ね、君！　だから、僕は、こんな風の桃を、ためしに拵《こしら》えてみたんだ」。

と云《い》いながら、掌《てのひら》のなかで、真二つに割られると、ころッと、桃のなかから、種子が、朗《ほが》らかそうに、ころげ落ちてきたのだった。

「これは、どう？」

先生は、実に、愉快そうに、微笑していられた。

花木は、このとき、不思議な魔力にかかったような気がして、しばらくは、呆《あっ》

気《け》にとられていたが、やっと、

「じゃ、先生！　果実に、種子のあるということは、いったい、どういうことなのでしょうか」。

と訊ねると、先生は、苦笑しながら、ぽいぽいと、種子を、ボールのように、投《ほう》りあげては、手で、受けとめながら、仰有《おっしゃ》るのだった。

「それァ、君！　すくなくとも、僕の考えでは自然の悪戯《いたずら》としか思えないね」。

「自然の悪戯《いたずら》！」

「そうだよ。さもなくば、人間に改良的な思考力を養うための一つの課題であるとも考えられるのだが……」

「では、先生は、自然の悪戯《いたずら》に対して、その課題を、一つずつ、解決しようとなさっていらッしゃるんですか」。

「まァ、そんなもんかしれないね。果物から見れば、僕は、一種の反逆児かもしれないんだ」。

先生は、そう云《い》って、カラカラとお笑いになったが、全く、先生が、植物学に貢献された努力は、たいしたものである。

クルミの実の皮が、あんなに硬くては、さぞ、不便だろうと思われて、指先で、そッと押えれば、カラッと割れるほど、先生は、クルミの皮を柔く改良された。

そのとき、花木は、冗談まじりに、

「世の中の、頑固な人間も、この筆法《ひっぽう》で、なんか、柔くすることが出来たら、どんなに、いいかもしれませんね」。

と、先生に云《い》ったら、先生は、苦笑なさって、

「しかし、それは、人間学に属することだから」。

と云《い》って、しばらく口を、つぐんでしまいになった。

ところが、それから、数日後のことであった。

先生が、突然、研究室の窓をあけて、指先に木苺《きいちご》の紅く熟れたのをつまみながら、

「花木君！ この木苺《きいちご》を見てくれ給《たま》え。皮が、びよびよして、つまむと、指先で、つぶれてしまうからね、今年から、改良して、すこし、硬骨漢《こうこつかん》にしてやりましたよ」。

花木は、丁度《ちょうど》、庭園を散歩していたので、白いカアテンのたれこめた窓下へくると、先生から、紅い木苺《きいちご》を一つ貰《もら》った。

たしかに、つぶれ易《やす》い、あの木苺《きいちご》が、硬くなって、喰べてみると、歯に、心

よい快感を与えるのだった。

ところが、バアバンク先生は、花木が庭にいたので、

「あの渋柿に、ひとツ、これを、注射してやってくれたまえ。柿が渋いなんて、ちょいと滑稽《こっけい》すぎることだからね」。

そう云《い》って、先生は、大きな注射器を花木に渡した。

花木は、先生の命ぜられる通りに、一ぱい白い花の咲いた柿の木の下へいって、ぷすッと、大きな針を突きさして、注射してやった。

秋になると、太陽の恵みをうけて、柿の実は、だんだんに、大きく、色づいてきた。そうして、その紅い果物を一ツ、もぎとって喰べてみると、歯にしみるほど、甘くなっていた。

バアバンク先生は、花木に、

「案外、自然の悪戯《いたずら》は、単純すぎるからね」。

と、愉快そうに微笑していられた。

こうして、花木は、バアバンク先生のところで、ひたすら、植物学を専攻していたが、ようやく、先生の指導によって、花木も、桃の種子から肉を離すことも
できるようになったし、クルミの皮を、びよびよに、柔くすることも、出来るよ

うになってきた。

それに、麦も、一本の茎から夥《おびただ》しい穂を波うたすことができるようにもなったので、花木は、サンタロオサを後に、日本へ帰朝《きちょう》しようと思ったところへ、突然、ある朝のことだった。

バアバンク先生が、研究室で、奇声を放ちながら、助手の花木を呼ばれた。

花木は、そのとき、丁度《ちょうど》、アメリカに於《お》いて、最も難解な枇杷《びわ》の果実に対して、しきりに、工夫をめぐらしていた折りだったので、周章《あわ》てて、先生の研究室へいってみた。

すると、先生は、花木に、

「ね！　君！　僕は、驚くべき事実を君に報告しなきァならんのだ」。

そう云《い》いながら、先生は、顕微鏡で、しきりに、植物の茎の直径を凝視しながら、小首をひねっていられるのだった。

花木は、何がなんだか、さっぱり、意味が分らなかったので、自分も、そっと、先生のかげから、レンズをのぞいてみた。

すると、植物の茎の直径が、微《かす》かながらも鋸歯状曲線を描いて微動しているのが、看取《かんしゅ》された。

「先生！　これは、なんなんでございますか。僕には、よくは分らないんですが……」

花木は、不思議でならなかった。

と、先生は、パイプを、くわえながら、椅子《いす》に、深々と腰かけられると、

「実は、僕、最近、変なことを考えだしたのだ。というのは、外《ほか》でもないが、どうも、僕は、植物には、心臓があるような気がしだしてきたのだ！」

そう云《い》って、花木の顔を凝視された。

花木は、見る見るうちに、不思議なほど、顔色が蒼ざめてきた。

「えッ？　植物に心臓があるんですって？」

「そうだ。どうやら、僕には、植物もまた、動物と同じように、脈拍が認知されそうな気がしてならないんだ。脈拍が認知される以上は、どうあっても、植物には心臓がなきァならん訳だが、さて、僕のこの破天荒《はてんこう》な主張が、正しいかどうか、すべては、今後の問題なんだが……」

と、バアバンク先生は、夢見るような、眼《まな》ざしで、じいッと、なにかを考え込んでいるらしい風だった。

花木は、一生のうちに、こんなに驚いたことはなかった。

だいいち、植物に脈拍が感じられるなんて、夢にも思わなかったことだ。

バアバンク先生は、この研究室のなかで、特殊の装置をして、植物の茎の直径が微かな増減をするのを、刻々に記録することが出来るような方法で、しかも、出来るだけ、装置が完全に震動しないように、電気的な障害を除こうとしていられたのだ。

花木は、先生のこの用心深い注意に、仰天《ぎょうてん》しながらも、心の底では、なんとかして、植物にだけは、心臓のないようにと念じているのだった。

尤《もっと》も、植物に心臓があろうと、なかろうと、健康な人間には、なんの、さしさわりもないことだが、花木にとっては、重大な問題だった。

花木は、だんだん、植物もまた、時計の一種じゃなかろうかといったような気持になってきて、急に、憂鬱になってしまった。

——植物に、心臓があるということは、人間に、心臓がないということと同じ意味じゃないか。

花木は、研究室をでてからも、植物の茎が銀鋸状曲線を描きながら、びりびりしているのが、いまだに、はッきりと眼に残っているような気がしてならない。

花木は下宿へ戻ると、ぐッたりして、ベッドに横になってしまった。ひどく、物思いに沈みながら。

すると、花木は、だんだんに、バアバンク先生の脳髄に不気味を覚えだした。というのは、先生の脳髄は、これまで、植物の世界にのみ、踏みとどまっていたのに、「植物に心臓がある」なぞといいだしたところから推量すると、たしかに、先生の脳髄は、植物の世界を脱けだして、人類の方向へ接近してきたことは争われぬ事実だ。

そうして、もし、それが事実であったら、それは、人類にとっての一つの危機でなくってなんであろうか。

——あ！　俺は、すくなくとも厭《いや》だな。人間は象よりも無力だというので、二百貫もあるような巨大な人間を、もし、先生が創造するとしたならば……

バアバンク先生は、これまで、この世の宿命的な花の色を、どんなに、変革したことだろう。伝統的な美しい白さも、先生が睨《にら》めば、忽《たちま》ちにして、燃えるような唇の色に変ってしまうのだ。

——だが、その時の花の驚きようッたら、どんなだったろう？

考えれば考えるほど、花木は、不安になってきた。そうして、この不安は花木一個人にとっての不安ではなくって、人類にとっての一つの大きな恐怖でもあり得るのだ。

花木はベッドの上へ、断然、胡座《あぐら》をかいてしまった。そうして、俺のこの考え方を馬鹿らしいと云《い》って誰か笑うものがあったら、俺は、バアバンク先生のあの不思議な脳髄と、その脳髄が齎《もた》らした植物への変革を、細かに、説明してやりたいものだ。

そうすれば、それは決して、一つの、たあいもなき不安として一笑に附《ふ》することはできないであろう。ロシアの革命は、レエニンによって、なされたものではなくって、アメリカ在住のユダヤ人がロシアへ送った十億の金によって、成就《じょうじゅ》されたものだ。レエニンでもなければ、決して、マルクス主義でもないのだ。あの風雲急な、あわただしい変革への夢のなかへ、金貨が踊《おど》りだしてきて、一つの機会を拵《こしら》えたにすぎないのだ。

ところが、バアバンク先生の人類への変化は、ロシアの革命どころの騒ぎじゃない。ともすると、先生の脳髄は、いまや、人類をロボット化しようとするのではないだろうか。

花木は、考え込んでいるうちに、へとへとになって、夕刊を枕にして、眠ってしまった。

「ね！　花木さんてば……」

ドアをノックして、美しい独りのアメリカ娘が這入《はい》ってきた。

だが、花木は、しきりに、軽い鼾《いびき》をかいていた。

彼女は、花木の正体《しょうたい》もなき眠りを見たことは、これが初めてだった。彼女は、冗談まじりに、ちょいと、花木の鼻を指先で、つまんでみた。

すると、敏感な花木は、

——これァ、いよいよ、あの人類への不安が、やってきたんじゃないか！

と、手で、払いのけると、彼女だった。

「なァんだ！　君か」。

「え？　なんですの？　君かなんて……」

「君は、植物に果して、心臓があると思うかい？」

「植物に心臓ですって」。

彼女は、大声をあげて、笑いだした。

「ねえ！　花木さん！　あなた、すこし、変じゃない？」

どうやら、彼女は、今日の花木の眼の色は、ただじゃないような気がしたので、すこし、不安になってきた。

「何が僕が変だっていうんだ?」

花木は、いよいよ、眼の色を変えて、彼女に喰ってかかっていった。

「だって、植物に心臓があるなんて、そんな馬鹿な話が、どこにあるんでしょう。それァ、花木さん! 人間に心臓があるってことの間違いじゃないの?」

「冗談云《い》ってら!」

「あら? なにが冗談なのさ。あなたこそ、ひとを、からかってるんじゃないこと?」

「それじゃ、君は、植物について、どれだけの知識があるんだい?」

花木は、むきになっていた。

「植物の知識ですって? それァ、妾《わたし》には、深い知識はないけど、常識は、ちゃんと、持ってるわよ。葉が青いってことと、それから、植物は、歩行しないってことと、それから、笑わないっていうことと、物を云《い》わないということと、動物のように、直接に、行ったり来たりして、恋を囁《ささ》やかないことと、そして、まだ、あったわよ。そうそう! とても、純潔で、真面目だってことと、そうして、お百姓さんに、愛されていることと、それから、植物には、家がないっていうことと、あ! ちがった! 植物にも、温室があったわね。ごめんなさいね!」

彼女は、指折り数えては、美しい歯なみを見せて笑った。

花木は、おきゃんなアメリカ娘が、馬鹿らしくなって、相手になる気もしなかった。

「ね！　怒ったの？」

「いや！　恐縮したよ！」

「だって、植物の知識を知ってるかって仰有《おっしゃ》るんですもの」。

「僕は、君が、もう、すこし、知らないかと思ってたんで、驚いてしまったね」。

「なに、云《い》ってるのさ。さァ、どこかへ、散歩にでかけましょうよ」。

「じゃ、君は、断然、植物には、心臓がないっていうんだね」。

「モチよ」。

「では、バアバンク先生を、君は、なんと思ってるんだい？」

「じゃ！　先生が、そう仰有《おっしゃ》ったの？　植物には心臓があるって！」

「そうさ！」

「ふン！　可笑《おか》しなこと仰有《おっしゃ》るわね。先生！　でも、まだ、植物は、遠からず、歩きだすとは、仰有《おっしゃ》らないんですの？　そうして、植物も、また、心臓麻痺を起して、枯れることがあるとは断言なさらないの？」

彼女が、にやにや、笑ってるので、花木は、すっかり、くさってしまった。

「じゃ、君は、先生までも、馬鹿にしてるんだね？」

「妾《わたし》、ちっとも、先生なんか、馬鹿にしちゃいませんわよ。でも、先生が、あんまり、ひとを馬鹿になさるんで、妾《わたし》も馬鹿馬鹿しくなってしまうのよ。だって、植物に心臓があるなんて、そんな馬鹿らしいことが、大勢の人の前で、云《い》うことができるんですの？」

「だから、いま、研究中じゃないか」

「それァ、研究するには、何を研究したっていいかもしれないけど、あんまり、阿呆らしいことは研究しないがいいわね。いつかも、シュミード・ベンゲルさんが、口髭を、いかにも、得意気に、指先で、いじりながら、妾《わたし》に、こう、仰有《おっしゃ》ったのよ。

――僕は、目下、猫の髭について研究しているんですよ。

そこで、妾《わたし》が、あきれ返って、

――へえッ？

と、声をあげたら、ベンゲルさん、よっぽど、気恥かしかったとみえて、急に、周章《あわ》てながら、

――いや、僕は、猫の髭の価値について、詳細な実験的研究を試みているんです。

と、云《い》いなおして、妾《わたし》の顔を、じいッと、ごらんになるのよ。

で、妾《わたし》が、

――じゃ、先生は、この素ばらしい研究室に、随分、お骨折りになっていらッしゃいますのね？

と云《い》ったら、ベンゲルさんは、

――そうですとも！　僕は、その研究に三年の歳月を費しているんです。

と仰有《おっしゃ》るんでしょ。妾《わたし》、すッかり、呆《あき》れ返ってしまったわよ。まァ、学者って、お馬鹿さんねと、つくづく、思ったわよ。だって、妾《わたし》が、ベンゲルさんに、そいじゃ、いま、どこまで、研究が進んでますかって、お訊《たず》ねしたら、先生は、こう、仰有《おっしゃ》るのよ。

――盲目の猫の髭を除去して、その猫を走らせてみると、猫は、頭や鼻を、さんざん、物体に、ぶちつけるんです。ところが、髭のある盲目の猫は、つねに、物体を避けては、巧みに、走り分けてゆきます。

そこで、妾《わたし》が、

――先生！　三年間に、たった、それだけの研究ですの？

と、思いきって云《い》ってやったら、ベンゲルさんは、また、周章《あわ》てながら、

——いや！　いや！　まだあるよ！　無髭の猫の不器用さは、三米間の疾走にも現れているのだ。

「ね！　花木さん！　あなた、なんと思う？　無髭の猫の不器用さは、三米間の疾走にも現れているってこと、これに、意味なんか、あるッて思う？」

これには、花木も返答に窮してしまった。それに、先刻まで、むッとしてた彼も、この話をきくと、微笑せずにはいられなかった。

「ね！　花木さんってば……あなただって、お笑いになるでしょ」。

「それァ、ちょいと、滑稽《こっけい》だからね」。

「じゃ、植物に心臓があるっていうことだって、ちっとも、それと変わりないことよ。いいえ、妾《わたし》たち、ずぶの素人には、植物に心臓があるっていう研究の方が、どんなに、無髭の猫の不器用さは、三米間の疾走にも現れるッていう研究よりも、非現実的で滑稽《こっけい》かもしれないわ」。

そう云《い》って、彼女は、ぽいと部屋を飛びだしていってしまった。

司祭ワイエルストラッス

——これは、数学の大家のワイエルストラッス氏ではない。

I

司祭のワイエルストラッスは、身に鳶色《とびいろ》の衣をまとい、白い紐《ひも》をしめ、足には、革の草鞋《わらじ》をはいているので、誰しも彼をフランチェスコ派の僧侶と思わぬものはなかった。それなのに、これはまた、どうしたことか、彼は、しばしば、数学の大家《たいか》のワイエルストラッス氏と間違えられ易《やす》かった。

司祭のワイエルストラッスは、間違えられるたびに、数学の大家《たいか》のワイエルストラッス氏のために、彼のなかから、彼なる純粋なワイエルストラッスが追いだされそうな気がして、なんだか、自分で歩いていても、自分で歩いているとは思われなかった。

彼は熱烈に神の道に精進していた。そうして、彼は、彼のなかに巣喰った数学のワイエルストラッスをたたきだそうと努めているのだったが、どうしたことか、彼は、だんだんと影が薄くなるばかしだった。

いまも、彼は、四福音書《ふくいんしょ》の象徴を彫刻した古寺の円窓から気忙《きぜわ》しげに走っている午後の羅馬《ローマ》の街を眺めていた。街は十二月の空の下をすれずれに走って、空の果のあたりで、右に折れて消えていた。

世界の道が羅馬《ローマ》に通じているのではなく、カトリック世界の道が、羅馬《ローマ》に通じているのだ。

司祭のワイエルストラッスは、そう思い込んでいると街路の上で、踵《かかと》の高い一足の靴が寺の門の前を、往《い》ったり来たりしているのに気がついた。

酒場だのサアカスで、軽妙に踊り狂っていそうな靴なのに、泥にまみれて、ひどく物思いに沈んで憂鬱そうだったし、ときには、何かを決断したかのように、さし迫った気持にもなってみたりするので、ワイエルストラッスは、その靴から、ふとコック部屋を去来《きょらい》する鼠を連想するのだった。

靴から鼠をどうして連想するのだったか。ワイエルストラッス自身にもその理由が分らなかったが、これは、どうやらお腹がすいているからなのかもしれないと、彼は、のびあがって青空に光った時計台を眺めてみた。が、まだお茶の時間にも間があった。

司祭ワイエルストラッス
——これは、数学の大家のワイエルストラッス氏ではない。

ところが、のびあがった拍子《ひょうし》に、彼の瞳を鋭く刺したものがあった。それは、はだけた白い胸の上に燃え上がった女の紅い唇だった。彼女は、縁の千節に割れたヴェニス風の黒ショオルに、すっぽり身をつつんでコツコツ靴を鳴らしていた。ワイエルストラッスは、首を亀のように、すッ込めた。そうして思うのだった。

――また懺悔《ざんげ》にでもきたのだろうかと。

すると、このとき、彼は彼の面前で、跪《ひざまず》いて懺悔《ざんげ》している美しい女性とそれを静かに聴いている自分の姿と、そうして、これらの情景をぼんやり眺めている自分とが眼に浮かんできた。

ワイエルストラッスは、こうして、いま、自分の眼前に、静かに懺悔をきいている自分とそれを眺めている自分とのこの二つの自分が距離をへだてててならんでいる不思議な現象に気がついた。永い年月を彼は司祭してきているので、これまでに何千人となき罪深い男女の群の懺悔《ざんげ》をうけてきたのだが、ついぞ一度だって、彼は、自分が二つに見えたことはなかった。

自分が二つに見えるなんて――それは、たしかに、可笑《おか》しなことにはちがいなかった。しかし曇天《どんてん》の日に、二つの鏡がにぶい光のなかで、互に照し合ってるようなそんな自分たちを彼は、たしかに目撃したのだから、彼にとっては、少しも可笑《おか》しなことではなかった。

しかし、だが、彼にとっては、これからの二つの自分が、何《いず》れも云《い》いようのない見窄《みすぼ》らしいものに見えてならなかった。懺悔《ざんげ》を聴いてる方の自分には、かずかずの怪しげな懺悔《ざんげ》が、いつのまにやら、一杯つまってしまって、皮膚の表の方は、まだどうやら自分らしくも見えてたが、中味は、いつか、自分と懺悔《ざんげ》が、しらぬまに磨《す》り替えられてしまっているのだった。云《い》えば、彼は皮膚をかむった空洞にしかすぎなかったのだが、いま一つの、ぼんやり、これらの情景を眺めていた方の自分は、これはまた、彼のなかからいつのまにか、たたきだされて、皮膚を忘れ臓器を忘れ、脚もなければ手もなかったが、影のような自分が蒼ざめた精神となって、蜷局《とぐろ》をまいていた。

これまで、彼は、彼のなかから彼の追いだされているのは、数学の大家《たいか》のワイエルストラッスのせいとばかし思い込んでたのに、これでみると、どうやら、それは、彼のせいでもなさそうな気がしだしていた。

それでは、何が、彼のなかから彼をたたきだしたのか。それは、疑いもなく、かずかずの懺悔《ざんげ》にちがいないと彼は信じた。と云《い》うのは、これまで、沢山《たくさん》に懺悔《ざんげ》をきかされてながらも、それをどこへも吐きだすべき糸口とてなかったので、つ

司祭ワイエルストラッス
——これは、数学の大家のワイエルストラッス氏ではない。

いには身の置きどころもないほど、いまでは、懺悔《ざんげ》で一ぱいになってしまったからである。

彼は、懺悔《ざんげ》をきかされるたびに孤独にならざるを得ないことも、やっと、いまになって彼は意識しだしたが、してみると、彼はこの永い一生涯を徒《いたず》らに、他人の秘密を貯蔵している冷蔵庫のようなものにすぎなかったのだ。彼の巨大な冷蔵庫のなかでは、彼の生きている限りさまざまな羅馬《ローマ》の市民の秘密が、腐らずに保存されている訳だ。

そこで、ほんの暫《しばら》くだったが、ワイエルストラッスは、冷蔵庫で一生涯を終ることの物憂《ものう》さを感ずるのだったが、しかし、カトリックという語は、もともと、公《おおやけ》という意味だということだから、してみると、カトリックの僧侶としては、羅馬《ローマ》市民のための冷蔵庫であることは、いかにも、カトリックの僧侶にふさわしいと思うと、やがて、ワイエルストラッスの物うさも自然に掻《か》き消えてしまうのだった。

——誰にもあれ、汝等《なんじら》の中に第一の者たらんと欲する者は、一同の僕《しもべ》となるべし。

知らず識《し》らずに、彼は聖主の御言葉をくちずさんでいた。

こうして、ワイエルストラッスは、これまでながいこと彼のなかから数学の大家《たいか》ワイエルストラッスをたたきだそうとして、神の道に精進《しょうじん》しながら必死に戦ってきたのだが、いま、自分の姿が二つに見え始めると、やっと自分の本当の姿が冷蔵庫であることを直感して、これまで数学のワイエルストラッスとばかし思い込んでたその相手が、或《あるい》はひょっとしたら眼には見えない天使ではなかったかしらとも回想するのだった。

何故《なぜ》なら、こうしたことが、彼にだって、必ずしもないとは限らぬようなことが、現に、創世記にのっているからだった。そこで、ワイエルストラッスは、念のために、机の抽斗《ひきだし》から、創世記をとりだしてみた。

するとヤボク河の暗黒な河畔《かはん》で、誰だか顔は分らなかったが、不思議な相手とヤコブが払暁《ふつぎょう》近くまで角力《すもう》をとってたことが書いてあった。そうして、この不思議な相手が、ヤコブの髀《もも》の枢骨《つがい》に指を触れると、忽《たちま》ちヤコブは跛者《あしなえ》となってしまったのだが、このとき、この角力《すもう》の相手が、天使であったことを知り、これでは、どんなに自分が人間業《にんげんわざ》でないほどの力を出してみても勝てなかったのは無理もなかったと思うのだったが、それにしても、その天使というのが、ただの天使ではなく、契約の使即ちキリストがヤコブに顕《あら》われ給《たも》うたので、ヤコブは、今は

司祭ワイエルストラッス
——これは、数学の大家の
ワイエルストラッス氏ではない。

力尽き耐え難きの苦痛を感じながらキリストを放つまいと必死に頼り縋《すが》って深く罪を悔いつつ祝福を求めたと書いてあるのだった。

ワイエルストラッスは、今さらながらに、キリストの力を感ずるのだった。ことによると、彼のなかから彼を追いだそうとしてた数学の大家《たいか》のワイエルストラッスにキリストが顕《あらわ》れ給《たも》うて、そのキリストと死力を尽して彼は角力《すもう》をとりながら、ついに、自分のなかから自分が放りだされてしまったのではなかろうか。すると自分は、ヤコブかもしれないのだ。しかし、ヤコブとは押除者《おしのけるもの》の意である。してみると、自分は押除者《おしのけるもの》ではなくって、押除《おしの》けられたものでしかないのだ。だが、それにしてもヤコブもまた、キリストに押除《おしの》けられたものの一人ではないか。するとワイエルストラッスは、なにがなんだか、訳が分らなくなってしまうのだったが、しかし、つねにも増して、ワイエルストラッスにはキリストが大きく感じられた。そうして、この寺院のなかで修道士たちが、晩餐《ばんさん》をともにするたびに云《い》い合うところの今日世界で最も勢力を把握しているのは、労働階級とカトリック教であるが、労働階級の赤アンテルナショナルよりは、はるかにカトリック教の黒アンテルナショナルの方が偉大であるという説も、いよいよ、真実のような気がしてならなかった。

ワイエルストラッスは、立ちあがって部屋を出かかると、頭のてっぺんを青くお皿に剃《そ》った若僧が、静かに、扉を開いて這入《はい》ってきた。

——只今《ただいま》、懺悔《ざんげ》をしに女がまいっております。

2

ワイエルストラッスの脚もとに、紅い唇の燃えた女が跪《ひざまず》いていた。

——司祭様！

妾《わたし》は罪深い女でございます。とうとう家のフィンクは、何もしらずに、アメリカへ労働しに、昨夜ゼノアの港の方へ旅たってゆきました。フィンクを妾は愛していました。フィンクも妾を好きでした。

それなのに、妾たちは、別れてしまったのでございます。

——司祭様！

みんな、この妾《わたし》が悪いのでございます。妾は、このフィンクよりも、どうしたことか、ポオランドから羅馬《ローマ》へきていた理髪師のデリレオという男の方が、もっと好きだったのでございます。うちのフィンクは、筋肉労働者でした。理髪師の方が筋肉労働者よりは好ましかったから、それで、妾は、デリレオを愛していた

司祭ワイエルストラッス
——これは、数学の大家のワイエルストラッス氏ではない。

という訳ではございません。

妾《わたし》は、これまで永い月日をフィンクと苦労をともにして渡世《とせい》しながら、フィンクを愛してきたのでございます。妾が、はじめて、フィンクにあったのは、イリー海岸のルウ・スウィリイ港の近くの波浪の高い海上なのでございました。そのころ、妾は、まだ十六歳でありました。妾は、スウィリイ港外の燈台局で女事務員を致していたのでございます。

——司祭様！

司祭様は、あの有名な燈台を御存じなのでございますか。あそこの濃霧信号は、女の髪の毛でできているのでございます。あら。妾《わたし》、とんだところへ脱線いたしてしまいまして、司祭様！　御免遊ばしませ。その燈台局の窓から、妾は毎日海上を警戒いたしてますと、そのころスウィリイ港外で、ヨオロッパ戦争のとき独《ド》逸《イツ》潜航艇に撃沈されたホワイト・スタア・ラインの汽船ローレンチック号が合衆国から英貨五百磅《ポンド》の黄金桿を三千二百十一本も搭載《とうさい》して、四十二米《メートル》の海底へ沈没してましたので、これの引揚《ひきあげ》作業に、フィンクは特務船に乗込んでいたのでございます。潮風と陽《ひ》に焼けたフィンクは、男らしい顔をいたしてました。妾は、毎日、海上を警戒しているのでなく、フィンクの船が通ってゆくのを窓から見ていたのかもしれません。妾は、とうとう、フィンクに惚れてしまったんでございます。司祭様！　妾、どういたしましょう？　また、こんな下品な言葉を使ってしまいました。

フィンクと妾《わたし》は、その年の暮にスウィリイの港で結婚いたしました。それから、つい、二三年前に、羅馬《ローマ》に参ったんでございます。いつも妾は、あんまり身が穢《けが》れすぎてますので、ついぞ一度だって、お寺の敷居をまたいだことはございません。これが初めてなのでございます。

――司祭様！

こんなに穢《けが》れた身を運びながら、妾《わたし》は、へとへとになって、まいりましたのも懺悔《ざんげ》がいたしたかったからのことでございます。フィンクが、とうとうアメリカへ旅立ったのも、フィンクに妾がデリレオの顔の好きなことを隠していたからのことでございます。

――司祭様！

妾《わたし》は、司祭様にお恥しいのでございます。妾はデリレオを好きなので、フィンクにアメリカ行を勧めたのでございます。

すると、フィンクは、旅費のないことを嘆息いたしてました。そこで、妾《わたし》は

司祭ワイエルストラッス
――これは、数学の大家の
ワイエルストラッス氏ではない。

フィンクに申したんでございます。あんたがアメリカから帰ってらっしゃるまで、誰かに、妾を売って下すったらそのお金で旅費ができると思いますの。すると、しばらく、フィンクは考え込んでました。妾が何度も説き勧めると、やっとフィンクは、小さな声で頷きました。アメリカから帰ってきたら、また買い戻すこともできるんだからな。そこで、妾は、デリレオのところへ走っていって、妾を買ってくれるように泣きついてみたのです。デリレオは、フィンクと何度も、妾のことで、商談を進めているうちに、やっと千リラで妾は身売をすることになったんでございます。

フィンクが千リラを握って、とぼとぼとゼノアの港の方へ以前からの妾《わたし》とデリレオとの関係を何も知らずに出掛けていったかと思うと、妾は、うれしいような悲しい気がいたしてならぬのでございます。

——司祭様!

妾《わたし》は悲しいのでございます。序《ついで》に、うれしいのでございます。そうして、何よりもフィンクに恥しいのでございます。これで、妾は、何もかも司祭様に懺悔《ざんげ》することができたのでございます。

ワイエルストラッスは、彼女の懺悔《ざんげ》を聴いてるうちに、その善悪を遥《はる》かに飛び越えて、自分の脳髄のなかへ、無数の波だとか黒煙を吐いてゆく汽船の紅い煙突だとか白い燈台局の尖塔《せんとう》を飛来する海鳥だとかが、一杯詰まってしまっていた。

彼女が力なく立ち去ってゆくと、その後から、またしても、年若い一人のスポオルティフな服装をした女性が、気ぜわしげに、ワイエルストラッスの前へ歩を運んできて、無言のまま黙礼をした。そうして、彼女は、周章《あわ》てて、砂除眼鏡《ゴオグル》をはずした。

——司祭様！

あたし、つい、うっかりしてたのよ。あんまり急いで自動車を運転してたもので、司祭様の前だって云《い》うのに、砂除眼鏡《ゴオグル》もはずさずにいて、御免なさいね。お怒りになって？　怒っちゃァ厭《いや》だわよ。だって、あたし悪気があって、したんじァないんですもの。

——司祭様！

あたし、本統《ほんとう》に周章《あわ》ててしまってるのよ。あたし、こんなに吃驚《びっくり》したことって、ありァしないのよ。だから、はやく懺悔《ざんげ》をしちまったら、少しは、楽になるかって思って、飛んできたの。

だって、あたしの愛してた良人《おっと》が泥棒だってことが、分ったんですもの。あた

司祭ワイエルストラッス
——これは、数学の大家の
ワイエルストラッス氏ではない。

しは、どんなに、愛してても、泥棒を愛する気になれないんですの。

——司祭様！

あたしの良人《おっと》はトオルストリョオムって云《い》うんですのよ。いまから考えると、あんまり名前が長過ぎるんで、ちょいと怪しいって気がするんだけど、あの人を愛し始めてたころには、あの人の名前を呼ぶたびに、なつかしくって、もっと長ければいいのにと云《い》った物足りなさを覚えてたくらいなのよ。だって、司祭様！いまだって、あたし、若いんですけど、あのころは、もっと若かったんですのよ。あら、司祭様はお笑いになるものじァありませんわ。

あたしのトオルストリョオムは、あたしを随分愛してくれたのよ。あたしたちの生活は決して豊かではなかったわ。それよりも、もっと貧しすぎたのかもしれないの。だってトオルストリョオムは、自動車の運転手をしてたんですもの。だから収入はしれたものだったわ。

それでも、どうにかして、二人がやっと屋根裏で、おまんまが喰べられた程度だったかもしれなかったけど、あたしたちは愛し合ったのでとても幸福だったのよ。ね、司祭様！豊かな生活とは一番に幸福な生活のことなんでしょう？そうじァない？だって、どんなに、豊かな生活だっても不和だったら、それは、ちっとも幸福な生活とは云《い》えないんですもの。

——司祭様！

あたしたちは貧しすぎたかもしれないけど。でも、トオルストリョオムは、妾《わたし》の欲しがるものなら何んでも、直ぐに購《か》ってきてくれましたわ。食事の最中に、缶詰のサアヂンが喰べたいといえば、すぐに、飛びだしていって、一ぱい缶詰をどこからか持ってきてくれるのよ。食事に果物を食べながらレコオドが聴きたいといえば、よしきたッて、トオルストリョオムは飛んでいって、沢山《たくさん》の果物やレコオドや蓄音機さえも抱きかかえて帰ってくるんでしたの。あたし、吃驚《びっくり》しながらも、とてもうれしかったわよ。あたしが彼に接吻すると、彼は云《い》うんですの。「ゲザが可愛いいんだから、ゲザの欲しがるものなら何んでも持ってきてやるんだ」。

あたし、はじめのうちは、トオルストリョオムが何処《どこ》かにお金を隠し持ってるんじァないかって——そう疑ってたの。でも、どこを探してみても、そんな様子がないんで、あたし、不思議でならなかったんですの。そいで、あたしは、いつか、トオルストリョオムに、訊《たず》ねてみたことがあったんですの。すると、彼は、たった一言いいましたわ。

司祭ワイエルストラッス
——これは、数学の大家のワイエルストラッス氏ではない。

「俺は随分《ずいぶん》、昔は金持だったよ」。

そこで、あたしは、トオルストリョオムがお金持だったころ、手あたり次第に、みんなにお金を貸したんだけど、そのお金が返ってこないので、彼は、欲しいものがあったときこんどは、彼の方から手あたり次第に、お金を貸した家へ這入《はい》っていって品物を奪いとってくるんじゃァないのかしらとも思ったんですの。

——司祭様！

あたし、ほんとうに、お馬鹿さんね。トオルストリョオムが泥棒だってことが分ってから、初めて、やっと彼のすべての行為を理解することができたんですもの。先刻も、あたしの家へトオルストリョオムのお友達の画家がやってきて云《い》ってましたわ。トオルストリョオムの泥棒だってことを知らなかったのは、トオルストリョオムの奥さんだけだったって！

お友達の画家はトオルストリョオムのことを泥棒の天才だって云《い》ってましたわ。ちょいと一緒に散歩していても、お友達が、トオルストリョオムに、あれが欲しいって云《い》えば、

「ちょいと待ってたまえ」。

と云《い》いながら、どうして、盗んでくるものか、トオルストリョオムは、巧みに

品物をかっぱらって持ってくるんでしたって。いつかも、そのお友達が、あのでッかい洋服箪笥《ようふくだんす》が欲しいんだが、君、盗んでくることができるかって、トオルストリョオムに云《い》うと、その翌朝、眼を醒《さま》すと、ちゃんと画家の部屋の隅ッこのところに運んであったんですって。お友達の画家は吃驚《びっくり》して洋服箪笥《ようふくだんす》を開けてみると、そのなかに、一杯自分の洋服がぶら下がっていたんで、これには、二度吃《びっ》驚《くり》したって云《い》ってましたわ。でも、お友達の画家が云《い》ってましたけど、どんなにトオルストリョオムが泥棒の天才だって、放り込まれた監獄までも盗んでくることは、とても、できやしませんわよ。

——司祭様！

みんな、あたしが悪いのよ。トオルストリョオムが、あんなに貧乏してたのに、あたしが、いろんなものを欲しがるんで、トオルストリョオムは泥棒になってしまったんですの。あたしが、何も望まなかったら、トオルストリョオムは、きっと泥棒にならずに済んだと思いますわ。その代り、トオルストリョオムは貧困から脱けだすことはできなかったかしれないけども。

——司祭様！

ほんとうの泥棒は、トオルストリョオムでなくって、このあたしなのよ。あた

司祭ワイエルストラッス
——これは、数学の大家のワイエルストラッス氏ではない。

しは、泥棒の妻ではなくって、トオルストリョオムこそ泥棒の良人《おっと》なんですわよ。

ワイエルストラッスは、ゲザのこの不仕合《ふしあわせ》な懺悔《ざんげ》を聴いていて、懺悔《ざんげ》にきたのはゲザだったからいいものの、これがトオルストリョオムででもあったなら、懺悔《ざんげ》を聴いてた自分までも、危くトオルストリョオムのために、何処《どこ》かへ盗みだされてしまいそうだったと心ひそかに膽《きも》をつぶしているのだった。何故《なぜ》といって、懺悔《ざんげ》を聴いてワイエルストラッスとは、すでに名ばかしで、ワイエルストラッスそのもののなかには、羅馬《ローマ》市民の無数の秘密が缶詰のように詰ってたんだから、ワイエルストラッスが膽《きも》をつぶすのも、まことに、尤《もっと》もなことだった。

3

その夜、羅馬《ローマ》の街では、フランチェスコ派の慈善音楽会が開かれることになっていた。辻々には、一風変ったビラが貼りまわされていた。

ビラには——

「六斤《きん》の布くず、あるいは、紙屑、空びん、ブリキかん、魚と獣の骨、古ゴム靴一足以上を入場料として申受ける」。

と書いてあった。

これは云《い》うまでもなく、フランチェスコ派の修道士たちが、羅馬《ローマ》市民から廃物利用によって、年の暮の貧民たちを救済しようとするにあったのだ。

司祭ワイエルストラッスも久振りに、セロの名手アンナ・ルボシッツ女史の弾くバッハの曲に傾聴しようとして、大きなブリキかんを抱えながら革の草鞋《わらじ》を穿《は》いて、寺の門をでかけたのだ。

ワイエルストラッスはよぼよぼと歩いていた。すると、彼の老眼に、ぼんやりと懺悔《ざんげ》に彼のところへやってきた夥《おびただ》しい男女の顔が幻のように浮んできて、それら無数の幻の顔が、一斉に、アンナ・ルボシッツの妙技に恍惚《こうこつ》としていそうな気がするのだった。

このとき、ワイエルストラッスは、風に吹かれながらパルベリイニ広場の東北隅を歩いていた。すると前方から快走してきた自動車のヘッド・ライトが、法王ウルバン八世が羅馬《ローマ》市民に飲料水の便利を与えるために作った大きな貝殻の噴水に、ぎらぎらとあたると何んと思ったか、ワイエルストラッスは、貝殻に彫刻してあった三匹の蜂が、光線を浴びながら一気に彼の瞼《まぶた》を狙って、ぶうんと飛んできたような気がしたので、ふらふらとして彼が身を避けた刹那《せつな》に、彼は、自動車と衝突していたのだ。

司祭ワイエルストラッス
――これは、数学の大家のワイエルストラッス氏ではない。

その瞬間、司祭ワイエルストラッスは自動車に轢《ひ》ッ殺されるところだったが、しかし自分は轢ッ殺されたとは思わなかった。ワイエルストラッスは、自動車にぶつかった刹那《せつな》に、彼の記憶のなかから懺悔《ざんげ》にきた夥《おびただ》しい男女の姿が現れて、なかには午後にきたばかしのゲザともう一人の女性の姿さえも雑《まじ》っていて、これらの男女が、無惨《むざん》にも、一台の自動車のために轢ッ殺されて、血まみれになっていそうに思われてならなかった。

闇のなかで、腹這《はらば》いになってたワイエルストラッスは、手さぐりしながら、そっと、羅馬《ローマ》市民の秘密の行衛《ゆくえ》をさぐってみた。すると、彼の指尖《ゆびさき》に、冷《ひや》ッと触ったものがあった。ワイエルストラッスは吃驚《びっくり》しながら、ひッ込めた指尖《ゆびさき》で、もう一度触ってみると、それは彼が先刻かかえていたブリキかんだった。

シャッポで男をふせた女の話

大用現前不存軌則——

モオリス・ラヴェルのマザア・グースを私が口笛にしていたためであろうか。よちよちと、三匹の鵞鳥《がちょう》が一列になって、私のあとばかしつけて仕方なかったので、これも亦《また》、ピサロの滑稽《こっけい》に負うところの多かったこのエスパニア風の大音楽家の賜物《たまもの》であろうと、歌を止めてしまったのですが、すれ違いに、これを見た男が、

——帯が解けています。

と、私に洒落《しゃれ》を云《い》うので、人前も憚《はばか》らず、シャッポでもって、みんな鵞鳥《がちょう》をふせて了《しま》いたかったのだがそれでは、このポンチ絵を徒《いたずら》に、大きくするばかしなので、

——いや、これですよ。

と、振りかえりざまに、その男へ、双手《もろて》を鳥の姿に組合《くみあわ》して、盛んに、指先を

羽ばたきさせて見せるのでした。

　すると、男よりは、却って鵞鳥《がちょう》の方で吃驚《びっくり》して、坂をかけ下りていってしまったので、これで漸《よう》く《や》、私もことなく尻尾《しっぽ》のとれた思いがして、頂上の広場をさして登って行《ゆ》くのでした。

　そこでは、リボンを翻《ひるがえ》した波のりのお嬢さんが電気鞭でたたきながら、回転木馬を独楽《こま》となし、氷滑りの人たちはまた、鏡の上に用器画を描《えが》き、或《あるい》は音は聴いても、いまだ雨の顔を見たこともなげな教養ある花々が、はかなく温室の中に散っていたりして、この張子《はりこ》の山を一巡すると、誰しも、一ぺん野菜サラダが喰べてみたくなったりするのです。

　つい、私も口を滑らかすのでした。

　――この電気遊園は、ひょっとすると、脳髄の垢《あか》か何《な》にかで、できているのではなかろうかと。

　そんなに、ここは不自然を極めて、わずかに生きているものと云《い》えば、春先なぞ樹木から葉のでた青い風景ぐらいなもので、ために凩《こがらし》の昼なぞは、ひどく弱り止《や》んでしまって、ここに遊びに来るどんな働き好きの人たちでも、知らず識《し》らずに夜を感じて、ともすれば、とても起きてなぞいたくなくなったりするのです。

その代りに、夕暮からは、実に夥《おびただ》しい五色の電燈が点《とも》って、何んだか、麦稈《むぎわら》帽子でもかむって、太陽の目映《まぶ》しさを避けてみたくなる程です。そんなに、ここは、よほど鈍感の人ででもなければ、夜を忘れさせ昼を忘れさせて、とんと、どちらが一体どうなのやら、全くあべこべの印象に病《や》みつかせたりする公園の一つなのです。

それでも、私は、どうやらベンチに腰を下ろして、夕食だけは忘れずに思案しているのでしたが、あんまり昼にも優《まさ》るその明るさなので、心ひそかに鶏のスキ焼が喰べてみたいと所望《しょもう》しても、それが忽《たちま》ち見透《みすか》されては、奇声をあげた鶏の心の外へ飛びだしそうな気がしてならなかったのです。

ところが、丁度《ちょうど》その時、電気遊園を飛び越した彼方の道路の方にあたって、光線の照返しを受《う》けた一人の支那《しな》風の男が、肩に火のふきでたヒチリンを担ぎながら、黄いろく甘い声で、ヤチイモ、ミヤアマイ！　ミヤアマイ！　と、過ぎゆく人たちに呼びかけているのでした。

焼芋は胸がやけてたまらないと、早くも、私は誰かのポケットの中か、それとも膝の上を膨《ふく》らませては鳴くところの家畜の類《るい》のやさしい思い出に焼芋をすりかえようとしたのだが、その時、何處《どこ》からか魚の匂いが私の空腹に訴えてきたので、背のびすると、遥か沖合に、ジャンク船が月に傾きながら照らされているのを見るのでした。が、それなのに微かに耳端《みみばた》では靴の震える音がするので、ふり返ると、薔薇《ばら》の花の香水を泳いできた外套《がいとう》の女が、一ぱい魚の刺繍《ししゅう》をして私の眼前に突立っているのです。

これを逃《のが》してはたまらない！　とステッキの先で、

——一匹、料理して喰べさして呉《く》れませんか。

と、こう揶揄《からかい》半分に、私が訊《たず》ねてみると、彼女もまた、歯を剥出《むきだ》しては笑い、私にまでも笑いを誘いながら、日本語で答えるのでした。

——それでは、どの魚を一番、旦那様はお好きなのですか。

なんだか、擽《くすぐ》ったい気がするのでした。

——この黄と黒のタテ縞《じま》の魚は、一寸《ちょっと》、ジャン・コクトオ君の手袋に似ていて、気が利いてるじゃありませんか。

すると、彼女は、急に周章《あわ》てて、私を押えつけんばかしに窘《たしな》めるのです。

——いいえ、これはチベットの活仏《いきぼとけ》がお召上りになる、昔ながらの占《うらない》の魚なんです。

彼女の吐きだす語気の奥底では、彼女の迷信に毛が生えており、この魚ばかしは、霊験《れいげん》のあらたかすぎて、日本の旦那様にも、ちとお口に過ぎると云《い》いたげな表情をしていたので、私は構わず云《い》ってやったのです。

——尤《もっと》も、私は喰べることなら、思わせぶりに後ずさりする海老の風流だって、痘痕面《あばたづら》の蛸の強《こわ》さでも、何んでも構わないのです。

——それでは、妾《わたし》の家《うち》までついていらっしゃらない？　鮮魚なら、いくらでもあるのですから。

旅の中《うち》にあって、私は知人を頼るのが、何んとはなしに貯金でもしていそうで厭《いや》なのです。それよりは、はるかに見知らぬ人たちと、堪まらぬ程に一夜の馴染《なじ》みを重ねて、明日《みょうにち》は旅の宿として綺麗に見棄《みす》ててしまいたい方なのです。ところが、見たところ、ずうッと彼女の方が旅なれてもいそうであり、軽快な彼女の阿弥陀《あみだ》かぶりの鳥打帽子が！　一寸《ちょっと》、食出《はみで》た東洋色の断髪が！　ただに、それだけ見たばかしでも、直ぐにそれとよく分ることながら、更に冷徹な彼女の色白の下には、堅く結ばれて大きな牡丹《ぼたん》色のボヒィーミヤン・ネクタイが、正に、情熱の押花《おうか》をなしていて、実は魚どころの騒ぎではなく、おびただしく無数の硬骨漢《こうこつかん》までも、あえなく、骨ぐるみに喰いしゃぶられていそうな感を深くするのでした。

それかあらぬか、彼女の魅力が、いまも微かなる呼吸《いき》づかいのうちにあっても、絶えざる思いをこらして、勝利の歌を唄っていそうなのです——男といえば、未だかつて、一度も、骨のあるお方になぞ、お目にかかったことがありませんと云《い》った風に。

してみると、この厳《いか》めしい彼女の征服欲の中《うち》にあって、早くも私は骨抜き人間にされてしまっているのか知れないのだが、しかし、私にしても偶然に支那《しな》の動乱に際会《さいかい》して、これでも頭から爆薬の雨を浴びながら、雨傘さして戦争する張宗昌《ちょうそうしょう》の獰猛《どうもう》な兵隊の屯《たむろ》へ切込んだこともあり、時には、便衣隊《べんいたい》の魁《さきがけ》をなして、南方《なんぽう》のために手柄をたてたりしたこともあるのだから、あんまり甘くは見て貰《もら》いますまい！　と、その上、持って生れた私の軽業式《かるわざしき》の進取の気象も加わって、出来ることなら、序《ついで》に、素手のままで、彼女の胎内めぐりまでも済ませてみたいものだと私の青春があおりたてるのでした。

——それでは、お言葉に甘えることに致しましょう。

私が歩き出すと、彼女も愛想よく応ずるのでした。

——妾《わたし》は、どんな見知らぬお方とでも、一緒に悪食《あくしょく》するのが何よりの道楽なのです。

光の塔が髭をはやして、後《うしろ》の方で脅《おびや》かすように、こちらを向いているのです。

幌馬車《ほろばしゃ》のなかでは、淡い灯《ひ》が、熟《う》れかかった果物をなして、そこに詰った一ぱいの夜の水の上に浮んでいるのでした。

いまは、私も彼女の武装した言葉の云《い》いなりになっているのでしたが、彼女がどうした素性の女であり、それにまた、何んとした優しげな宛名の持主であろうかなぞと、このレッテルに就《つい》ての烈しい好奇心が口先にまで漂《ただよ》ってきたところへ、いきなり彼女が口笛を吹いたので、この夜の箱を引張った馬が寺院かなにかの大きな白壁に映ると、曲りながら蟲《むし》のような姿をなして走りだしたのです。

仕方もないので、つい、私はその機を外してしまうのでしたが、それにしても、人は誰しも、あれほど、花よりダンゴだと云《い》いふらしている癖に、いざ品物を買うとなると、正札つきのそれでなければ、そこにあるかなしの一皮隔てた薄気味悪さが隠れているために、ちょっと、手だしの出来かねるのは、なんとした神秘さであろうか。

私は、馬車に揺られながら、このレッテル抜きの美麗な現物《げんぶつ》を前にして、どこやら首なし人間を思いだしたりするのでしたが、それにも拘《かかわ》らず、流石《さすが》に、彼女と私の一瞬の目と目のかち合っては、互を盗み見ながら火花を散らす間《ま》にも、どうにも隠しだての相成らぬ性格らしいものが暴露されて、互に名状しがたいながらも或る一致点だけは発見されそうな気がして、この一致点こそは、アヴァンテュウルへ！　アヴァンテュウルへ！　と、互にハイ・ハードルを飛びこしてゆくにつれて、何時《いつ》かは屹度《きっと》、何處《どこ》か思い設けぬ所で、抱きあっては美しい人情を披瀝《ひれき》して涙をながしあうかも知れぬと考えるのでした。

然《しか》るに、この小さな夜のなかで、俄《にわ》かに、私は彼女のために危《あや》うく斬殺されかかるところでした。

これまで、スネイク・ウッドのステッキとばかし思い込み、彼女の手垢を感じてなつかしんでいたそのステッキが、彼女が柄《え》に手をかけるや、忽《たちま》ち仕込杖《しこみづえ》となり、なかから銀の舌が閃《ひら》めきだしたので、これはまた、張作霖《ちょうさくりん》の間諜《かんちょう》かも知れぬと、腕をまくって、身構えはしたものの、これで、いよいよ、私も女でもって身をしまうものかと咄嗟《とっさ》に思うと、なんとも諦《あきら》めのつかぬ物足りなさを人生に感ずるのでした。

すると、彼女が吃驚《びっくり》して叫ぶのです。

——厭《いや》よ！　そんな真似して妾《わたし》を脅かしたりして！　妾《わたし》が独り身の女だと思って、あなたは何をなさるんです。さあ！　機嫌をなおして、一杯、ベネヂクチンでも召し上がらない？

何時《いつ》か、柄のあたりがコップに変り、彼女は銀の管《くだ》から、なみなみ酒を傾けながら云《い》うのでした。

——お酒を始めてから、妾《わたし》は肥る一方で、これでは、何處《どこ》かへ神経が逃げだしてゆきそうです。

彼女の趣味に一杯喰わされて、私は動きがとりにくかったが、それでも、どうやら、腕をさすって、髀肉《ひにく》の歎きに堪えなさそうな顔付をして見せるのでした。

——酒のことなら、決して、あなたに負《ひ》けをとりたくなかったからです。それにあなたは何んと仰有《おっしゃ》るのですか。たとえ私は酔い潰《つぶ》れても、あなたのお名前だけは、しッかり握っていたいと思うからです。

すると、彼女は云《い》わぬが花だと云《い》わぬばかしの風情《ふぜい》をするのでした。

——それよりも、相逢相不識共語不知名《あいおうてあいしらずともにかたってなをしらず》の方が、よっぽど、気が利いてるじゃありませんか……けれども、たってと仰有《おっしゃ》るなら、妾《わたし》の名前は魚花娘《ぎょかろう》です。

——魚花娘《ぎょかろう》？

——ええ、本当に魚花娘《ぎょかろう》！　出鱈目《でたらめ》に、妾《わたし》がつけてみたのです。妾《わたし》の国では、乞食かなんかでなければ花の字なんて滅多につける者がないのですが、それだから妾《わたし》は一花剪《き》って、一輪挿《いちりんざし》にしてみたかったのです。

私は思うのでした。この勇敢な娘御が父親につけて貰《もら》ったその名前を、それでは、何處《どこ》へ、今更失くしてしまったのであろうかと。然《しか》るに、彼女はこともなげに押切るのでした。

——厭《いや》ね。人になぞ名前をつけて貰《もら》うと、犬の真似をしたようで。妾《わたし》は気に入らないので、人に呉《く》れてやってしまいました。Coco！coco！と、父は妾《わたし》を鳥か何んかのように、こう呼ぶので。随分《ずいぶん》、人を馬鹿にしていますわね。こんな名前を誰がいま時、黙ってつけて貰《もら》っているものですか。それでも、ルノアルには一人、ココという息子があるそうですが、妾《わたし》はその子の辛抱強さに感心して居ります。

酔《よい》の廻るにつれて、よそ目にもこの幌馬車《ほろばしゃ》までが暗室に見えてきて、一点の燈火《ともしび》が赤玉ポオト・ワインに狂いだしてくるとすでに酒の現像液に浸してあった彼女の乾板《かんばん》から先《ま》ず破れて足の爪先がでてくるのでした。纏足《てんそく》の飾《かざり》の影にかくれた彼女の小さな足！　うつらうつらと東洋のねむり薬のなかにあって窮屈な思いをしながら縮こまっているのでした。足が痙《つ》るとは彼女は云《い》わないのであろうか。現像液の力をかりて、渋皮《しぶかわ》の剥《む》くれてゆくのを眺めていると、花瓶のような首の附根《つけね》には、かの牡丹色の水引《みずひき》がかかっているために、これでは、通りすがりの男にだって、与《くみ》し易くも、また撮食《つまみぐい》の味のしそうな女にも軽便に感じられたりするのも無理からぬことながら、その実、彼女の鼻の山脈を国境にして、東西文明の潮《うしお》が押寄せてきているあたりから案ずると、これはどうして、到底、同一民族の所産とは断じて信じられぬ程一癖ありそうな女性なのです。

——日露戦争とロシアの革命がなかったなら、今頃、妾《わたし》はどうしているでしょうか。父のおかげで、妾《わたし》は屹度《きっと》、トントン拍子に女実業家となり、東洋の舞台を切りまわしたそのあとで、今度は宗旨をかえて女角夫《おんなすもう》になっていた筈《はず》なのです。

——それでは、私もおかげと、あなたに切り廻されずに済んだ口なのでしょうか。

それには彼女も舌をだして笑うのでした。が、尤《もっと》も舌の半分以上はベネヂクチンが出し入れをさせてもいるのです。

そのうちに、彼女は止めどもなくお饒舌《しゃべ》りを始めて、私が探るどころか、胡座《あぐら》をかいていても、私の痒《かゆ》いところへ萬遍《まんべん》もなく彼女の指先が垂れさがってくるのでした。

——どうして、妾《わたし》がこんな所へ舞戻《まいもど》って来たのか、自分にも分らぬのです。多分は零落《れいらく》したからですけれども、海洋に対するロシアの憧憬《しょうけい》時代の大連《ダルニー》は、てんで、今とは似も似つかぬ程、素晴らしいものでした。ペテルスブルグの机の上で、ウィッテ伯爵様が頰《ほほ》杖を突いているうちに、何んにもなかったこの土地が一枚の紙と拡がって、蔭に巴里《パリー》の市街地図でも隠れていたのでしょうか。見るまに、大きな花が開いて、その中を水道が流れて行っては掃除をしてゆき、電量計を忘れた発電所の煙突はむなしく空を汚《けが》し、苦力《クーリー》波止場《はとば》の工事がいまだ出来上らぬ先から南京蟲が跋扈《ばっこ》して、早くも、花弁《はなびら》は蝕《むしば》まれながら大きな街になっていって、その一筋のヨオロッパ街の花びらを散歩すると、そのどんづまりは花の芯であり、そこではニコラエウスカヤ大広場がニコライ二世の名誉と一緒に雨ざらしになっていたりして、骨牌《カルタ》にシャンパン、落成式と大宴会それに売笑婦の挿話が入り交って、大連《ダルニー》建設の金貨が渦を巻いていたのです。それなのに、今はどうなんでしょう。滑稽《こっけい》な秩序のなかで、徒《いたず》らに去勢されて、妾《わたし》たちの植民地は何時《いつ》のまにか、赤い穴のあいた旗が翻《ひるがえ》りだして了《しま》ったのです。とても、妾《わたし》は居心地が悪いのです。これでも、妾《わたし》はまだアカシヤの木のような移気《うつりぎ》な女じゃありません。

彼女は馬車のなかから躍り上がって、半身《はんしん》を外へ突きだすと、並樹《なみき》のアカシヤの枝にしがみついたのです。

――こん畜生！　此奴《こやつ》は、どうして何処《どこ》ででも、こんなに大きく育ちやがるのだろう！

馬車と並樹《なみき》のすれ違う刹那《せつな》に、彼女の肢体《したい》が裂けてしまうかと、私は舌を巻くのでしたが、木の枝の方から先に、べシ折れてきて、どうやら彼女の膝の上へ両手がおとなしく納まり返ったのです。

――ロシアでも、これだけですわ。南ロシア地方から身売《みう》りせられてきて、風土と浮気な恋をして、今も大連《ダルニー》に関するグメニユーク先生の記念論文の上で、生きながら旅の恥を掻きすてにしているのは！　一ぺん、妾《わたし》の父の潔白な爪の垢でも煎《せん》じて飲ましてやりたいものです。父は一度だって公金横領《パナマ》をしたことがありません。それでいて一度だって損もしたことがなかったのですが、遂《つい》に日露戦争に、最終列車で大連《ダルニー》を見棄《みす》てながら巨萬《きょまん》の財産をすっからかんにしてしまったのです。

剃り落した私の青い眉を、彼女は怨《うら》めしそうに覗き込んで、猶《なお》も、一と昔も前の今は黴《かび》が生えた政治的な思想だの軍事的な観念だのを思いだしては、婉曲《えんきょく》に嫌味をならべるのでした。が、それが私には、柳の下の怨《うら》めしさではなく、天井の落ちた議事堂の片隅《かたすみ》だとか野戦病院の便所の梁《はり》だとかにぶらさがっては怨《うら》めしそうにしている世紀の幽霊を彼女に見るのでした。ために、私は彼女の霊が慰《なぐさ》めてみたくなったのです。

——あなたのお悲しみは、ロシア人の悲しみのその半分で済ます訳にはゆかないものでしょうか。

するとそ、彼女は気を廻して、あらぬ方へ脱線するのでした。


——それでは、妾《わたし》が支那《しな》人との混血女だからそう仰有《おっしゃ》るのですか。それはよく分ります。けれども、妾《わたし》は何んの愛着も母に持合《もちあわ》していないのです。寧《むし》ろ年寄るに従って、だんだん母に酷似《こくじ》してくるのが怖ろしくて、妾《わたし》はこんなに狼狽《ろうばい》して世界中を逃げ廻っているのです。どうかして、この黄色だけでも剥げ落ちないものでしょうか。妾《わたし》は堪らぬ思いがするのです。

懐中鏡をとりだして、彼女は嘆息を漏《もら》しだしたのですが、その鏡に吸取られて油気のない表情は、どこか国を逐《お》われてどちらつかずの出戻り女の哀れさを誘うので、またしても、私は厄介《やっかい》な彼女の虜《とりこ》になるのでした。ところが、鏡の裏のチョンキナ節の落書《らくがき》が、はしなくも、私を笑わして、辛くも、私は彼女から逃げだすことができるのでした。

彼女は云《い》うのです。

——とても駄目でしょうね。人たちは黄色人種の進化論だとか、支那《しな》の共和政治の成行《なりゆき》だとかを噂《うわさ》し合っているのですけれど古代支那《しな》からの面目《めんぼく》は依然として、元の木阿弥《もくあみ》なのです。どんな最新式の衣食住が押寄せたって、びくともしそうにないのです。こうして、妾《わたし》も多分は、黄《き》ろいフォーウク・ローウァのなかで、ついに、半生を踠《もが》きながら終るのでしょうが、それにしても、妾《わたし》は母方の袁世凱《えんせいがい》が大嫌いなのです。清国の皇室を優遇して置きながら、それでいて中華民国に看板を塗りかえたりしているのですから。大統領になって、クーデタァを敢行しながら、しかも、風月《ふうげつ》野鶴《やかく》を侶《りょ》として養寿園に竹や花を植えているのですから、一体どちらがあの手品師の本性《ほんしょう》なのでしょう。あ！　厭だ！　どこを向いても矛盾だらけで飽きあきしてしまいました。

大きな欠伸《あくび》をして、彼女が口の中へ美貌を呑み込んでしまったので、私は戸惑いながら、いま何處《どこ》を走っているものなのか、彼女に訊《たず》ねてみると、

——あ！　ねむたい！　何處《どこ》もここもあるもんですか。

プンプン、彼女は怒るのでした。

——妾《わたし》たちは、いま帝国軍人の枕を蹴飛ばして滅茶苦茶《めちゃくちゃ》に走り廻っているのです。

何んと、喜怒哀楽の烈しい女なのであろうかと仕方もなしに窓をあけて私は外を見ると、今朝この地に着いたばかしなのに、拡がりゆく大連《ダルニー》の夜景が私に朧《おぼろ》

気《げ》ながらも、三色刷の地図を思いださせて呉《く》れるのです。ここらあたりがテラウチ通りかオオヤマ通りででもあろうかと、よく分らぬながら、行手を見透《みとお》してみると、それらしい将軍の街が深い眠りのなかに鼾《いびき》をかき、馬の足は隠れて見えないのだが、口から吐きだす水蒸気のために、この幌馬車《ほろばしゃ》は暗室どころか、ちょっと待って下さい！　馬の筒先から水のでた如露《じょろ》の中に彼女と私が腰をかけているらしいのでした。

——あなた！　鼻でも悪くはない？　こんなに軍人の皮の臭気がするのに！あ！　何時《いつ》まで、大連《ダルニー》の町は虎を放って置くのでしょう。もういまどき、ヤマガタ通りでもノギ町でもあるまいものに。

と、なにを思いだしたか、彼女は如露《じょろ》のなかでダンスに合せて、われらの国の古い流行歌を唄いだしたのです。

兵隊さんの
シャッポ
米屋のやんちゃ

そうして、腹立ちまぎれに吹きだして了《しま》うのでしたが、なんだか私までも彼女の語気に叱られていそうな気がするので、そのままに捨置けなかったのです。

――それでは結局、同じことです。あなたの国でも、一番、繁華な所がレエニン街で、その次ぎがトロツキー街とプレハノフ街だと云《い》っているのですから。

これには、流石《さすが》の彼女も神妙に腰を下ろすのでした。

――それは妾《わたし》も不服です。どんな階級の政治家にでも、政治家と名のつく男にロクな奴はありません。それよりは、何んでも忘れ易い熟語だとか、これ丈《だけ》は心得おくべき法律学の術語だとか、又は難かしくって、とても不治の病名だとかをつけて置いた方が、よっぽど増しなのです。今のところ、妾《わたし》の国では、誰にも一番無理のないのが、先《ま》ず十月二十五日通りかと思うのですが、以《もっ》てあなたは如何《いかん》となしますか。

気取った口調で、彼女が挑戦してくるのでしたが、素《もと》より私に発砲してみる気はなかったのです。何故《なぜ》と云《い》って、これ以上に稀代《きだい》なお饒舌《しゃべ》りに悩まされるよりは、彼女の女持ちの小枕に凭《もた》れて眠る柔かい極楽の方が欲しかったので、彼女の家は何処《どこ》なのか居催促《いざいそく》してみたのです。

彼女は故意に私を厭《いや》がらかすのでした。

――だまって、まあ、見ていらっしゃい。すぐ近くの化物屋敷(今のロシア街)にあるのですから。

そうして、彼女は、本当にお待たせしましたとも云《い》うのでした。それに亦《また》、今も妾《わたし》の地下室には、むかし支那《しな》人のボオイが水道の真鍮栓《しんちゅうせん》を盗み損なって大洪水になったまま、夏には沢山《たくさん》の蛙が発生して喧《やかま》しく鳴きながら水潜りをしている部屋も保存してあると附け加えるのでした。

これでは、私も、ちょっと、どうにでもなれと云《い》った捨鉢《すてばち》気味になるのでした。あれほど、遠く南へ太陽につれ添ってロシアを行けば、一足ごとに美人がダラ安になるとは、かねて女道楽にきかされてきたことながら、未《ま》だ、大連《ダルニー》といえば日本の縄張りのうちなのに、早くも、私は夥《おびただ》しい大豆の産額のなかで、よく素性も分らぬこの女に迷《まよ》い児にされて了《しま》うのでした。

マッチをこすっては、これが妾《わたし》の家《うち》だと、彼女が足音を盗んでゆくのです。

——下駄を懐の中へ捩《ねじ》込んでくれ！　懐に捩《ねじ》込むのですと、執拗《しつこ》く云《い》って、彼女がきかないので、仕方もなしに、私は跣足《はだし》になってついてゆくのでした。

火が消えかかると、妾《わたし》がこうして強く抱きしめたら、あなたはどんな思いがするのかと問い返すので私もそんなに悪くはないと彼女の指を烈しく握ってみると、急に彼女が、妾《わたし》は沢山《たくさん》内縁の夫があるのですと、ふりちぎるようにして、私を驚愕《きょうがく》させるのです。そこで、私も、どこに皆さん方はいらっしゃるのですかと、訊《たず》ねてみると、みんなこの家に一緒くたに暮しているのだが、尤《もっと》も何《ど》れも外国産の植物ばかしなのだと答えるのでした。それでは、どんな種類の植物なのだろうかと、私が念を押せば、先《ま》ず、石炭の類《るい》に近い程度のものばかりだと云《い》うのです。

窓をこじあけて、彼女が、ひそかに這《は》いずり込むと、私は首筋のあたりに、起《き》重機《じゅうき》かなにかで捲《ま》き上げられそうな腕力を感じたので、何をしやがる！と、踠《もが》きながらも、忽《たちま》ち私は部屋のなかへ抛《ほう》り込まれて、見れば、燕尾服の黒ん坊が、胸には支那《しな》の夜店で買った勲章をぶらさげながら、こちらを向いて恭《うやうや》しく敬礼をしているのでした。

——これは唖《おし》の上に去勢がしてあるので、ちっとも心配はいりません。

彼女は安楽椅子《あんらくいす》を私に勧めて、黒ん坊を従えながら次の部屋へ消えていって了《しま》ったので、私は人なつこい、この安楽椅子《あんらくいす》を控《ひか》えて、ぼんやりあたりを見廻すのでした。

線と角とより他には、この部屋を構成する何一つの装飾もないなかに、いくら探してみても何處《どこ》からくるのか、とんと訳の分らぬ光線が溢《あふ》れていて、なんだか孤独な私は、大きな電球の中に突立っていそうな気がするのです。そこで、私は鍵穴から次の部屋を覗き込んで、これが、みんな彼女の内緒の夫なのかと吃驚《びっくり》仰天《ぎょうてん》してしまったのです。

秋冷《しゅうれい》の夜空から坂をなして、一列になったシルクハットの黒ん坊が、こちらへ空中滑走をしてくるのです。すんでのことで、私は彼等の飛んできた弾丸の靴先にあたって、鼻血をだすかと思った刹那《せつな》に、彼等は忽《たちま》ち、後向《うしろむき》になったまま、もときた宇宙の路《みち》を、辷《すべ》り返っていって、空の底へ消えて了《しま》うのでした。

これが、なんとなしに、私を懐郷病《かいきょうびょう》に誘って呉《く》れるのです。

そうして、またしても、月の光に触れて、彼らのズボンがサアベルになって現われてきようとするのでしたが、この大仕掛なブランコの下の大広間には、紅や青の毛糸の帽子をかむった男たちが、頭のてっぺんからたれさがった糸に黄いろなカボチャの花をつるしながら、南京花火を合図に、裸のままで自転車の曲芸を始めだしたのです。何《ど》れも、黒板のような背中には、白墨でもって、忘れぬ先きに番号を記しながら。

彼女は、これを私に見せびらかしたいそのために、実は、ここまで連れて来たのでなかろうか。それなら、私は懐中から下駄をだし、下駄ばきのままで、これを見物さして貰《もら》うであろうと、淡い嫉妬《しっと》を感じながらも、なんとなくステームの温まり加減といい、このニーグロ族の風景に惚れぼれしだした私は、彼女の云《い》うところの外国産の植物ではなく、熱帯地方土着の砲兵のような樹木が、一本、ここに欲しいものだと思うのでした。それがなければ、ゴムの手袋に似た葉影なくしては少しも、彼らの天然の皮膚の艶《つや》がでてこないからのことです。それに今日《こんにち》では、どんな小さい動物園にしろ、熊なら熊で、それらしく、セメントなりに物々しい岩山が築かれたりなぞしているのではなかろうか。

そこで、私は凡《およ》そ、文明の西洋菓子なるものが果して、このニーグロ族にとって、口当りがいいかどうか、或《あるい》は、ひょっとすると、遥かに文明よりは生のままの自然の方が彼らの好物ではあるまいかと、彼女に詰問《きつもん》がしてみたくなったのです。

私は安楽椅子の御厄介《ごやっかい》になってみました。すると、この安楽椅子は凹《へこ》む仕掛になっていて、独りでに私は地下室の卓子《テーブル》の前へ坐《すわ》っていたのです。

——どこを、そんなに、あんたはまごまごうろついていたのです。

機関車のような台所で、彼女はフライ・パンを片手に、火夫《かふ》の働きをしながら、こちらを覗いて叫ぶのでした。

卓子《テーブル》の上には、米と飯とで盛りあがった陶羅《とうら》の上に、松の枯枝を乱暴に突きさした盆栽だの、虎や柳を彩《いろど》った桃符《とうふ》だの、赤紙に金箔の福の字を切り込んだ歓楽《かんらく》紙《し》だのが、実に所かまわず貼りつけてあってそれが頭の上から降りてきた羊の角や紅《あか》メリンスや硝子《ガラス》貫玉《ぬきたま》で飾りたてたる馬燈《マーチン》・魚燈《ぎょとう》の綵燈《さいとう》と一緒になって、これで支那《しな》の風物《ふうぶつ》は、凡《およ》そ悉《ことごと》く湊《さら》え尽くしてしまったとでも云《い》いたげな光景をなしているのでした。が、その上にまだ何處《どこ》かでは、ゴム・マリから水でもでていそうな気がしてならなかったのです。

彼女が透《すか》しいりのサルマタ一枚になってでてくるのでした。胸の部分には、大きな朱の牡丹を、腹の上には唐獅子《からじし》の刺青《いれずみ》をして。彼女が息をするそのたびに、唐獅子《からじし》の怪口《かいこう》が花に巫山戯《ふざけ》そうに見えるので眼も離されず、私は鎖で縛りつけたらどんなものかと、生温《なまぬ》るい指の先で、彼女のお腹を押《おさ》えてみると彼女は周章《あわ》てて、急に、唐獅子《からじし》をだき抱えるのでした。

——これは、妾《わたし》が転寝《うたたね》していた夏の昼に、支那《しな》の無名作家が悪戯《いたずら》しては、とうとう、みんな彫ってしまったのですが、それよりも、あれを、あなたは御存じなのですか。苦心の末に漸《ようや》く、妾《わたし》が拵《こしら》えあげた芸術品なのです。

それはブリキの龍が、九匹がかりで仏さまの咽喉《のど》を締めつけているにも不拘《かかわらず》、一本の蚊とり線香を杖とお縋《すが》り遊ばされて、世にも静かに仏さまの瞑目《めいもく》していられる玩具《おもちゃ》にすぎなかったのです。彼女の並外れた趣味ででもあるのか、九つの龍の口からは蜜柑水《みかんすい》が、こぼれ落ちて、御聖体《ごしょうたい》を洗い浄めているのであるが、そればかしか、火のつく蚊とり線香が、じりじり小さくなって、今にも仏さまの小さな御手を焦がしそうなので、どうにも、それが、私の腑に落ちなかったのです。

——一旦《いったん》、口から吐きだしたもので、仏さまを洗うのは、あんまり勿体《もったい》ない事ではなかろうか。

ところが、彼女は私の詰問《きつもん》に対して、そんなこと位は構うもんですかと手掴《てづかみ》のままで、蛙の料理を私の皿の上へのせて呉《く》れるのでした。

——どうやら、あなたは、赤旗派のことと云《い》えば、何んでも潔癖なほどに、反対なさるようですね。

——そんなことがあるもんですか。私の唇は漆《うるし》に弱いのです。それだから、南京におれば直ぐに、ボロジンに痂《かぶ》れたりしてしまうのです。けれども、素敵なコムミュニストになるのには、どうも、神話にでも出てきそうな南方支那《しな》の漁師の息子かなにかでなければ、結局、駄目なような気はするのですが。

俄《にわか》に、彼女は襟《えり》を正して厳《おごそ》かに云《い》うのです。

――義《ただ》しき人なら、どんなに痩《や》せていても、決してそんなことはありませぬ。妾《わたし》はツウルーズにいて、労働総連盟の大会を見物していて実に痛感したことなのですが、みんな彼らは栄養の足りない顔色をしながらも、よくまあ、あんなにフランスの軍隊や祖国を張り飛ばしたものだと思うほど勇敢に戦っていたのです。誰しも、人は意気だけで動くものです。あなたも、こんな機会にロシア語を味《あじわ》わないと一生涯を損して時代に遅れてしまうのです。

パンやコップと一緒に、私の前に並んだフォークとナイフを彼女がとり上げながら、さあ！ 覚えてごらんなさいと、しかし、なつかし気に云《い》うのでした。

――ウイルカ！ ノージック！

――フレブブラフカ！ スタカーン！

こうして、彼女は極《ご》く手近のところから教え込もうとするのです。これなら、決して忘れっこはありません。妾《わたし》も悪食《あくしょく》のお蔭で、やっとこさで修得することができたのですからと云《い》いながら、彼女はコップの水をがぶがぶ飲むのでした。それなのに、私は、どうして彼女の美しい紅の唇から、こんな危なかしいサアベルだとか槍の類《るい》に属するものが飛びだすのであろうかと、ウイルカ！ ノージック！ と繰り返しながらも、呆気《あっけ》にとられていたのです。

叫ぶのでした。

——あなたは口を切りやしませんか！

すると、彼女が真赤になって怒鳴りつけるのでした。

——馬鹿なことを仰有《おっしゃ》い！

睨みつけられていながらも、甘い情熱的な魅力を彼女に感じてきて、どうして、こんなに私は女が好きなのだろうかと後悔をするほど柳眉《りゅうび》を逆立ててしまった彼女の新らしい顔に、またしても近代的なカメレオン型の美を発見するのでした。

尤《もっと》も、女ときたら独りこの魚花娘《ぎょかろう》のような珍型《ちんがた》の女に限らず、どんな女にだって、隙さえあったら私は凭《もた》れかかっていって遂《つい》には、彼女の優しい感情をハンモックにして、その中で、力まかせに横着な欠伸《あくび》がしてみたい質《たち》なのです。

——済みません！　人を直ぐに怒らかしてしまったりして！　ひょっとすると、私は病気か知れないのです。怒らないで下さい。いつでも、私は女に対してこうなんですから。

——いいえ、あなたは、その実、短冊《たんざく》のような高い山から足を投げだして、妾《わたし》や妾《わたし》の国の精神や努力をおひゃらかしているとしか思えません。

本当に怒っているらしいのです。

——それならそれでよろしい。どうして、レエニンがこの世へ躍《おど》りだしてきたのであろうか！　一ぺん、あなたも。薄い月あかりの下で、たとえ秋の草花を蹂躙《じゅうりん》しながら。砲兵が演習をしていても構いません。それは何かを脅《おびや》かしているに過ぎないのですから。一寸《ちょっと》でよろしい、現代の地球の姿を見てやって下さい。夜を呑んで了《しま》ったこの姿は、どう見ても、ただのものとは見えないじゃありませんか。どあかりがして、正に地球は大火事です。この火の海の中で、人たちは、日に日に、喰えなくなってきたと悲鳴をあげているので、これを見棄《みす》てて置かれようかと、現われでてきたのが、つまりレエニンなのです。

彼女は、こう妾《わたし》は解釈しているのだが、間違っているだろうかと、ゲンコツでもって、卓子《テーブル》を叩きつけました。指輪からは火を吐きだしながら。

——それでも、どうやら人たちもこつこつ働いたら、少し位は食べられそうにして呉《く》れたのは誰の御蔭でしょう。そうして、この壮図《そうと》の半《なかば》にして、遂《つい》に、斃《たお》れて神様になってしまったのは、果して何者なのでしょう。

彼女はヒステリーを起して、わッと水潜りでもするかのように、泣きながら涙のなかで身を苦悶《くもん》させると、今度は、自分で自分の頭を櫛《くし》の折れるまで張飛《はりと》ばして、それで、ようやく気が済んだと見えて、顔をふきながら、にこにこして、私に訊《たず》ねてくるのでした。

――どうも、私は間歇《かんけつ》温泉なので……御免《ごめん》なさいね。だが、それはそれとして、この次ぎに誰が神さまになるとあなたは思いますか。

御機嫌をとってみたいと思って、当ててみましょうかと、私が相槌《あいづち》をうつと、

――あててごらんなさい！

と、彼女が乗気になってきたので、いまだこの地球の魚籃《ぎょらん》の中でぴちぴち躍っている知名の士を物色して、俎《まないた》の上へかけてみるのでした。

――なんだか、スターリン氏のようにも思えるのですが、どんなものでしょう？

ところが、彼女は浮かぬ顔付をするだけでした。

――彼は労農ロシアの大黒柱には違いないのです。しかし、人も知るごとく、レエニンが革命の精神なら、トロツキーは進行中の革命なのです。どうして、スターリンなんか、まだまだ、神さまから一米突《メートル》も離れた人物なのです。

――それでは、トロツキー氏だと仰有《おっしゃ》るのですか。

――違います！　違います！　彼は才走っているだけのことです。神さまのような包容力は爪の垢ほどもありません。その上、トロツキーズムの陰謀計画が

あったりして、重《おも》なる神への冒瀆《ぼうとく》のために、今は島流しになって、あんな陰謀な男に神さまの資格など誰があるものですか。少しはあなたも人を見て法を説いて下さい。

　私は途方に暮れて、それでは、ムッソリーニ氏か誰かだろうと独言《ひとりごと》を云《い》うと、あんな男は、ついこの頃も、またしても女に子供を孕《はら》ませたばかしの至って、ほやほやの人間に過ぎないと、こッ酷《ぴど》く彼女がやっつけるのでした。

　全く、こう私が云《い》えば、ああ云《い》い、ああ云《い》えばこう彼女が云《い》い、次の神さまを捻《ひね》りものにしながらもそれでいて、猛烈に今度は誰だ？　誰が神さまになる番なのか当てて見ろと迫ってくるのでした。なんと、今日《こんにち》では、神さまになるのにも骨の折れることだろうか。それに、私はこんなに口喧《くちやかま》しくては、誰でも、ちょっと、神さまになりてがなかろうとも考えるのでした。

　しかし、彼女は夢中になって云《い》うのです。

　——あなたは知っていますか。世界地図で見ると、オデッサの街は、殆《ほとん》ど黒海へころがり落ちんばかりにしているのです。あんな危なかしい所で、十年近くも、妾《わたし》は修道院に辛抱していたのです。なんの為めに這入《はい》ったと仰有《おつしや》るのですか。決して妾《わたし》は修道院をクラシックな処女の憧れの的とは思いません。何んと云《い》っても今のところ、男子の魅力に匹敵するものを何んにも他に女は持っていませんから。それかと云《い》って、誰にでもきいてごらんなさい。妾《わたし》はあそこで自分の霊魂を掃除しようとは考えませんでした。あそこを卒業してから、就職口を世に求めようとも思わなかったのです。たった一つの目的が妾《わたし》にあったばかしです。それだから、大抵、毎日、カード式の預言法だとか、崩れ易い、接神術《せっしんじゅつ》の積木だとか、喰べ過ぎた後には、何時《いつ》も、腹上石割術《ふくじょういしわりじゅつ》の遊戯をしたりして、殆《ほとん》ど十年を遊び暮して了《しま》ったのです。何んの目的？　まあ、篤《とく》と、あなたも首をひねってみて下さい！

とうとう、彼女は私に泥を吐きかからせようとしだしたのです。それとは、うすうす先刻《さっき》から私も感づいていながら、それでいて、なかなかには、吐くまいとしていたかの天上の泥に就いて。

——神さまの椅子《いす》を狙っていらっしゃったのでしょう。

仕方もなしに、私は云《い》うのでした。

——そうです。全くそうでした。神さまになろうとしたかったのです。妾《わたし》が修道院で神に近づく学問を勉強していた頃、すでにトロツキーはオデッサの商業学校をよほど以前に卒業して、社会でぶらぶら遊んでいたのです。

あんまり馬鹿らしくて物の云《い》えなかった私は、しかし揶揄《からか》ってみるのでした。

——修道院時代のあなたを思い浮べると、なんだか、ガラス張りの水の中で、毎日お供物を食っては神さまの糞《ふん》ばかりしていた支那《しな》金魚のような気がしてならぬのですが。

けれども、彼女はそんなことには耳をかすどころか、蛙の料理を手掴《てづか》みで頰張《ほおば》りながら、こんどは何んの時代が来るかと賭でもしそうな風でした。

——次の世紀を、妾《わたし》は確かに女性の時代だと思います。そのために、現代の社会で、どんなに多くの女性が犠牲になっていることか。夕方の街へでて、悲惨な女性の行列を見て下さい。あれが女十字軍でなくて何んでしょう。甚《はなは》だしきは破れ靴をはいているのです。けれども、そのためには、選ばれたる極《ご》く少数の女性が男子を圧迫しているのです。而《しか》して、その一人が妾《わたし》であり、妾《わたし》に圧迫されているその一人があなたなのです。こうして、これらの努力が次の時代への有利な方向転換の楔《くさび》になると妾《わたし》は思うのですが、あなたが誰にも堅く喋《しゃ》べらないとお約束下さるなら、一ぺん、妾《わたし》は虎の巻をあなたにお見せしたいものです。

抽斗《ひきだし》のなかへ頭を潜込《もぐりこ》ませて、周章者《あわてもの》の彼女が中を引掻《ひっか》きむしると、黴《かび》の生えてた小型の帳面がでてきて、これを読んでみて呉《く》れと差出すのでした。

"Production without possession"
"Action without self-assertion"
"Development without domination"

見たところ、今も昔も変りない老子《ろうし》の句が、一寸《ちょっと》、洋服を着て紙の上に寝転《しんてん》しているに過ぎなかったのです。それを彼女は抱えて、大事そうに喚《わめ》くのでした。

――これだけあったら、誰が何んと云《い》っても、神さまになれると思うのです。この上は、神さまの資格をとるために、ただもう、人類のために、己《おの》が身を粉にして、日常品の如《ごと》く尽せばそれでよいのです。その意味では、シャツでも、股引《ももひき》でも、決して疎《おろそか》にはなりません。何時《いつ》でも汚れると妾《わたし》たちは、無造作に洗濯籠へ投《ほう》り込むのですが。ある時なぞ、妾《わたし》は修道院の庭で、靴下が神さまになった夢を真昼に見て恐ろしくなりましたことがあるのです。

彼女は、夜を忘れて熱弁を振うのでした。

――そのために、いま、妾《わたし》がどんな商売をしているのか、聞いたら、あなたはさぞ吃驚《びっくり》なさるでしょう。今日《こんにち》では、人たちをあっと云《い》わせなければ、何んにも、商売にはなりません。そこにも、神さまの骨法《こっぽう》があるのか知れぬのです。人たちを感情の中《うち》で思いきり悲しませたり喜ばせたり、それでいて、やがてケロリと忘れさせて、これが人生だと痛感させそうな商売が、今の妾《わたし》なのです。死人と結婚の報告を妾《わたし》は専門にしているのです。どんなに、毎日骨の折れることでしょう！ついに妾《わたし》は身を捨てて、黒ん坊を内縁の夫に沢山持って了《しま》ったのです。何んと、あの奥深い色の黒さが、人たちの心を傷つけては哀愁へ誘うことでしょう、しかし、見方によると、またなんと、これはお目出度《めでた》い色なのでしょう。あの大きな黒い目玉から、あなたのお国の大学目薬が現われたり、歯ブラシを逃げ廻る赤い天然色の舌が出てきたりするのですから。これら悲喜交々《ひきこもごも》のうちにあって、妾《わたし》たちは渡世をして、朝から晩まで、病める人や婚礼のありそうな家々を、道を歩いてゆく顔色の悪そうな人たちを、木の股が恋を囁《ささや》く男女の群れをつけ狙っているのです。けれども、この大連《たいれん》の氷の街を、これら黒ん坊の夫たちが寒そうにして彷徨《さまよ》ってゆく後姿を御覧《ごらん》になれば、誰でも、影が歩いてゆくとしか思えないのです。こうして、妾《わたし》は何時《いつ》となく、女らしい絆《ほだ》された方を夫たちにして、いつかな、温室のなかで、皆、安楽に暮させてやりたいような気を起してきたのです。

いまは、私もこの奇怪なかの女の家の構図のなかで、どんな不思議の殺され方をしても、さして、驚くまいと思う程、馴れてきたのでした。が、それよりは、かの女が私を煙《けむ》にまいてゆく怪気焔《かいきえん》のうちに言葉の持つ奇妙な魅力に感じて吃驚《びっくり》してくるのでした。あれ程、口から出任《でまか》せなことを喋《しゃ》べり、あれほど、現代の道徳律の内容を破壊して置きながらも、無数の黒ん坊を夫にしては夜を遊ぶかの女が、放埒《ほうらつ》極まる言葉の中《うち》にも、知らず識《し》らず、己を利し他を利する犯し難い精神を現わしてきたので、それが、かの女を見違えるほど、あらたかなものにもするのでした。

　ともすれば、現代の女性の陥ち入り易い、これら無数の内縁の夫のなかから、いつかは、一人の優男《やさおとこ》を撮食《つまみぐい》して、ひそかなる恋の気褄《きづま》を合せたりしそうな所もかの女になく、常に積極的な平等観に立ち、飽《あ》くまで奮闘努力主義を標榜《ひょうぼう》していそうなので、かの女に対する私の嘲笑《ちょうしょう》的な判断が、あるかなしのうちに崩れかかって、遂《つい》には、かの女を神に近いものに奉《たてまつ》り上げだしたのです。そればかりか、何時《いつ》かかの女はトランクから引摺《ひきず》りだして、襞《ひだ》の一ぱい附いた衣裳を着込んでいるのでした。どこから見ても襞《ひだ》だらけなのです。どうして、襞《ひだ》のうちから首がでているのであろうか。

　ところが、機関車のような台所へ引返してゆくと、こんどは、猫を蒸して、前足そろえたままのを一匹ぐるみに皿に盛ってきて、これでお腹を膨らしてくれと云《い》うのでした。

ヒゲの生えて、今にも手招きしそうなこの三毛猫《みけねこ》を、それでは、何處《どこ》から喰べたらいいのであろうか。然《しか》るに、かの女は素手で以《もっ》て、頭を掴《つか》むと、それが、ころっと外れる仕掛の料理になっているのでした。それだから、私も足を一本とって念のために喰べてみたら、旧約全書にありそうな匂いがするのでした。

かの女は云《い》うのでした。

――妾《わたし》がこんなに、男を征服しては解放するので、何時《いつ》となく、妾《わたし》に男といえば放鳥《はなしどり》のような気がしてならなくなったのです。ついぞ一度だって、温《おとな》しく、一人の男にばかし手をつけていたことがありません。いつでも情感は萬遍《まんべん》もなく行き渡らせる方《ほう》なので。それは妾《わたし》がストイック派の哲学に帰依《きえ》しているせいかも知れなかったのです。妾《わたし》の父はよくゼノオの顔に似ていました。それなのに、父は日露戦争の頃「日本ぐらいはシャッポでふせてみせる」の流行唄に同じていたのです。それを妾《わたし》も聞き齧《かじ》っていて、女のことだから、シャッポで男ぐらいはふせられもしようと、それからは勇敢に戦ってみるのでした。そうして、男をふせてふせからかしたのです。ところが、あんまり男がふさって仕方がないので、何時《いつ》となく妾《わたし》に無常の感が起ってくるのでした。それは紛れもなく、妾《わたし》に東洋人らしい母の血が交っているからなのでしょう。云《い》えば、男に粘《ねばり》が足りないとも云《い》えるのです。こうして、妾《わたし》は、人並のことでは男に苦労せず、却《かえ》って人並外れたことで、さんざん男に苦労してきた訳です。男勝りのせいでもあるのでしょうか。いや、尤《もっと》も妾《わたし》に始めから生活がトントン拍子でしたら、はかない、こんな、ふせたと思うとすぐ逃がしてやる、シャッポで男をふせることなぞ、誰がするものですか。それに神さまになろうなぞと空漠《くうばく》とした野心を起したりしそうな筈《はず》もありません。然《しか》るにあ！　今こそ、受難の時代だと、歯軋《はぎしり》かんで、妾《わたし》は神さまを拝むのです。すると、拝んでいるような気が次第にしなくなってきて、だんだん妙な友情を感じだすのでした。どうやらこれで、妾《わたし》も一歩一歩と、神さまに近づいて行って、こうして、誰しも、後から後からと順ぐりに、神さまになってゆくのではあるまいかと思われたりするのです。或《あるい》は、ともすると、既に、知らないうちに、妾《わたし》は何時《いつ》か生神様《いきがみさま》の列に加わっているのかも知れぬのです。

　こんなに、彼女に、この夜更《よふけ》に誠《まこと》しやかに云《い》われてみると、私ばかしでなく誰しも変な気を起しはしないだろうか。そんなら、私も神さまになってみようなぞとは素《もと》より思わないまでも、なんと、人の一生には複雑極まる別隔《わけへだて》のあるものぞとしみじみ痛感をするであろう。この世知辛《せちがら》いこの世にあって、ある者は盗人《ぬすびと》になろうとして日夜を呻吟《しんぎん》し、また或《あ》る者は神さまになろうなぞとして……そして、その何《いず》れもが、同じく人の一生のことだから人たちを驚かせもし、また笑わかせもするのです。

しかし、元を洗えばキリスト様だって一つ穴の狐なのだから、ただ私にまで分らぬだけのことで、或《あるい》はすでに、彼女も人間離れがして、早くも神の域《いき》に成功しているのかも知れぬと同感するのでした。

ために、私は恐るおそる、お伺いを立ててみることにしたのです。

——お子さま方はおありになりますか?

凛《りん》と、彼女は肩を聳《そび》やかすのでした。

——幾人もあります。今もお腹にあるか知れぬのです。それに妾《わたし》はあんまり月経は好きではありません。

これが神さまのお答でした。

——それでは、何処《どこ》に皆さんはおいでになるのです。

——みんな少年共産党《ビオネル》に入っています。あそこに居れば、一生涯、食損《くいそこな》いの憂《うれい》もなく、それに不良児になったりする虞《おそれ》も、まず無いと云《い》っていいのですから。「用意はつねに!・」の標語のもとに、妾《わたし》の息子たちは、モスコオの街を太鼓たたいて歩いているそうです。随分《ずいぶん》、大きくなったことでしょうね!

どこやら、彼女も人間らしい感情に引張られてきて、以前に彼女の脱ぎ棄《す》てた人間の殻の中へ再び足を突込みかかったところを、俄《にわ》かに踠《もが》きだしたのです。

——けれども、妾《わたし》は日に日に、親子の情を失いつつあるのです。これでは、神さまになるのもうれしくもあり、また、辛いことでもあるのです。

強《し》いても、彼女は崇高に黙想するのでしたが、その瞑目の仕振《しぶり》が艶《つや》っぽい断髪姿の大仏さまを思いださせるので、序《ついで》に月の近くをブランコで徘徊《はいかい》しながら、いきなり鍵穴のなかへ飛び込んできたあのシルクハットの黒ん坊の良人《おっと》たちを回想させるので、大胆にもまた、私は彼女に与《くみ》しやすそうな気を起すのでした。

何んなら、これまでに、彼女の築き上げてきた金ピカの神殿から彼女を叩きだして、赤の他人にまで引下ろしてやりたいものです。そうして、あわよくば、黒ん坊の目を盗み、彼女の脱ぎすてたる神さまの化《ばけ》の皮の上で、互に過ぎゆく青春を惜んでは、彼女と小さな恋の逸楽《いつらく》に耽《ふけ》ってもみたいと私は思うのです。それに、よし、彼女がこの新手《あらて》の色合戦に傷をつき、わが妻としての生捕者《いけどりもの》にされたところで歎くにはあたらない。互が裸になって物を云《い》ういまになってみれば、彼女とても、そこに屹度《きっと》、淡白な一夫一婦の美しい美を見出して呉《く》れて、ともすれば、少女時代の彼女に貪《むさぼ》られたきり、今は全く失われてあとかたもない風雅《ふうが》な婚礼の夢のつづきを、彼女が再び膝の上に取り戻さぬとも限らぬのです。そうして、それに亦《また》、今のところ、これより外には、術《すべ》のない、人の履《ふ》むべきただ一筋の路《みち》がそれであり、この外れやすい人倫《じんりん》をどうにか伝《つた》ってゆくにあらざれば、やがて、身《み》からは真の円光《えんこう》の射しそうもない現代なのです。

それにしても、どうして、私はこんなに彼女のことを考えねばならぬのだろうか。心から彼女を可愛いものに思いだしたからであろうか。それよりは少し私が慾がでて、この数々の男の疵《きず》を脛《すね》に持つこの女の身を、一ぺん薄《すすき》の穂にも恐れずに夫婦の峠を負《お》んで行って、向うに見えるチカット雪《ゆき》の光る霊山で洗い清めてやりたいと思うからなのです。それに可愛い子には旅をさせろだ！　もう一度、彼女に出直させて、遠いように見えても、それでいてその実は、一番に近そうな、神さまに届き易いこの山道へ彼女を突放してみるのも無駄ではないからなのです。それに、彼女がまた、どんなに焦《あせ》って次の時代の新らしかるべき女神の装いをこらしていても、何処《どこ》かに、私は旧《ふる》い感情を彼女に発見するのでした。宵《よい》の口の幌《ほろ》馬車《ばしゃ》のなかにあっても、私がダイレン！　ダイレン！　と連呼すると、彼女はそのたびに、怒っては、私の膝頭《ひざがしら》を抓《つ》めるのでした。そして頑強に矯正しては、ダルニーと仰有《おっしゃ》い！　と云《い》いながら……依然《いぜん》として、誰によらず彼女もまた、煙草のように病みつき易い愛国心を、忘れかねては愛用しているらしく見えるのでした。

それだから、彼女に残ったこの旧《ふる》い感情を捉《とら》えきて、それほどまでに神さまになりたい意志のあるものなれば、この正しい近道から、彼女を神さまにさせてやるのも、まんざら、望みうすきことでもなさそうに思われもするのです。おまけに、私が彼女を妻にもち、運よく彼女が神様の域に達したなら、人たちが、あまたの家から神さまがでたと騒ぎたて、それが私に悪かろう筈《はず》もなく、思わせぶりに、それらの人たちに、わが新妻の鏡をとりだして、この如何《いかが》わしい浮世を写しては、見せびらかすのも、また面白かろうと思うのです。

声を絞《しぼ》って、私は云《い》うのでした。

――どんなものでしょう。私もあなたの内縁の夫の一人になれないものでしょうか。

すると、彼女は争われぬもので、流石《さすが》に、女らしく、写真を撮る刹那《せつな》のような気取かたをするのでした。これまで、あれほど、神さまになるのは邪魔気《じゃまげ》だからと、彼女の捻《ひねり》つぶしてきた女の艶《なま》めかしさが今は逃げおくれて尻尾をだしながら。

この時、私は思うのでした。たとえ、私は彼女に撥付《はねっ》けられたとて、女主人に仕えるだけでも許されるなら、愉快なことであろうと！　というのは、これまで私の仕えてきた数ある主人公は、何《いず》れも富士なりのヒゲを生やしていて、みんな女の話に相好《そうこう》を崩すばかしで、一生かかったって、どうして、女主人公にはなれそうもない人たちばかしでしたから。

それで、私は続けざまに云《い》ってみました。

——あなたのことなら、どんなに身を粉にしても惜しくはないのです。

こんどは、彼女が微笑をするのでした。何んと年はとっても、娘らしい風情なのだろう。彼女は卓子《テーブル》の上に、猫の目玉をのせて、オハジキを始めるのでした。それが、私に遠い故郷の少年時代を思いださせて、そこには、桃割れのお花さんが顔は忘れてしまっても、秋の日のお菊さんが咲いているのでした。そうして、はじかれては、紅《あか》の爪から飛びだす猫の目玉に、私は占《うらない》をしながら、独り脳髄のなかで気を揉《も》むのでした。こんどあたれば、私の望みの叶いそうに思われたりして。ところが、それは、当ったりあたらなかったりして、徒《いたず》らに、私を嫌がらせるだけのことでした。

——そんなに、仰有《おっしゃ》るのに、妾《わたし》に異存のあろう筈《はず》はないのです。けれども、妾《わたし》の夫たちが何んと云《い》うか、それを知ったらあの人たちは、気を失うか知れません。なぜなら、あの人たちは、何時《いつ》でも、女のことといったなら、腰の抜けるまで喧嘩をしないと気がやすまらぬらしいのです。鈍重のくせに嗅覚が鋭く、猛烈でいて、しかも疲れを知らぬかれ等です。機械のようなこれが文明人であるのなら、ボタン一つで、押せば直《じき》に鎮まるのですに、あの人たちときたら、雷の嵐のように野育ちなので、どうにも自然に収まるところまで収まらなければ、手もなにもつけられそうにないのです。嘘なら一ぺん相撲をとらせてごらんなさい。彼等は、とこがとこまでやるのです。相手の息のつまってしまうか泣きだすかしなければ、決して、勝負にはしないのですから。それを妾《わたし》は神さまらしく、のびのびして見ていなければならぬのです。気を揉んではとても駄目、むかし、あなたのお国でも神《しん》の字に伸《しん》という字を使っていたことがあるじゃありませんか。

ナイフで傷をつけては、彼女が卓子《テーブル》に文字を刻むのでした。

——これを見ても、妾《わたし》がどんなに、のびのびしていなければならぬのか、よく分ると思うのです。妾《わたし》は、まず勝った男の云《い》いなりになり、それが済んだら、夜がふけてから負けた男を慰めてやり、これでは幾つ身体《からだ》があったって、これら毎日の忙しさの中で、妾《わたし》は足りない思いばかしをしつづけているのです。

それにしても、私が彼女の夫の一人になったなら、これら厄介千萬《やっかいせんばん》の男たちの眼に、なんと私の姿の映るものなのか、思案の末に、私も、いざとなったら、少し位は皮膚の色を染めてもいいと思うのでした。

然《しか》るに、彼女が、

——そんなにまで、なさらなくとも大丈夫です。

と、云《い》いそうなのです。というのは、彼等の穏かなる日には、靴のような滑かさが、彼等にはあるのですから。ただ、あの人たちの天然の教養と云《い》ったもののうちに、どこやら、少し間の抜けたところのあるだけのことで、蓄音機のかげなぞで、彼等の唄う、甘い艶《つや》やかな声をきくと、どうやら、太古の霧の奥へ、我等を銜《くわ》え込んでゆきそうな気がするのです。

私は気が遠くなるのでした。

——それだから、妾《わたし》はいつでも思うのです。一ぺん、あの人たちの皮膚を裏返してみたら、どんなにさっぱりした紳士が出来あがることだろうと!

彼女は続けて云《い》うのです。

——ですから、あなたさえ、彼等の発作的な凶暴性を呑みこんでいさえして下されば、それでいいような気もします。妾《わたし》は、いつでも、彼等の様子が少し変になると、その前晩《ぜんばん》に、きっとカルモチンを頓服《とんぷく》させることにきめているのです。

すると、あんまり薬が利きすぎるのか、三日三晩ぐらいは、ぶっ続けに眠り通して、何處《どこ》へ担いでいっても、材木のように知らん顔をしているのです。まあ、骨が折れても、統御しやすいと云《い》うべきでしょうね。それに実に静かなる日には、羊の群れを追ってゆくようなのです。食事のときなぞ、水を飲む代りに、思いだしては牧歌《ぼくか》をうたう呑気《のんき》さを妾《わたし》は持つのです。こうして、こんなにお天気つづきなら、少しの心配もいらないのです。

それでは、この頃はどんな模様なのか、私が訊《たず》ねてみると、急に彼女が顔を顰《しか》めて云《い》い渋るのでした。

——すこし、暴《あ》れ気分があるようです！

沈黙が重なりつづくので、何か、彼女は思いだそうとして、見晴らしのいい、中古の寺院の売物のあるために、いまも妾《わたし》は北京《ぺきん》の露国《ろこく》教団《きょうだん》と商談を進めているのだが、多分は、こちらへ旨《うま》く落札されそうの見込みなので、よくば私にも、あちらの寺院へ行って遊んでいてはどうかと云《い》いながら、すれば、妾《わたし》も視察にゆく楽しみが出来るとも附加《つけくわ》えるのでした。これでは、こんなに、彼女が私を遠く石のように投げておきながら彼女の御気に召したその時には、いきなり私を彼女の乳房に噛みつかせるようなものなのです。だが、私は乳房は好きです。だが、それでは、独りぼっちで、色のあせ埃《ほこり》のかかった、山高帽子《やまだかぼうし》にはあんまり大き過ぎるこの大伽藍《だいがらん》を冠《かぶ》らなければならぬのです。鼻をつまれても、黙って留守番しながら、彼女の来るのを待てというのか。けれども、彼女の包容力は、トロツキーのそれとは比ぶ可《べ》くもなく大きいために、どこか私は彼女に甘えてみたくもなったのです。

——あなたを信仰してもいいのでしょうか。

然《しか》るに、彼女は、喜ぶどころか、私の眼の色を読んで、鬱陶《うっとう》しそうに首をたれるのでした。小言を私にならべながら。

——正直に云《い》うと、妾《わたし》は、あんまり、あなたのお国の方を好まないのです。特に、和服の方ときては、何より信用が置けません。ちょっとしても、女の前で、はだけ易いまえを直ぐ、はだからしては股《もも》を露出して、少しも油断がならないのです。どうして、あんなに、キモノは羞恥心の欠けたものなのでしょう。それかといって、あなたは別なのですけれど。先《ま》ず、大概《たいがい》日本の殿方《とのがた》は名刺だけで、お目にはかからなくとも行儀の悪いお方と思って居《い》れば間違いありません。

これには、私も腹が立つのでした。男のために、今度は、女の悪口を云《い》ってやるのでした。

——あれは、朝から晩まで、仕立屋さんで、若い娘が寄ってたかって、男の噂をしては根気と細い針でキモノを縫《ぬ》っているからなのです。それだから、一ぱいキモノに女の念がこもっていて、知らず識《し》らずに男の着るたびに、だらしなくも行儀を悪くしてゆくのでないかと思われるのです。

すると、彼女は、つッ慳貪《けんどん》に、そんな馬鹿なことのあるものかと云《い》うのでした。

——縫《ぬ》って貰《もら》っておいて、その上に、女を軽蔑するのは、何よりな悪徳です。あれは、男と一緒に、あんまりキモノが自由すぎて、却《かえ》って、堕落し易いのです。これまでに、私は幾人となき日本の男子の方が帯もしめずに、キモノを着て、お尻まくりをしながら、それでいて、お蚕《かいこ》づくめの帯を中にしめていそうな顔付をしているのに出逢ったことがあるのです。それから、とても、妾《わたし》は日本の男が信じられなくなってしまいました。今では、洋服の紳士でなければ滅多《めった》に、親身には交際しないことにきめているのです。

彼女は、少しお灸が利きすぎたか知らと、一寸《ちょっと》、私の方を見兼《みか》ねて笑うのでした。

——それでは、これから一風呂浴びて、妾《わたし》の肩でも流しては下さらない？

その室で、彼女は真裸《まっぱだか》になって、独喋《ひとりしゃべ》りしながら、空手で大胯《おおまた》に歩いてゆくのでした。

——神さまになるのに、誰が構《かま》ってなぞいられるものか！

しかし、私は、初めて彼女の素足を眺めて、不思議に胸をうたれるのでした。この、あるかなしの小ささで、よくも、彼女の肥満した胸体《きょうたい》を、こんなに支えゆくことができるのかと、これは亦《また》、どこかに痩せる薬のあれに似た魔力が隠されているのでなかろうかと思われるのです。そうして、彼女の、ひどく油足なのにも、新たなる驚きを喫するのでした。

いま、彼女は鶏卵大の足跡の上にのり、カアテンの彼方へ、目には見えない玉乗り女になって消えてゆくのでした。

風呂といえば、私にとって、女と混浴するのは、これで二度目です。初めの女は僂麻質斯《リウマチス》のために、いつでも食事は、薬湯に浸ってなければ、箸のとれぬ我侭《わがまま》娘なのでした。厄介《やっかい》のうちにも、いまだに私を微笑させるのは、西洋皿にのったお頭つきの魚が漣《さざなみ》に揉まれて、ぽかぽか泳いでいたことなのです。

——なにを、あなたは、そんなに考えているのです。

近寄ってきて、彼女がいきなり私の帯を解きだしたのです。そら！　ごらんなさい。サッと脱いだと思うと、サッと着ることもできて、どこまでキモノは曲者《くせもの》なのでしょう。懐のなかまで探るので、遂々《ついつい》私も彼女の執拗《しつこ》さに腹を立てるのでした。

——股のある洋服は、どうだと云《い》うのだ！

すると、彼女はお腹を叩《たた》いて笑いながら、湯槽《ゆぶね》の底へ飛び込んでしまうのでした。

頭の上は厚い硝子《ガラス》張りの天井になっていて、黒ん坊の足の裏ででもあるのか、よく見ると、一ぱい、動いては息を吐いているのです。そうして、中央のあたりには、楕円《だえん》の彩色硝子《ガラス》が嵌《は》められていて、彼女によく似た聖母が下を覗いているのでした。

彼女は浮身《うきみ》をしながら、この自画自賛に見惚《みと》れていたのが、私が這入《はい》ってゆくと、急に深く湯槽《ゆぶね》の底へ潜り込んでしまって、今に浮き上がってくるものかと、ぼんやり私を空しくさせていたのです。ところが、この空しいもののうちに、私は霊気を感じてきて、危《あや》うく聖黙《せいもく》の状態に陥ちかかるところを漸《ようや》く彼女が浮き上がってきて、驚いたでしょうと、平気の顔して云《い》うのでした。驚くより、私には、薄気味が悪くなっているのです。仰げば、硝子《ガラス》にぺたぺた貼りついた足の裏の上には、もやもや人生が生えていそうで、しかも、この曲りくねったもやもやしたものが、日に日に、どこまで伸びてゆくとも見当がつかず、そして、こんなに時間のかかった彼女を見ると、この湯槽《ゆぶね》にしても、どうやら、底なしの深さに思われたりしたからです。

すると彼女が云《い》うのでした。

――これは、少しも、入山霊修《にゅうざんれいしゅう》と変りがありません。ここでも立派に霊胎《れいたい》を長養《ちょうよう》することができるのです。どうして、これを覚えたと云《い》うのですか。誰にでも出来るかと仰有《おっしゃ》るのですか。それは、妾《わたし》知りません。詐《いつわ》りの心を懐《いだ》いて神に近づくも遂《つい》に救われずということがありますからね。けれども、妾《わたし》のこれは、印度《インド》の乞食《こじき》坊主のそれとは段が違うのです。あんな人たちのする沙中《さちゅう》の墓へ埋葬されて、幾時間のあとに蘇生《そせい》する芸当ぐらい、妾《わたし》にとっては何んでもないことなのです。妾《わたし》は、この霊術を、アメリカの縄抜け芸人、ハウジニー氏に、萬《まん》とお金を積んで習ったのです。二日がかりで、ホテル・シェルトンの遊泳貯水池の中で、それで、今では二時間位は、水に沈んでいても、馬鹿《ばかげ》気た窒息現象なぞの醜態を演じません。

私は彼女に憑《つ》かれていそうな気がするのです。頭の上では、無数の足の裏が、渡鳥《わたりどり》のように、異常な勢《いきおい》でもって移動し始めているのです。

——こんなことは、神様になろうとして、絶食修行に馴れているものには、何んでもないことです。尤《もっと》も、妾《わたし》は、以前からニユウ・ヨオクの街を散歩しながら、よく、口と鼻から輸入する空気量を絶対に避けていたりしていたのです。それから、こんどは、肉体のなかの空気をポンプか何かで、汲みだしそうな気心で練習するのでした。そこなのです！　神様になるにも何をするにも、意志が強固でなければ、直ぐに、水が口へ這入《はい》ってくるのです。それが出来れば、水の中でも、何處《どこ》にあっても結局は同じなのです。だんだん、修業をつんでごらんなさい。水底へ電話を仕掛けておいて、とても人の面前《めんぜん》では恥かしくって云《い》えそうもない事でも、自由自在に話ができてくるのです。

丁度《ちょうど》、その時でした！　梯子段《はしごだん》のあたりに、夥《おびただ》しく、人の雪崩《なだれ》落ちる音響がしてきて、一人の気急《きぜわ》しい男が、上がったり、下りたり、上がったりするには、あんまり、大きすぎる響きなのです。あれは何んだろうかと、驚いて、私が叫ぶと、彼女は、巧みに顔色を変えながら、うちの人たちが押寄せてきたかも知れませんと、咄嗟《とっさ》に、私が裸で逃げ場を失っているのに、彼女が、ひそかに、足の先で、配電盤を捻《ねじ》りながら、

——早くお逃げなさい！

と、私を抱きかかえたところで、電気が消えてしまうのでした。首を私は絞められそうです。足がちぎれかかっています。腹が破れそうです。それでいて、少しの痛みもない。眼には見えない、黒い爪が！　大砲の腕が！　フット・ボオルの足が！　溶けた黒ん坊の水のなかで、蹴る！　殴る！　抓《つ》める！

何か、ぎっしり詰ったもののうちを、手さぐりして、彼女は、窓の外へ抛《な》げだしたので、私は外燈《がいとう》のホヤの、地を丸く印《しる》した光の上に転落して、あたりを、くるくる見廻すのでした。どこを縋《すが》ってみても私はつるつる滑る皮膚ばかしで皮を剥《む》かない林檎になったまま、私はこの光の皿へ蹲《うずく》まってしまうのでした。私の顔の上では、黒い窓からでている白い腕が振子になっていまは皿の方へたれてきて、ぶらぶらしているのです。

ところが、私はそばに転がっていた底が抜けた樽へ飛び込むと、後からでも附けたように、樽の上へ手と足がでてきていたのです。動かせてみると、機械のように盛んに動く！　動く！　動くのです。先《ま》ず、私から夜明けの街を走りだしてみました。足音が街角にすると樽の中へ隠れながら。すると、鼻の先へ、ぽツン！　と一粒の星が落ちてきたりして。あ！　一枚、ハンケチが欲しいな！　人の気配が遠ざかりゆくと、またしても走りながら。坂の上へ来ると、こんどは、樽の方から先に、転がりだしてくるので、自然に、私もある三角形の一辺になってしまうのでした。

こうして、私は樽で以て、彼女に走らかされて、すっからかんになって了《しま》ったのですが、しかし、彼女を恨む気持にはなれません。すんでのことで、窓を境に彼女から手放れようとした時に、身を延ばして、彼女が、きわどい頬ずりをして呉《く》れたのです。その、彼女の頬紅が、私の鼻から耳の方へ微かな消え方をして残っていたので、それが忘れ兼ねてまたしても、彼女に逢ってみたいものだと、幾夜か電気遊園のあたりへ、彼女の魚《うお》の外套《がいとう》を捕えに出掛けてみたのです。

しかし、遂《つい》に一度も手がかりがないのです。探しあぐんだ末に、河のほとりへなぞ、ぼんやり、見に行ったりしたこともあったのですけれども。

然《しか》るに、ある朝、私は新聞を開いてみて、破天荒《はてんこう》の驚き方をするのでした。

これまで、誰のためにも、石碑なぞ建ててみようとは考えもしなかったことです。それなのに、即座に彼女のために、シャッポで男をふせた女の墓碑が建ててみたくなったのです。黒ん坊に擽《くすぐ》られながら遂《つい》に致死《ちし》した満載《まんさい》の記事の中に埋まって、しかも彼女は、今朝開花したばかしの牡丹《ぼたん》色のネクタイをしめて、大きく写っているのです。

——魚花娘《ぎょかろう》！

思わず、私は久しぶりの彼女に逢って叫ぶのでした。それなのに、白皙《はくせき》のうちに、微塵《みじん》の笑いを漏らしている彼女は、しかし、これ以上に笑おうとはしないのです。

——もう少し笑ってごらんなさい！　新聞紙が動きだします！

ホテルのボオイが、彼女に巫山戯《ふざけ》かかっては、私を笑わかそうとするのでしたが、しかし、私はこの青春の悪戯《いたずら》をよそに、哀感にうたれては、仕方もなしに、鉛筆の芯を舐《な》めずりながら、彼女の思いに溢《あふ》れるのでした。

A　何事か、彼女は決するところあって、昨暁《さくぎょう》、思いきり両腋《りょうわき》を黒ん坊に擽《くすぐ》らせながら、遂に、頓死《とんし》したというのです。

B　何時《いつ》も、裸のままで眠ることの好きな、彼女が、その夜に限って、日本のキモノを寝巻きにしながら、とうとう、死ぬが死ぬまで、肌身離さなかったということです。

C　彼女の持病といえば、喘息《ぜんそく》に、寝小便ぐらいのもので、さしたる程のものでなかったのに、最近は強烈な性病に侵されていて、或《あるい》はその為に、厭世《えんせい》自殺を企てるにはあらざるかの疑《うたがい》あること。

D　尤《もっと》も、彼女の家庭内の素行に至っては、全く百鬼夜行的で、しかも、それが巧妙に隠蔽《いんぺい》されていて、到底《とうてい》、窺《うかが》い知るを得ざる所なるが、アカシヤの花の匂う頃には、毎年彼女が虎皮のマントオに身をかため、夜の西公園に出没しては、大連《ダルニー》の紳士を生命《いのち》ぶるいさせて、花影に銜《くわ》え込んで行っては、却《かえ》って、思わぬ歓待に紳士たちを、ほくほくさせては家へ届けたりした風説のあること。

E　そのために、意外の所に、彼女の意外な信者があり、彼女も常に神の道を磨いていたのであるが、果して、彼女は由緒《ゆいしょ》ある家柄の人物であるか否かは、全く不明なこと。

F　但《ただ》し、彼女の母は純粋の支那《しな》人であり、今も、母方の家に河南《かなん》の風に吹かれていることだけは確かである。彼女は幼年時代から、支那《しな》を厭《いと》い、三百の礼儀と三千の威儀《いぎ》は、わが青春を窒息させるものだと絶叫していたが、それにも拘《かかわ》らず、彼女の多読主義は、よく、支那古今《しなここん》の文学に通じ、興《きょう》いたれば即座に微酔《びすい》しながら、よく、唐代一流の詩人、李白《りはく》や王維《おうい》の詩を朱筆《しゅひつ》で添削《てんさく》しては人たちを驚嘆させたこと。
G　然《しか》るに、これら秀でたる才能あるに不拘《かかわらず》、以前には、しばしば、色仕掛《いろじかけ》の追剥《おいはぎ》をしては、紳士を丸裸にしたその辣腕《らつわん》も、最近は、寺院の売物に莫大の手金を打って、詐欺にかかったのであるが、或《あるい》はこれが、彼女の死の近因《きんいん》をなしているのではあるまいかと観測する向《むき》もあること。
H　彼女の使用人は、殆《ほとん》ど、何《ど》れも黒ん坊ばかしで、今は、薄化粧に、シルクハットの紳士をなしているが、これら近代式の黒ん坊の中には、以前ロシアの戦艦ポチョムキンのコックとして乗船し、六月十四日の黒海航行中、水兵に雷同して、檣《ほばしら》高く赤旗を翻《ひるが》えしたる快男子もあり、又は、優しいキエフの秋の日和《ひより》に、南ロシアのお祭りの街を黒百人組の走狗《そうく》となって、どさくさ紛れに、虐殺《ポクロム》の機械を引摺ながら、ロシア人といわず、夥《おびただ》しい波蘭《ポーランド》人や猶太《ユダヤ》人の幸福を血まみれにして、次から次の街角を曲りながら、幸福を求めては破壊し歩いた陰険な歴史的事実ある男がいたりしているが、今は、これらの連中も何時《いつ》となく、女主人公に仕えては、その日その日に甘んじていること。
I　然《しか》るに、この度の彼女の怪死事件に関連して、彼等は加害者として嫌疑《けんぎ》を蒙《こうむ》って、全部捕縛されたるも、調査の進むにつれて、却《かえ》って、彼等の被害者たることが判明されてきたというのです。

彼女の猛烈な性病に侵されて、ある者は淋巴腺《リンパせん》がステキに腫れ、或《あ》る者の腫物《はれもの》は天津桃《てんしんもも》の大をなし、甚《はなは》だしきは、男子を失ってしまって、下《しも》のところを葡萄《ぶどう》の葉かげに蔽《おお》い、なかにも、極《ご》く洒落者《しゃれもの》たちは勿忘草《わすれなぐさ》の造花でもって、飾っていたりしていたことが発見されたりするのでした。

　ところが、これらの記事は、最後に彼女の死を飾る淡い葬儀の光景で結ばれているのでした。これが初夏の黄昏《たそがれ》近くでもあるのなら、彼女のかずかずの女友だちが、いまは、夕顔の花の日傘を肩に、悄然《しょうぜん》と教会をあとに、蓮歩《れんほ》して行ったでもあろうと、思われる程なのです。どうして、彼女が、擽《くすぐ》られながらも死んでいったのかと。楽しそうに見えても、彼女の選んだ、そのなみならぬ苦しい死に方を思いやりながら。

　それなのに、牧師は荘重《そうちょう》な口調で云《い》うのでした。

　――彼女こそは、笑いながら天国へ逝《い》った唯一の人であろうと！

　これでは、今更、彼女のために、墓碑を建てたって、何んの役にも立つまいと私は思い返すのでした。それよりは、彼女の昇天したその晩には、毎年、お天気さえよかったなら、素敵に大きな菊の花の花火を打ちあげて、彼女のために、お供《そなえ》がしてみたいと思うのです。すれば、擽《くすぐ》られながらも、苦しい思いをなして、とうとう、神の国へ逝《い》ってしまった彼女が、どうやら、ふたたび、人間を思いだしては、この天国にまで届きそうな茎の長い花に、なつかしい微笑《ほほえ》みを浮べるでもあろうと、私は考えるのでした。

——菊の花は、東洋的でいいな！

誰かに、こさえて貰《もら》って、初めは、ガラス色の大輪の花が開き、それがやがて、二段返しになって、菊の花の消えたあとから、シャッポのでてきそうな花火を！そうして、私はこのシャッポに忘れてもときどきは思いだしそうな美しい詩句を銀糸《ぎんし》で刺繡《ししゅう》して打ちあげてみたいものなのです。

——それにしても、どこかに、気の利いた詩人はいないでしょうか。

——了——

久野豊彦の幼年時代

祖父が丹精こめた芍薬(シャクヤク)の花咲きみだれる庭で、10歳(右端)

名古屋市白壁町二丁目の尾張久野家の屋敷門

尾張久野家12代当主久野賢宗・こう夫妻と
後に生理学者として名を成した五男寧、孫の豊彦

久野賢宗・こう夫妻と孫の豊彦

愛知
一中時代

愛知一中の
蛮風を気取って

慶應ボーイとなって
野球に熱中

慶應義塾時代（後左）

2

猫の耳

詩・言葉とタイポグラフィの冒険・掌編

追悼集『すみれの花』（昭和47年）より

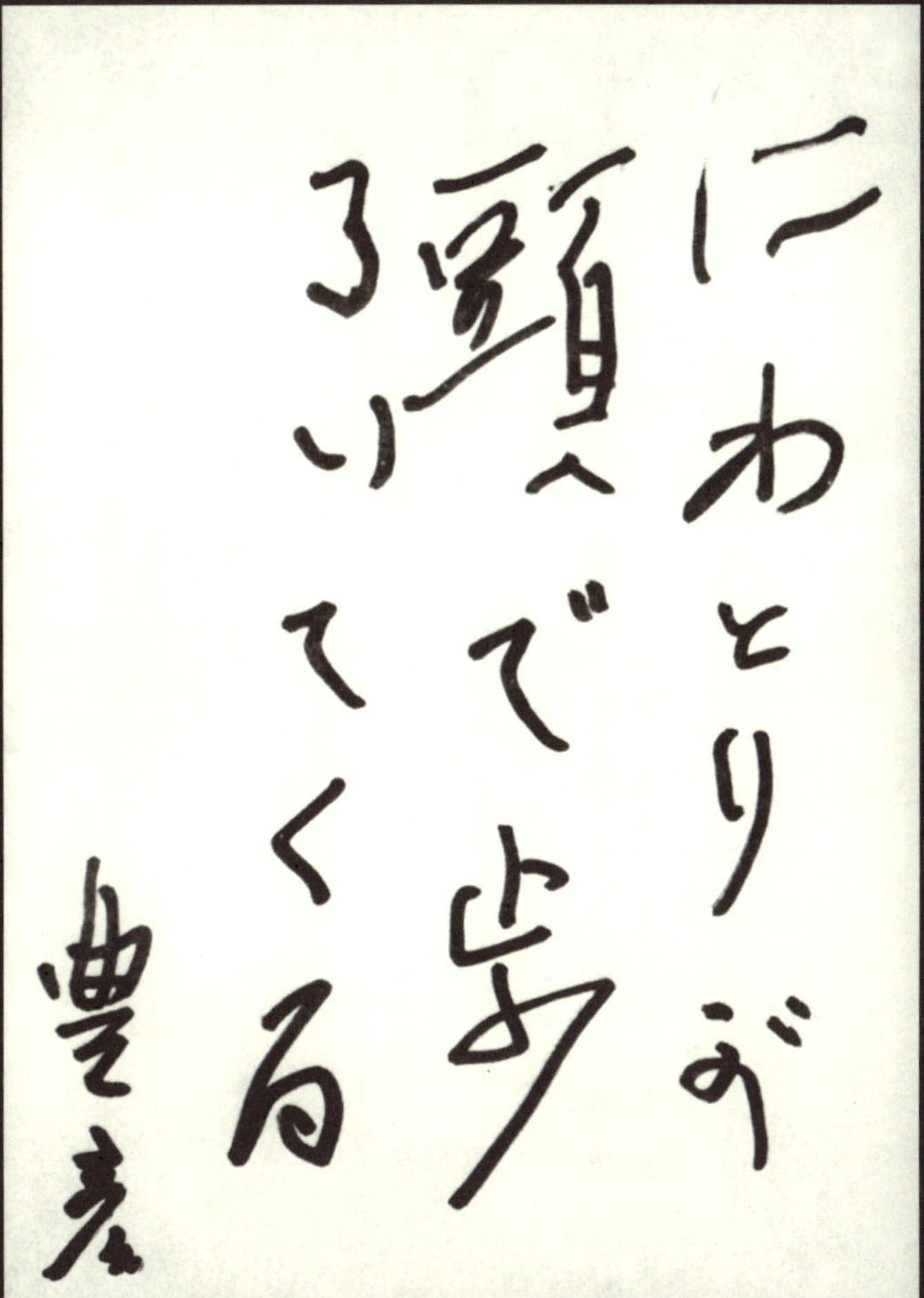

猫の耳

西洋鋏で
猫の耳尖《さき》
ちょきり切った。
ころり落ちた
彼女の敏感。

乳房

円の中に
こい
紅の
一点

蟻

執拗《しつこ》く
アレイを
さがしています。

ひる過ぎて
庭の雨は
はね
木瓜《ぼけ》の芽は
親指をたて
鶏は
鮮やかに
頭で歩るいている

（無題）

実に

ばかしに

女のまく・・・踊り・・・

・・・・・・・うすのろの

ザンコクナ　人

社　ヨ　ク　現代ダ　るがやい　道・主義

会は　出・来　ものてりや

た。の・さ　が・

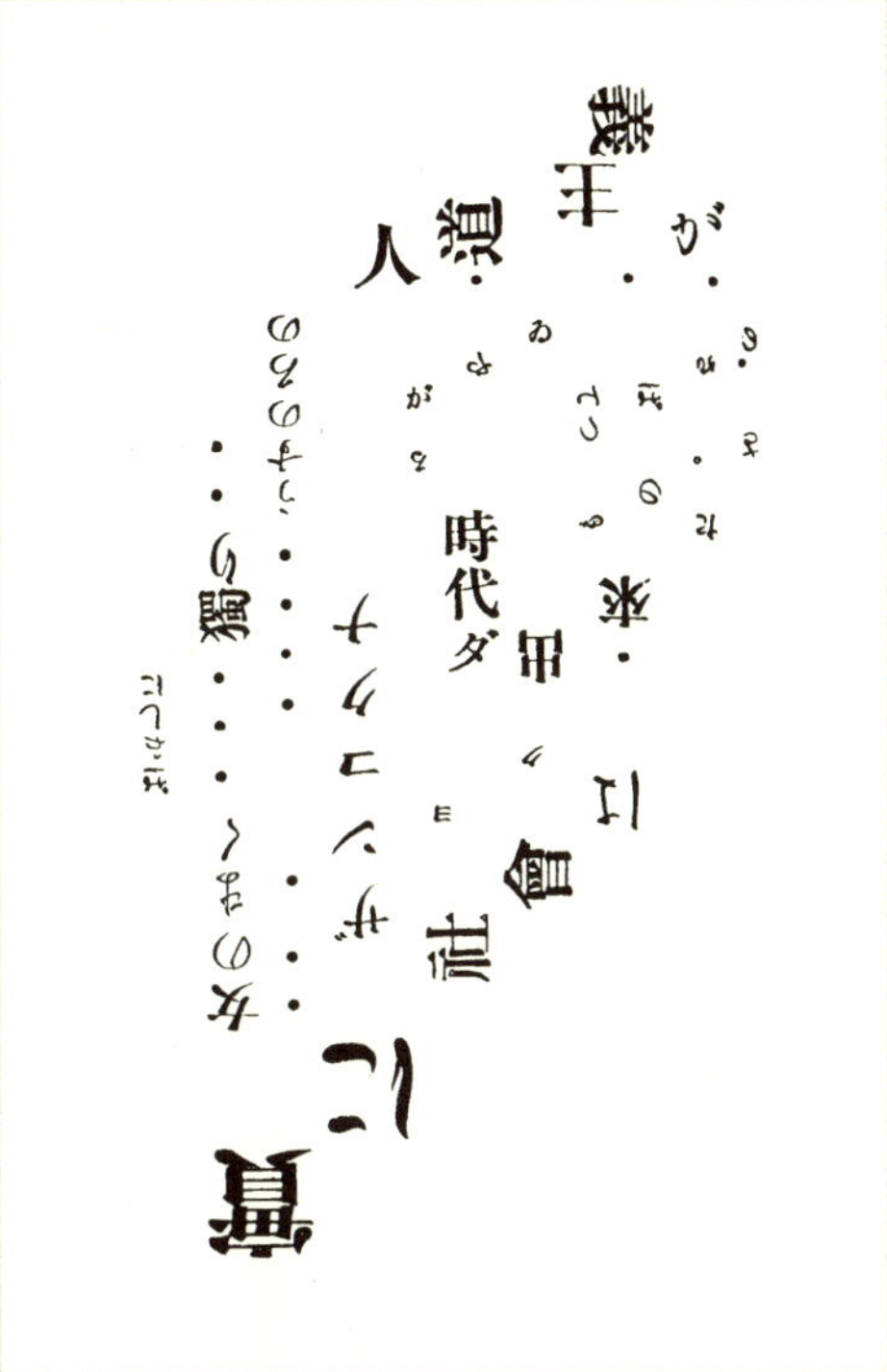

『三田文学』大正15年7月号に初出のタイポグラフィ

われら及神の耳

科学。方程式。エンヂン〜〜〜〜〜〜〜〜〜〜〜〜〜〜寓話。海底。登録商号。帝国主義。

Submarine-boats!!!

No.75……301.「この一戦にあり」艦隊————————快走!!　驚愕。水族館。混乱。

滑走‖‖‖‖‖電撃機。一隊。!　!!　!!!　魚雷。落射!!!　!!　!

!————沈没————讃美歌。聖書。地獄。

高射砲〜〜〜〜〜紫電。轟射。

暗黒時代。探海燈。大空。出没。赤熱、ボート型。光弾。進取的飛行・ル・ル・ル・背後・空気。点描的泡沫。ル・ル・ル・ル・ル・速力。一秒。一〇〇〇米。築城

DO———N!　ヴァラララ……首。腕。足。ウゥ〜〜〜〜ン!!

「——一瞬にして、戦線の兵士らは、かのなつかしい幻燈時代を、故郷の愛すべ

き人形を、さては、凱歌の日、待つ、老いたる父母《ちちはは》を全く失ったのであります。しかし、地上の、この罪悪史は、いかにしても、神父さまの御手に縋《すが》り、一応、主《あるじ》のお耳に入れなければ、相済みませぬ」。

映画芸術にも、神さまが要《い》る。進化論。禁止国。夜の都会である。弁士の務《つとめ》。ここで、私は交代した。が、忽《たちま》ち、耳、失っていた。次の説明、私は皆目、聴えない。

「――流星の如くに、尾を引く巨弾は、ごらんの通り、地球の埒外《らちがい》に、烈しく、墜落するのであります」。

画面は高速度の廻転。巨砲が口、開く。炸裂《さくれつ》! 地球は歪《ゆが》んでしまった。

「――文明の仮面は、容赦《ようしゃ》なく、地球を三角形に一変して………」

聾《つんぼ》のまま。しかし、耳、抱《かか》えて………シネマ・パラマウント鳥打帽子。目深《まぶか》に、私が出掛けた。

――ね。待ってくださいな。そんなに、急がなくって。

ずんずん。大股《おおまた》の私である。歩るいて行く耳が重い。

――ちょいと、一分間! 待っててよ! あなた!

人魚。三日月。絵具で、一杯。裸体に彩《いろど》る。張り切って脹脛《ふくらはぎ》。ダンロップ・タイヤのような、女優が飛びだした。

——三十萬くらい、何んでもないことよ。

一字も私に分らない。艶麗《えんれい》な女の耳に、口あてる。や、私は絶叫した。

——聾で、わしは、もう駄目だ！

耳、塞《ふさ》いで、呆《あき》れかえった。ジーグフェールド・フォーリーズの花形である。

——いまのわしには、たった一つ、病院がのこっている。

素直な、軽い踵《きびす》。女優はかえしてしまった。見返りざま。独言《ひとりごと》して、片輪の私だ。

「畜生！　舞踊団の監督奴《め》が！　恋愛防止保険料。三十萬弗《ドル》つけたからって、やすやす、女優の恋を食止められると、思うのか。いいさ。何んでもやるがいいさ。二十弗の観覧料、支払ったその上に、この俺を、ほんの恋愛初歩の廉《かど》で、いいから、勝手な真似しやがれ！　保険勧誘員奴が、大入満員のさなかで、寄ってたかって、俺の両耳、殴打《おうだ》しやがって。覚えてろよ！　いまさら、ベチー・カムトン嬢の微笑もなにも、あったものでない」。

啖呵《たんか》。切ってみたい。が、聾の私は、人間の反古《ほご》に過ぎない。全く、殴《な》ぐられて見よ。殴ぐられ損だ。

「来週の月曜日は高級映画――殴ぐられる彼奴《あいつ》！　の封切だが、いずれにもせよ、その説明、担当は、きっぱり、こっちがあやまる」。

ふりかかる。身の淋しさ。世に、私は拗《す》ねてもみたかった。舌鳴らした。

月蝕の晩なのに！　都会はけばけばしい。政治季節だ。球に三角。色染の未来派、衣裳。練り歩るいてくる。目前は、女子民主党クラブ員。自党。宣伝放送のためなのか。騾馬《ラバ》にラヂオ。乗せては、お祭騒ぎだ。が、さっぱり、私は聾だ。文明の利器さえ、持てあまして。嘆息、もらした。天上、仰ぐ。ここには、病める一個の月だ。

――虐《しいた》げられて、光線は引力に曲げられている。

囁《ささや》いてみた。が、交通整理。私は巡査に、喰ってしまった。

病める月にたれさがる。夜間、耳鼻咽喉科病院。蒸気で、硝子《ガラス》は夢見て。ぼつぼつ。病室の小窓、情火が映っている。

冴えざえ。鋭敏に列、組む。生白い。医療器械だ。

「どう見たって、これが、元体製でないとは、誰が云わせるものか」。

私は見逃さなかった。エロティックな寝台に、仰天《ぎょうてん》しながら。しかし、ピストルのような、復讐心、剰《あまつさ》え、覚える。秋冷の人生、悲哀。すっかり忘却している。

――治るでしょうか？　先生！

新鮮な快復慾。心に、私は打ち上げている。鼓膜の検照。院長は仔細《しさい》なものだ。終る。や、小首。傾《かし》げて。眼鏡の顔が歪んでいる。

「貴方ノ職業ハ何デスカ」

院長の筆談である。

――シネマ・パラマウントの弁士です。

「何時《いつ》カラ、如何《いかに》シテ、聾ニナリマシタカ。アナタハ疑モナク、迷路損傷デス」

――戦争防止映画の説明していた時です。突然、聴えなくなりました。

「併《しか》シ、戦争映画ノ中毒ニシテハ、奇異ナコトデスヨ。貴方ノ中耳ニ出血ガ伴《ともな》ッテイマス」

二の句が継《つ》げない。足踏、私はしてしまった。

「貴方ノ耳ノ中ニハ、確ニ、法医学上ノ問題ガ解釈サレズニ隠レテイマス。尤《もっと》モ、本症ノ他、聴神経麻痺ガ認メラレ、ロイマチスカ生殖器疾患ガ貴方ニアリハシナイカ」

——それはとにかく、全治はしないでしょうか？

「外傷的聾ハ、マズ、予後不良ト見ル可《べ》キデス」

——一ぺん、見して下さい。僕の耳を。

反射鏡。院長が手にとる。照し返した。大きく写る。

？

——これが、私の耳ですって？

喫驚《びっくり》した。聾のわが耳。鏡の上で、Interrogation-Mark に化けている。

——先生！　間違ってやしませんか。

「イヤ、貴方カラ、脊髄動物ノ基督《キリスト》ニ至ルマデ、皆、此通リノ耳デス」

院長が取り出しにゆく。大きな人工の耳。活字のようだ。が、街路の女優。ひそかに、私は思い浮かべた。

——三十萬弗くらい、何んでもないことよ。

——聾で、わしは、さっぱり、駄目だ！

薔薇色のあの耳は甘かった。

——先生！　私も矢張、先刻までは、貝殻の響にやさしい、耳を感じていた男でしたが…………

「コノ世ニハ、コレヨリ、正確ナ耳ハナイ」

序《つい》でに院長が見せて呉れた。人工の高鼻である。

——手を盡《つく》したら、すこし位、治らないものでしょうか。

「暫《しばら》ク、経過、見ナケレバ…………今ノトコロ、全ク、疑問デスネ」

法医学の耳。しかし、院長は凝視したままである。

——どうにかしたら、全治の見込が立ちそうなものだに！

懐疑しながら…………私も、途方にくれた。が、今のところ、疑問標の？指で、弄《いじ》くるより仕方があるまい。

われら及神の耳

久野豊彦

科學。方程式。エンヂン〰〰〰〰〰〰〰〰〰〰〰〰宣話、海底。登錄商號。帝國主義。Submarine-boats!!!

No.75……301.「この一戰にあり」艦隊――――――――快走!! 驚愕。水族館。混亂。

滑走‖‖‖‖‖‖‖‖雷擊機。一隊。!!! !!! 魚雷。落射!!! !! !

――――――――沈没――――――――讃美歌。聖書。地獄。

高射砲〰〰〰〰〰〰紫電。轟射。

暗黒時代。探海燈。大空。出沒。赤熱、ボート型。光彈。進取的飛行・ル・ル・ル・背後・空氣。點描的泡沫。ル・ル・ル・ル・ル・速力。一秒。一〇〇〇米。築城DO――N! ヴァラララ……首。腕。足。ウゥ〰〰〰ン!!

「――一瞬にして、戰線の兵士らは、かのなつかしい幻燈時代を、故鄕の愛すべき人形を、さては、凱歌の日、待つ、老ひたる父母を全く失つたのであります。しかし、地上の、この罪惡史は、いかにしても、親父さまの御手に縋り、一應、主のお耳に入れなければ、相濟みませぬ。」

映畫藝術にも、神さまが要る。進化論。禁止國。夜の都會である。辯士の務。ここで、私は交代した。が、忽ち、耳、失つてゐた。次の說明。私は皆目、聽えない。

『葡萄園』大正14年12月に初出のタイポグラフィ

満月の島

Allegro agitato

――月の暗殺した燈台の幽霊へ、なわばしごかけて、太古の新聞、あたしもしては、火のがらすまど、ふりかざします故、十五夜にあなた、まどわされず、きっと……

時計がうつ、黒点十二、太陽の全盛期にとどいた。梨花の私製はがきである。

――青いうねり、わたがみの丘、たわむれかかる、つばきの赤いむすめこそ、西班牙《スペイン》の母性に、南方支那の父権、まさに形而上の家系ではあるが、さらに日本の血液こんじてみよ、あ、めもあやなす三角国旗、たかだか、村の役場で風にふかれよう。

梨花のはがきに子孫がでたが、あわく籐椅子かかえる、ほそながき真昼、ゆめにぞしようと、ことさらに、わたしはからだ、かたむけた。

空チ刺ス。鋏《はさみ》ノ閃《ひか》リ。鋭利ニ、ワタシノ目ガサメタ。

菊畑ニ老婆ダ。ククリ咲イテ、スキノアラバコソ！　花ノ脛《すね》、クグル。皺《しわ》ノ手ハロダンノ細工デモアル。ガ、アワヤ、黄ニ赤。白煙ル。花ノ落首カ。

——オ婆サン！

ギロリ！　振リカエル。老婆ノ頭ハ目ダ。ワタシノ眉ガ反撥シタ。

——コレカラ、綺麗ニ生キヨウトスルモノチ！

——ナンノ、初花ハ阿弥陀サマノモノダ。


濱《はま》ニ発生《で》タ。曲ル街ノ道。

カラ、カラ！　足音。バタ、バタ！　影ノ添ウ。道ヅレデアロウ。ハルカ、脊。ドウン！　ト、汀《みぎわ》ウツ。肥満ノ波ダ。

見エツ、隠ル。間歇《かんけつ》ノ跫音《あしおと》……鼻声。迫ル……夕べノ秋ニ。苦悶ノ字、描イテ。

——大キナ月ホド、ワシハ苦手ダ。

鼻ノツマルカ。バ・ス・ト・ロ・ン・ボ・ー・ン・ダ。

——スウ、スウ、息、キラシテ！　ソンナニセクナヨ！

神経過労ノコルネット。

斑《まだら》ナ足音。白キ団扇《うちわ》ノ面影カナ。菊畑。七畝《しちせ》ノ美麗《びれい》。カキミダス。舞イアガリ、筋ヲナス。昆蟲《むし》ノ霊。フラ、フラ、老婆ガ魂消《たまげ》テ了《しま》ッタ。

——ダガ、モウ、一ペンデイイ。オ婆サン！　明日《あす》ノ太陽、見シテヤリタイモノダ。

——仏サマ、飾ルニ越シタコトノ、マタト、アルモノカ。白羽立ツ、供花コソ仕合者《しあわせもの》サ。

秋風、歌フ。菊マデモ……浄土ノ花ニナゾラエル。頑クナナ老婆ナレバコソ……

——全ク、月ノ光ニ出逢ッタラ、ワシノ鼻ハソレマデダ。

——何ニ。気ノセイダ！　ソレヨリ虎列刺《コレラ》ガ空恐ロシイ。

——イヤ。忽チ、鼻ノ障子ガ落チルカラ。

会話ト足音、黒ト白ノチャンポン。潤ム花ハ花。一途ノ連帯責任デアル。

——シカシ、一ト花トテモ、仇《あだ》ニハナリマセンゾ。

——馬鹿ナ。島ハ虎列刺《コレラ》デ、ゴロ、ゴロ、人ガ逝ク。オ花デ、仏サマ、ワシガオ祭リスルダ。


連隊旗ト開ク。菊ノ大輪。鋏《ハサミ》ノ角度ダ。飛ビツキカカル。花ノ瞑想！

——一ト花、欠ケル程ナラ。イッソ、ミナ殺シニシテハドウダ。

電気ニ手チダス。スヰィッチ、ニギリ……

——ヨシ！　畑菊ニ夜、塗ッテヤレ！

ワタシガ、捻《ひね》ル。部屋ダ！　夜間開場。地上ハ闇、老婆ノ癇癪《かんしゃく》……

躍《おど》リデタ。裸体ノ月！　鼻ノ障子ガ墜落シタ。

——オーイ！　オイ！　裸、一貫ノ月チ取締レ。

咽喉《のど》笛、ナラス！　コルネットダ。バストロンボーンハ倒レテル。巡査ハ驚イタママデアル。

——虎列剌《コレラ》ノ上ニ、月マデハ手ガ届カナイ。

Andante affettuoso

はるかの窓が、やさしくゆれる。梨花のふる。赤い、たもとの心づくしであろう。

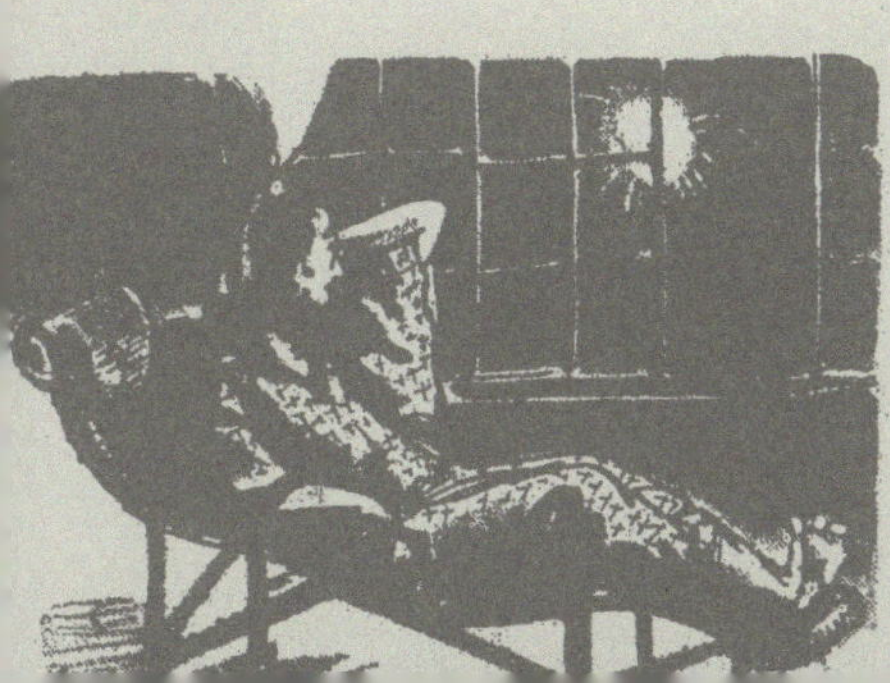

するする、帆檣《ほばしら》のぼるは、すぺいんの旗じるし！
——さあ、まどりっどよ！　ゆるやかに、さざなみを船出しよう。
快走船の、かのくりすちゃん・ねーむだが、「まどりっど」こそは狂水病免疫船
である。月に白猫てらし、わたしが舳先《へさき》にむすぶや、船はでた。
——梨花！　待ちわびるまでもない。光彩陸離《こうさいりくり》のこの出帆《しゅっぱん》だ。
月にうたれる島の牛は、かずかず、小さき岩にはなるし、はずれの望楼《ぼうろう》や昔の
夢あこがれる。
春なら、桜かざす沖は、のどかの風でもあるが、いま、船べりは獅子吼《ししく》する、
ぽあんかれのふらんす波。
　ゆくては梨花、島には老婆。なかに、わたしが、はさまれてゆく。
すれちがう捕鯨船に、驚く魚や跳ね反る。銀、銀のぺん。
のりこむ、船びと。酒盛の唄か。手うち、さんざめき。
——もろもろの生魚《なまうお》はコレラかな。もろもろの生水、蔬菜《そさい》もコレラかな。
さるからさぞと、さんざめき、やがては、
——希臘《ギリシャ》の神ぞつくりたまいぬ、コレラかな。

かすかに、さんざめきゆく。錨《いかり》型に影をなす、鯨船には、円《まろ》う月がのっている。

水上《みなかみ》に消えはてる、赤い紙、それをよすがに、たどる。いまこそ、まどりっどは地球の頂《いただき》にのっている。

——ゆらゆら、火の蛇、なわばしごのぼりて、もしや、梨花の身を十字架の苦しみに移していたら……

——いや、いや、それこそ、病的の予断である。悪魔をすてて、つらつら、太陽の健康にかえりたいものだ。

らりーめざまし、わたしがならすや、あるふはべっとを猫が発音した。船には、しばし、黎明《れいめい》のよろこび、ただよわして……

月色したたる船の帆は光りで走るか。捕鯨船には大きやかの月がある。島のなかにも月のかずはある。ひとり、まどりっどの月のみは、しだいに、小さくなりまさり、舂の島すらも、淡う泡つぶになる。

——或《あるい》は月に方角、さらわれていやしまいか。けれど……

むかし、むかし、れおなるど・だ・ゐんちとぞいう老人のありました。月の素行《そこう》

をしらべつくして、

――ありとある光、はなつもの、遠くば、遠きほどに、光大きく見え、近くば近きほどに、光小さく見ゆるものぞかし、と。

とは云え、渺渺《びょうびょう》、沖のなか、月のあまりに円ろく、とりつく島はない。思いなしか、まどりっどはじれんまの嘆息、かすか、もらした。

Scherzo

月が浮く。空の中国地方だ。濱《はま》に群る。老婆のかげ。縄太《なわぶと》の珠数《じゅず》。一気に廻転《まわ》して、

南無阿弥陀仏《なむあみだぶつ》
南無阿弥陀仏
南無阿弥陀仏
南無阿弥陀仏
南無阿弥陀仏

ぐるぐる。舞う。ぐるぐる。声。斬る。島の冥福。くるくる。脛。ぐるぐる。舞う。砂上の百萬遍だ。

………亜細亜《アジア》の虎列剌《コレラ》

………欧羅巴《ヨーロッパ》の虎列剌

……コッホの虎列剌

花と開いて……老婆と入り乱れつ……すぼむ。濱の童《こ》。手つなぎだ。

くるッくる、くるくる。人生の輪。ぐるッくる。くるくる。体臭の輪。声にからだ。もみ合して……くるッくる。ぐるくる。

ぱたり、やむ。元の老婆の輪になった。

――昨日《きのう》が磯八さんだ。

老婆の一人だ。一服。莨《タバコ》、吸う。忽ち、口から吐きだした。

――それ！　煙の心に黒鬼がござる。

――縁起でもない。今日はお染さんの番だに。

娘、むすめ。紅がら色のお染さん。蒼《あお》ざめては……老婆の小話、捉《と》らえはした。

が、また一人。角砂糖。老婆が舌になめ。

――明日《あす》が林右衛門さか。島はごろごろ……

――おまえさん！　砂糖の角で、舌切るぞえ。

――半折の舌？　気味の悪るい。さあ、念仏！　念仏！

南無阿弥陀仏
南無阿弥陀仏
南無阿弥陀仏
躍起に飛びつく。老婆は珠数に。きりきり、きりきり。素足が舞う。
きりきり、きりきり
くるくるくる
きりきり、くるくる
きりきり、きりきり
きりきりきり
足！　足！
足！　　　足！
足！　　　足！
足！　足！
足の排列。円周率の舞。きりきり、きりきり。満月の縁。きりきり、きりきり。

素足で踏む……跣足《はだし》の曲乗《きょくのり》！
きりきり。旋風。まきあげて……月の芯《しん》。めざして……人形。昇ってゆく……

Finale

望楼。右の胸。飾るは月の勲章か。
——首切ったって、こんな晩には、消えやしない。
——何に？　俺らの目が満月にでも、だまされると云うのか。
——嘘なら、一遍、大昔の絵本を繰ってみよ。莫斯科《モスクワ》の大火事には満月が書いている。
——馬鹿奴《ばかめ》が！　今どき、ナポレオンが何んになる。
——では、歴史にさえも、唾《つば》かける気か。
——唾どこか。帝国主義の歴史に泥、塗ってやれ。
弾薬箱に似た。暗い小屋。材木屋に消防夫。いがみ合う。烈《はげ》しい幻だ。
——しかし、藁屋根に月が触った、その時はどうする。
——月が、火を噴く？　出鱈目《でたらめ》、云うな。

水は縞なす。陸《くが》は迫る。まどりっどは接吻の用意。船内でした。ほそぼそ。静脈の煙。石壁、衣魚《しみ》る。獣の骨か。草に燃え立つ。脇には、片唾《かたず》のむ。人だ。

——梨花の銅像！

私は船、飛び下りた。うち仰ぐ。空はぶち抜く。燈台である。

「空家《あきや》！　月、二百両。敷金、三千両」。

窓は、首、曲げて……喋《しゃべ》る。ぺちゃ、くちゃ。支那の父親だ。脊は鏡に戯《あそ》ぶ。母の魂！

駈けだした。梨花の姿。足もと。月の幕に遮《さえ》ぎられる。脛でやぶるや……走ってくる。

誰だ？　燈台に。かけっぱなしの蓄音機。

ワインガルトナア！　ダンス・オブ・ザ・スピリッツ。舞い合す。母の腕。狂う。銀の爪。

鋭くレコードが渦をまく。壁が吸われた！　廻転《まわり》だす。燈台である。

空家札——弁髪の父——魂の群——黒標——赤茶けた髪。キ・ネ・マチックスだ。

——消してみせると、云い張るなら、見事に消してみろ。あいにく、虎列剌《コレラ》で水道は破壊《こわ》れている。

——いつまでたっても、水掛論だ。

——まかり違えば、島が黒焦げだぞ。

——だまれ！　月でも消して見せてやる。

ばら、ばら、ばら。ヘルメットの一団だ。じゃん、じゃん。銅鑼《どら》の音。ラッパの嚠喨《りゅうりょう》。手足が動く。自働喞筒《ポンプ》だ。

ホースの口。振りあげる。　飛躍！　海の水である。

島のはしばしに散る。仄白《ほのじろ》い鐘。天主教がつく。道士は礼拝だ。

——天に住める者よ。よろこべ！　地と海とは禍害《わざわい》なるかな。

黙示録

バラック病院である。ばた、ばた。倒れかかる。虎列剌患者だ。メス閃《ひらめ》く！

手術台。縫い合わしゆく。剥製人間である。

——小腸ニ相当セル漿膜《しょうまく》ハ一般ニ薔薇紅色ニ充血ス。

空にかかる。壮快な水！　虹だ。

——これでもか。これでもか。

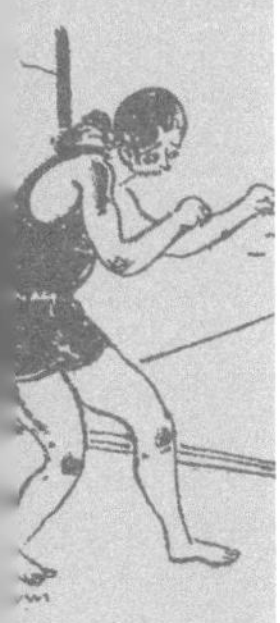

——どうだ。まだ、これでもか。踵《くびす》つらねる。消防団。月めざして、凝り塊まる。白兵戦！　ポンプは、いまが、阿修羅《あしゅら》だ。

——月が蒼ざめてきた。蒼ざめた！

どっと、あがる。勝戦《かちいくさ》。月が暈《かさ》さしてくる。ぺこぺこぺこ。ラッパ。奇怪に鳴らす。銅鑼《どら》の興奮！

——見ろ！　傾いてきた。見ろ！

月に破裂する。水力。散乱！　わめく暈《かさ》。水煙りだ。海の浪費。凄《す》さまじい。波の数《かず》だ。失《な》えてくる。

優美な質量。梨花の人形である。船へかかえる。発足した。波にかくれる。船。船がでた。波がかくれる。

——船酔か。虎列刺か。

まき散らす。嘔吐《おうと》だ。が、梨花は一と露。涙、ためもせぬ。

——あ、ひとめ、梨花！　夜来の虹を見てみるがいい。

眼球陥落！　鼻梁《びりょう》隆起！　顔面皺襞《しゅうへき》！　じりじり老婆の相になる。

——頬紅の娘が……

あたら、あたら、あたら。舌、私が鳴らす。船が頓挫！　波の皆無。梨花は消えかかる……

——墜落だ。墜落！　ウワア……

空が、ほうり落して……月！　西の壁。玲瓏《れいろう》と……滑りゆく……どすん！　投《ほう》りあげられた。消防団。宙にくものこ、散らす。島の一大突起だ！

夜が明けかかる。島の工場は活々汽笛だ。

フロック・コオトの男

あんなに渚《なぎさ》に印《つ》いていた女の素足の跡も、秋立つ頃から、貝殻の歎《なげき》に代ってしまった。海にとり残された私達は、都会を嫉妬しては、恨《うらめ》しそうに、美人の悪口ばかり云っていたが却《かえ》って、淋しくなるばかりで、遂には、独りでに、男の話に返えるのであった。

「あのフロック・コオトの男は、どうしたのだろう」。

「あ、どうしたかね」。

八月のさなかだ。水上競技のプログラムは次第に、進行していた。委員はメガフォン鳴らしていた。

「これより、黒い素人の方はありませんか、あったら、遠慮なしに出て下さい」。

海上の露台では、真黒の男たちが、一列に背中を並べていた。が、何れ《いず》も裸体は日に焼けて、みんな、つんつるてんになり乍《なが》ら、ありし日のサルマタの記憶やメルマン式の水着の影や辷《すべ》り易いフンドシや円筒形の腰巻の跡が、遙かに、実物

を凌駕《りょうが》していたのに、委員は声を嗄《か》らしていた。

「後を向かないで下さい。後を向いてはいけません」。

満員の観覧席では、婦人の中から、怪しげな笑い声がもれてきて、それが男たちには、きわどく聞こえたのであるが、そのうちに、沖から来た船の紳士が飛び出すと、露台の上で、フロック・コオトを脱いで真裸になって了《しま》った。あんまり、黒くて、何処《どこ》からみても、フロック・コオト以上に厳粛な黒さだ。呆《あき》れて人たちは物が云えなかった。すると、紳士は、こちらを向いて、口に両手をたてながら、

「ごらんの通り、どう見ても、私は季節の広告であります」。

恭《うやうや》しく敬礼して向うをむいて了った。が、あんまり黒光がして、実は、どちらが表か裏か、それさえも分らなかった。

「あのフロック・コオトは、今頃、何処にいるだろう」。

「あ、どうしているだろうね」。

ただの黒さではなかった。骨にまで滲《し》み渡る、あの黒さを今は、何処かで、もて倦《あそ》んでいるに違いない。

海底の鼻眼鏡

魚が二輪車を乗りまわしている。追っかけてみた。が街を抒情詩のように消えてゆく。

突然、私は袋叩きに遭った。目がさめる。貝葉荘の雨戸が、盛に、鳴っている。

「なに、わしだ。朝刊に間に合うように拾ってきました」。ゴオガンに似た船頭だ。太陽の中に突立って。私の掌へ眼鏡をのした。

昨日。曇天の沖だ。ポケットの猫が鳴く。忽ち針に引っかかって。たぐる糸に魚が昇天してきた。一瞬、私は眼鏡を落した。眼から先に、私は飛び込みかけた。太い腕がでた。

「お待ちなさい！　底は大岩です。命をしまいます。海の街の地図なら、わしはよう知っておる。あとで山をつないで拾って置きましょう」。

そのまま、船頭は岸へ船を向けた。

いまかけてみる。と隠れていた五色の海の景色が拡って。船頭の肩が小さく揺れて。強く眼鏡を引張るようだ。後向きに喋りながら。

「地上の楽園へ落としたらわれてしまいます」。

怪談

洗足《はだし》で、どうやら、地球を盗んでくるらしい。

「また、盗みにきやがった！」　番小屋の男が嘆息した。「わしは、筍《たけのこ》の季節になると、村の青年団へ修身読本を奉納したり、警察へ訴えてみたりするが、とんと駄目だ」。

なんだか、東半球に穴を掘る音がする。その度に葉末の白い星の花がゆれるのである。

「全く、今日では盗癖《とうへき》も病膏肓《やまいこうこう》に入っている。怪談でなければ治療ができるものでない」。

こう私は云うのだ。が、男が承知しない。

「今どき怪談なんか何になる！　漢方医学だ」。

まあ、いいから見ていろ！　黄と黒で、だんだらのメリヤスを着る。私は虎になった。根こそぎに懲《こ》らしてやるのだ！　夜を這ってゆくが、竹林の中は月世界

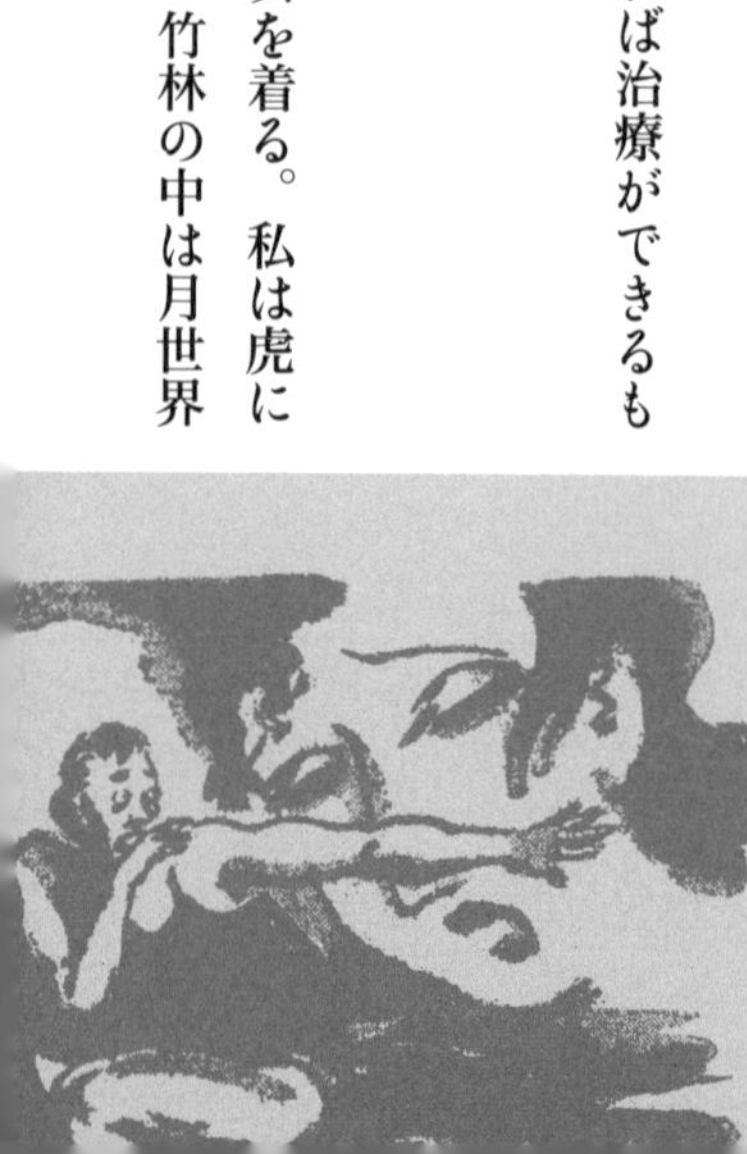

だ。誰が悪戯《いたずら》して石のように投げたか。竹に的中《あた》って月が竹から竹へ響いている。鍬《すき》ふり上げた男の影は煙のように大きい。私は飛びかかろうとして走った。「虎じゃないか」。皆が黄ろい象牙の笥をすてたまま「いや、どえらい蜂だ！」潰走《かいそう》した話がある。

色合戦

「見にいらっしゃいませんか」。湯上がりの女が云った。「猿蟹合戦が始まるところですよ」。

桃畑を潜りだした。風のように花枝が揺れて。青春の過失を！　私は犯してみたかった。

「いっそ、ここに蹲《しゃが》んで、遊んでましょうか」。

花王石鹸を匂わせて、女が撥返《はねかえ》した。

「そんなに、周章《あわて》なくとも、時間は、たっぷりあまりますわ」。危うく私は桃畑きり抜けた。

春の闇に材木を転がらかす……音がして。村のええ男たちだ。村嬢のもとへ、夜遊に通う。南村の赤シャツ組の自転車隊のために！　バリケーイドをこさえているところだ。その上に、人糞をふりかけながら……街道は時ならぬ、カアキ色の軍服が整列した。

「何處の田園にもミレイの絵のような敬虔さは無くなって了ったのね」。女が小声で云う。

私は耳傾けてみた。村落から合唱が突進してきた。タイヤが狂転してくるようだ。

「鞭声粛々夜渡河《べんせいしゅくしゅくよるかわをわたる》!」針金に星が火花散らして。

虎が湯婆《ゆたんぽ》をかかえている

一緒に夜をねむっている友達たちは夜があけると、きっと僕に、

「君は、よく鼾《いびき》をかくんだね」。

と吃驚《びっくり》して云います。

ところが、僕は、いちども自分の鼾を聴いたことはありません。その癖《くせ》、僕は、こう云う友達の微《かす》かなる鼾をたびたび謹聴《きんちょう》するんですが。

つい、先日も、龍膽寺《りゅうたんじ》君と一緒にねむっていると、朝になって彼が云うのでした。

「君は虎のように喊声《かんせい》をあげて、鼾をかきながら、その癖足だけは、しきりと湯《ゆた》婆《んぽ》をかかえていた。さて、虎《とら》が湯婆をかかえているなんて、可笑《おか》しなことだよ」。

とうとう、彼は、僕を虎にしてしまいました。だが、どうも、自分の鼾が自分では分らぬように、自分のことを批判するのは困難です。しかし、よくよく自分を批判してみると、一番に目立つのは、しばしば、思わぬ失敗を演ずることだ。

どんな失敗？——それは際限がありません。

去年のクリスマスの晩にも、僕は失敗しました。その前日に、僕は玩具《がんぐ》が好きなので寺の庭で、いじりながら遊んでいると、海の街の子供たちが羨《うらやま》しそうにして見ているので、

「これで、クリスマスの晩には、遊ぶんだからきて下さい」。と何心なく云って、直《す》ぐに忘れてしまっていた。すると、その翌日の晩になると、夥《おびただ》しい子供たちが、中には母親らしい人に手をひかれたりして、ぞくぞくと集ってきた。

昨日の約束を思い出して、失敗《しま》ったと後悔したときには、すでに、僕の部屋は水道の栓《せん》をひねり忘れたように、子供の洪水で身動きがならなかった。

こんなことは自己批判にはならぬかも知れないが、ほんのちょっと……。

足のない水泳選手

昨夜浅草の松竹座で、米国からきた足のない水泳選手がガラスバリの水槽《すいそう》のなかで、いろんな芸当をやって一部の人々に見せた。

彼氏は、勇敢《ゆうかん》にも、水中に三分間、平気でもぐっていた。ただに水のなかにもぐっていたばかりでなく、そのなかで煙草《タバコ》をぷかぷかと吸っていた。

水のなかで煙草を吸うことはたしかに難《むずか》しい芸当にちがいない。ところが、煙草を水中で吸っているばかりでなく、ビンにつまったざくろ色のプレエンソオダ水を、ぐッとラッパのみにしてみせたりしていた。

ひとつちがったら、ビンのなかのざくろ色のソオダ水どころじァない。忽《たちま》ちにして水槽《すいそう》の中の水が、一杯、この水泳選手の口のなかへ流れこむところだった。

然《しか》るに、彼氏は、悠然《ゆうぜん》として、ざくろ色の水をのみ、ざくろ色の水と一緒に口のなかへ入ってきたタンクの水を、巧妙《こうみょう》に、口の中で撰《よ》り分けながらタンクの水だけは、口のなかから、吐きだしていた。

彼氏が喋《しゃべ》るのを、通訳《つうやく》が通弁《つうべん》していたところによると、こうである。
——諸君は脚《あし》をもっているので、いやに、足《あし》のない吾輩《わがはい》を同情して居る。しかし、この同情は頗《すこぶ》る有難迷惑《ありがためいわく》だ。なに故《ゆえ》なれば、吾輩は、足を持っている諸君よりも、もっと自由な動作ができる。つまり、足なき足によって思うままのことをしているのだ。だから寧《むし》ろ、足のない吾輩こそ、足のある諸君に同情せざるを得ない。

そう云いながら、彼氏は、高いところから見事《みごと》に、飛びおりてみせた。

脚のある僕たちよりも脚のない彼氏の方が、はるかに、動作が、キビキビしていて、しかも、いかにも、颯爽《さっそう》たるスポオツマンらしさがあったので、なんだか、見ていた脚のある連中の方が、見終ってしまうと、急に脚がなくなって、何処《どこ》かへ行ってしまったような変な気持にさせられてしまったのだ。

たしかに、彼氏の技術は、脚なき彼に、素晴《すば》らしい足を与えていた。

マイノンクは、対象論の課題をその本質のなかで、対象の本性もしくは本質には、決してそれの存在または実在が属しないから、対象の実在に依存することがないと云っているが、私は、この足のない水泳選手の動作を見ていて、マイノンクの諸説をふと思いだした。

僕は、いつでも、自分の書く小説に対して非常に信用がない。最近、新潮に書いたヂュポンド氏についても、私の友達はあれは君が拵《こしら》えた架空的な人物であろうと笑ったのであるが、決して、ヂュポンド氏は架空な人物でもなんでもないのだ。現に、ヂュポンド会社の副社長で、活動しているのだ。

いつかもまた私は、この足のない水泳選手に似た水中の魔術師のことを、ある探偵小説のなかで使ったことがあった。その折りもそんな芸当は、断じて、水中で、できるものじァないという非難を一部の人たちからうけたのだったが、自分の生活環境によって、特殊の生活または技能を批判することは、随分《ずいぶん》危険なことではないかと考えられる。

普遍性《ふへんせい》がないからといって、いちがいに、普遍妥当性《ふへんだとうせい》のあるものを非難することは警戒すべきであろう。

ことに芸術に於いては使用価値的な側面から芸術の価値を決定することも、一つの規準ではあろうが、そうかと云って、使用価値ばかしでは、どうも、芸術の価値は決定しきれない。寧《むし》ろ稀少価値そのものに芸術の多分の要素が包含されているように考えられる。

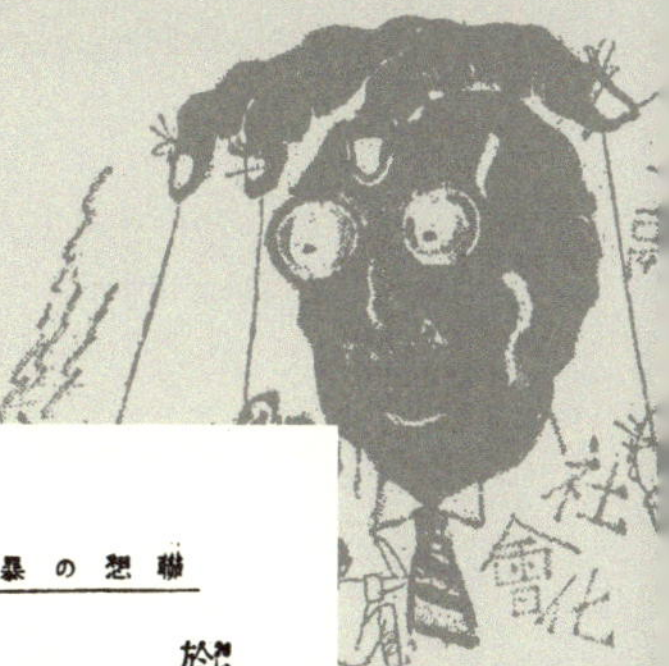

於《おい》てのみ、直接《ちよくせつ》に生産的藝術《せいさんてきげいじゆつ》の構成要素《こうせいえうそ》となすものなのだ。

「傾ける、ある東洋のエキゾテイツクな決算日」　レニン賞

月見ればちぢに物こそ悲しけれ
わが身一つの秋にはあらねど

Vabacus5

IIIII 五ノ作天一・二 IIIII

大暴落！

市場相場

近海物	貫圓	駿東物	貫圓
タイ	七・〇〇	白魚	二・〇〇
ブリ	・七〇	ボラ	・九〇
烏貝(一四)	・〇一	イナダ	・八〇
珍身	・九〇	黒ダイ	一・〇〇
タコ	一・〇〇	マグロ	一・五〇
イセエビ	三・〇〇	ソマ	……
コノワタ	七・〇〇	カジキ	二・〇〇

前掛

へのへのもへの

遊女老櫻が思ひ出の長煙管

「ある転形期の労働者」(『連想の暴風』昭和5年)より

時間

時間というものを活写してみたいと、ずいぶん骨折ってみたが、どうにも、手がつけられない。それは、時間がなんであるかを僕が、よく知らないからだろう。伊太利《イタリー》のある時計修理工が、時計は時間を簡単に捉える小道具だといったことがある。だが、そうはいっても、時間のなかに置かれた時計と時計のなかにいる時間とでは、だいぶん訳《わけ》がちがう。同じ時間でも、その内容によって同じ時間ではない筈《はず》なのだ。

学生のころ守屋謙二さんに誘われて、鎌倉の円覚寺へゆき山頂の続燈庵という僧房で一冬をすごしたことがあった。よく勉強する守屋さんは、ときどきの散歩の折りにキャンバスや絵具箱を携え北鎌倉あたりの名もない小さな風景を拾いだしては見事な絵にしていた。守屋さんのだけは、いつ見ても楽しかった。

そのとき、私も、書きかけの『時間』という小説をうっちゃらかして円覚寺の境内を、よく、ぶらついていた。すると冬至の夕暮のことだった。ぼんやりとゆず

の木に凭《もた》れて、鎌倉の海へ沈んでゆく大きな落日を眺めていたとき、ふと時間を見たような気がしたのだ。あとで、坊さんたちの飯を大釜でたいてた一人の禅僧に、いま僕は時間を見たよと云ったら、たちまち一喝《いっかつ》喰らったことを想いだす。一喝くらっても仕方ない。時間は眼にもとまらぬほど速いものらしい。瞬間は前の瞬間を箒《ほうき》でせっせと掃《は》きだしているんだとフランスの作家がいった。この小説家は、1／4秒に生きる男を巧みに描いた。読んでいると、たしかに自分まで気ぜわしくなる。靴を穿《は》きながらパンを囓《か》じり、走りながら新聞を読み、眠りながら起きていたり、一つの病気をのんびりしてられないので、一ぺんに幾つもの病気をしてみなきァ気の済まぬほど、実に、気ぜわしい思いをするのだった。

だが、それにしても、時間はこの世の中で人類に与えられた一番純粋な私有財産であるべき筈だ。この私有財産は資本主義に、だいぶん蝕《むし》ばまれてきてはいるけれども、自由契約の原則に拠《よ》り、辛《から》くも労働はこの私有財産の面影を保持しているかに思われる。

ところが、ある男が

——けれども、結婚すると忽ちその瞬間から時間は共有財産と化し、ために夫《ふう》婦喧嘩《ふげんか》が絶えないんだよ。——

と、苦笑した。

かつて、アゴスティノ上人《しょうにん》が「わしは時間が、なんであるかを知っているが、さて大勢の善男善女に、ひらきなおられると、わしは、時間がなんであるか、わからなくなってしまう。まんざら気の弱いせいばかりじゃあるまいと思うが、どうじゃ？　わしは、今より前に向って出来事がなにも過ぎ去ってゆくことがなかったらそこには過ぎ去る時間は流れなかったにちがいない、未来から何一つ出来事がやって来ないとすれば、そこには未来的な時間が来ようとはしないのだし、現在に何一つ出来事が入って来ないとすれば、時間はないだろうということを知るのだ」。と、述懐《じゅっかい》していた。この上人、まことに分らぬような、分ったような、それでいてさっぱり分らぬようなことを云っている。

向日葵《ひまわり》の干《ひ》乾《から》びた大花の上に太陽が位置づけられている。無雲、無風、無波。アメリカの艦隊が知多半島沖合のモヤの上を名古屋港に向って、縦列隊に飛んでいそうに、ぽッと見える。

僕が砂丘に立って望遠鏡をのぞいてるとレンズの外にいる軍艦とレンズの中にいるのとではだいぶん大きさがちがう。フィリッピン群島を経過してきたらしい。

甲板《かんぱん》の上の水兵が二名、申合わせたみたいに、クシャメをした。こっちは寒いんだな。

調理室で、水兵もどきのコックたちが、白い帽子を頭の横っちょに乗っけて、玉葱《たまねぎ》や馬鈴薯《ばれいしょ》の皮だの何だのを剥《は》がしたり、むいたりしているし、鉄板の上では、山のような肉の片が手ぎわよく煙をたてて焙《あ》ぶられている。

廊下の壁に掲示がしてある。

　明朝、半舷上陸

　一、　携帯用軽食二食ぶん給与

　一、　ドル節約

水兵たちが浮かぬ顔して、ささやいている。

――俺たちにまで皺寄《しわよ》せしてきやがったな。

――つまり一口に云って、土産物《みやげもの》もアメリカでっていうことなんだね。

軍艦の艫《とも》の方では、夥《おびただ》しい魚族が群をなして、あとを追っかけている。

アゴスティノ上人様

これで、どうにか日が暮れ夜が明けたら、昨日にならないものでしょうか。

貴山邦 画
松村亥太郎 画
（『時事新報』昭和七年連載小説
久野豊彦『人生特急』挿画より）

文学者・久野豊彦

大野海岸にて。
右前方の頬かぶり姿は
小松平五郎、
間にこどもをはさんで
左隣が豊彦、
その左前に娘の絲子

昭和5年4月、「新興芸術派倶楽部」第一回総会。
右から六人目が久野豊彦。吉行エイスケ、龍膽寺雄、小林秀雄、井伏鱒二の姿もある

「十三人倶楽部」の会合にて。右より尾崎士郎、佐々木俊郎、浅原六朗、中村武羅夫、嘉村礒多、飯島正、久野豊彦、吉行エイスケ、加藤武雄、川端康成、岡田三郎、楢崎勤、龍膽寺雄(昭和5年)

下段左端が久野豊彦、上段左から二人目が吉行エイスケ。(昭和5年)

「ボール紙の皇帝万才」の口絵(昭和5年頃)

龍膽寺雄(左)、
浅原六朗(中央)と
(昭和6年頃)

舞踊家イトウ・ミチオ（中央）と久野豊彦（右）（昭和6年）

浅原六朗（左）と久野豊彦（昭和7年頃）

嘉子夫人と長女の絲子と共に(昭和7年頃)

嘉子夫人と出会った日本橋のカフェレストラン、メゾン鴻の巣
震災後のバラック建築

3 連想の暴風

芸術論・エッセイ

『艶文蒐集』(昭和7年)より

彼こそ日本の世界選手!
ミチオ・イトオについて

四月十日横濱着の大洋丸はいま櫻さくなつかしい日本のすぐ手近なところまで、白波を蹴つて來てゐる。この日本へ! と急いでゐる船室から、わがイトオ・ミチオ氏は、無電で「故國へゆくのは、古い戀人に會ふやうな氣がして、なつかしくもあるし、怖ろしい氣もする」といつてきてゐる。

イトオ・ミチオ氏が日本を旅立つたのは、千九百十年、未だ東京驛のなかつた新橋驛から、大きなソフト・カラアをつけて意氣揚々とドイツをさして出かけたのだ。ドイツ留學中は有名なヘレラウのダルクロオゼ學校で、みッちりと修業してゐたが、なんでも、このごろ、同じ街に住んでゐた僕の叔父のところ

へ、弱り切つて、ミチオ氏が訪ねてきて、ピアノのことでドイツ人と悶着が起きてゐるのだが、どうも、十分に話が通じないから、ひとつ、交渉をしてみてくれといつて來られたことがあつたさうだが、わが、イトオ・ミチオ氏は「伊藤道郎後援會」の勸誘狀のなかにすでに、書いてあるやうに、たしかに、一個の背景なき日本人としての氏が、異郷にあつて、どれだけ苦闘を續けたかが、想像される。

それから、十數年間のうちに、いかにして、氏の藝術が、英國を征服し、米國を第二の故郷にしたかは、ウヰリアム・イエエツが氏に、「鷹の井」といふ三幕物のダンス・ドラマを贈つたことや、氣むづかしやのバアナアド・ショオだの、アレキサンドラ女王や、その當時の首相のアスキス氏等が氏のもつともよきパ

連想の暴風

僕は、毎日、芸術に関心しているのだが、さて、それでは、芸術ってどんなものかと訊《たず》ねられると、忽《たちま》ち、詰まってしまう。これは、恐らく、僕には、芸術がよく分らないからのことにちがいない。が、それでいて、しかも、僕は、いつだって、優《すぐ》れた作品を書きたいものと苦慮《くりょ》をし、いまだ、一度だって、いいものの書けたことのない僕である。——芸術とは不思議なものだ！

とは、僕のしばしばする嘆息《たんそく》であるが、結局、僕に優れた作品の描けないのは、現実をいかに描くべきかの手腕が欠けているからのことであろう。

何を描くべきかってことは、芸術が社会に関連している限り、殊《こと》に、いよいよ、社会経済生活が畸型《きけい》的になりつつある現代に於《お》いては、ちょいと社会学の原書でも、二、三枚ぺらぺらッとめくってみれば、直ぐにも、理解できることなのだ。だから、僕は、今日、流行の「文学の社会学的批判」よりは、「文学の文学的批判」に、より多くの関心を持ちたい。ところで、文学というものは、言葉及び文字のコムビネイションにすぎないのだが、このコムビネイトして現実をいかに描くべきかっていうことを書いた本は、何處《どこ》にもなさそうである。

いかにして、現実を描くべきかが、芸術の最重要な問題である。つまり、現実を新鮮に快適に美的に、意識させる技術こそ芸術なのだ。単に感情を思想を表現したのみでは、芸術とはなり得ない。この点、マルクス主義文学の如《ごと》き、単にマルクス主義を表現しただけのものでは、いまだ、芸術とは云い得ない程度のものである。だから、彼等は芸術を軽蔑《けいべつ》しているのだが、そうして、これこそ、既成芸術を打破した新興芸術だと主張して、マルクス主義文学を樹立しているのだが、その実は、芸術ではなくして、単に思想を婉曲《えんきょく》に描いているだけである。

ところで、現実を新鮮に、美的に、快適に意識させることが芸術であるとするならば、一匹の驢馬《ロバ》は天国の芸術品であるかどうかが問題となるであろう。

僕は否と答えざるを得ない。何故《なぜ》なら、驢馬は、驢馬から生れでて、驢馬のまま地獄へ還ってゆく一匹の驢馬でしかないからである。なんぞ、天国の芸術品どころか！

然《しか》るに、この一匹の驢馬を誠《まこと》しやかに、驢馬らしく描いたものを、これまで天衣無縫《てんいむほう》の芸術と三嘆してきたのだが、これは、単に、驢馬のスケッチに過ぎないのだ。それでは、スケッチとは何か——生ける屍《しかばね》のことである。そうして、天衣無縫とは——即《すなわ》ち精巧な写真術にすぎないのだ。

尤《もっと》も、この天衣無縫的なスケッチ時代が芸術の尖端《せんたん》をなしていたのは芸術の初期時代のことであって、云うまでもなく、これは、芸術の必然的な過程ではあるが、最早《もはや》、今日では、このスケッチ的な表現をもってしては、かれらの感覚に、何《なん》等《ら》の新鮮な刺激を与えることが不可能になってしまっているのは事実である。昔、僕は、ソクラテースを読んで、いまも回想することは、ソクラテースが、

——画工の画工たるは能く画《よえが》くにあり、治者の治者たるは能く民《たみ》を治《おさ》むるに在り。これと等しく、手足の手足たり、眼耳の眼耳たるは、各々其の職分を盡《つく》すに在り。

と云った所謂《いわゆる》、これを職分の上より見たる思想であって、これは芸術の官能価値を考究するに当っても欠くべからざる根本思想であるかに思われるのだが、この、現実に対する新鮮な意識力を構成させるのが、芸術の職分であって、結局、よく描くとは、よく、意識させることに外《ほか》ならないのだ。そして、芸術の芸術たる所以《ゆえん》は、その職分に顧《かえり》みるところあって、初めて、事物の活動に対する人類感情の成果である芸術価値が発生する訳《わけ》である。

凡《およ》そ、今日、芸術形態の発展に甚《はなは》だ類似するものは、貨幣形態のそれであるが、貨幣の実体である貴金属自らに対する

価値は、実体価値でなく官能価値にある。従って実体価値は、物それ自体の固着の性質にあらずして、その官能に対する関係に外ならないのだ。芸術に於ても同然である。内容それ自体の固着の性質にあらずして、芸術価値は、その官能に対する関係に於て発見さるべきである。然《しか》して、官能に対する関係とは、云うまでもなく、貴金属がその実体価値を持つのは、何かの技術によって、その官能を充《み》たすことの可能なのと同様に、芸術に於ても、その内容を何等かの技法に依《よ》って、その芸術的官能を充たすことを得るところにあると断じなければならない。

つまり、官能を充たすことが、先に云った現実を新鮮に意識させることに外ならないのだが、貨幣形態の進化は、漸《ようや》く、実体価値を唯一の必然的要因と見なくなってきている。而《しか》して、次第に、貨幣の理想態へ進展しつつあるのだ。即《すなわ》ちZeichengeldへの傾向をとらんとしているのだが、この——Zeichengeldへの飛躍は、何を意味するか。云うまでもなく、貨幣の内容価値が大なるに従って、理想貨幣に遠ざかること愈々《いよいよ》大なることを物語るものだ。

芸術に於ても、スケッチ時代の内容価値の大なるものは、漸く排撃されて、芸術もまた次第に、理想形態へ接近しつつあるのだ。この芸術形態上の理想と経過とに就《つ》いて、明確な認識を欠くものは、芸術本然の性質の現代社会に於ける活動の真の実態を知悉《ちしつ》し得ないものと云わざるを得ないのだ。

それでは、内容価値を消滅していよいよ理想形態へ進展しようとする芸術とは、いかなるものであるか。

ここに、一個の茶碗を百パアセントの実体価値あるものとする。而して、この百パアセントの茶碗を円と仮定せば、これを単に、誠らしく、円に似たる円を描けば、これこそ、単に円をスケッチしたものにすぎないのだ。しかし、このスケッチの円は、或は通俗な意味に於ては、確かに、実体価値を保有するものであるか知れない。だが、今日の内容価値を消滅しつつある理想芸術に於ては、寧《むし》ろ、一個の茶碗の円をスケッチするにあらずして、却《かえ》って、この円に、内接し外接する多角形を以《も》って、この円を描かんとする傾向にあるのだ。円なるAを表現するのに、Zをもってすることでもある。

Zとは、この際、無限に多角形が多角形化されたものを云うのであるが、多角形がいよいよ多角形化することは、いよいよ、円なる内容価値から遠ざかることでありながら、猶且《なおか》つこの無限に多角形化されたものこそ、円なる現実を最も新鮮に、意識させるものだ。そして、これは、一個の円を描くために円をもってする習慣に、最早《もはや》、われわれの意識力がにぶってきているからでもあるのだ。

僕は、芸術とは、現実を新鮮に感じさせるメカニズムだと考えている。連想をつくることであるといってもいいかも知れないのだ。とにかく、異常に強力で、二つの異なる世界を不思議に結びつけることによって、無限の多角形を発展させるところに、芸術の根本の使命があるのだ。

それでは、この二つのプラスとマイナスの世界をどうして結びつけるべきであるか。無限の距離にある空間と時間とを無視せずしては、不可能な問題である。要するに、連想の技術とでもいうべきであろうか。われわれは絶えず、ナンセンスな世界を、エロティクな世界を、科学を逆立《さかだち》させた世界を、そればかしでなく、現実に於ける刻々に変化する社会現象や畸型的な社会経済生活から発生する悲劇を僕は、連想の暴風を通して、技術的に表現することを意図しているのだが、読者の尖鋭な脳髄《のうずい》を座標軸とするとき、二つのプラスとマイナスの世界を強力をもって結合する瞬間に発生する要素こそ、最も現実を新鮮に意識させるものと信ずるのだ。

われわれは、芸術を通して何物かを理解さすべきでなく、何物かを感じさすべきである。そうして、何物かを感じさすべきためには連想の暴風を通して、現実を破るところに、芸術の特殊機能があるといわねばならない。

兜町と文学

現代の経済機構を背景にした小説を書いてみたいと思って、私は、このごろ暇を見ては、よく、兜町《かぶとちょう》へ見学にいってみる。だが、見学といったところで、まだ、小学生の一年生にも及ばない。

しかし、これまで、私は、株式取引所が何処《どこ》にあるのか、鎧橋《よろいばし》が、どの辺にかかっているのか、株の足取表って、いったいどんなものか、一円足だの、五円足だのというが、その一円足や五円足が、いかなるものか、興味がなかったので、新聞をひらいてみても、一向見むきもしなかったし、また、知ろうとも思わなかった。

ところが、小説を書くために仕方なく出掛けてゆくうちに、不思議と、いろんな興味が湧いてきた。興味が湧いてくると、研究もしたくなってくる。奇妙なものだ。

これまで、文芸欄に異常な注意を払っていたのが、今日では、経済欄の方が、どちらかといえば、はるかに、私には魅力がでてきた。それは、私が、文学に魅力を失ったというのではなく、新しい世界へ文学の限界を拡大する為に、その新しい未知の世界へ不思議な魅力を感じだしたといった方がいいにちがいない。

景気週報だとか、経済欄の豊富な新聞だとか、株式の書物だとか、そう云ったものに、むさぼるような魅力を感じだしたのは、自分ながらも可笑しなことだと思っているが、しかし、いずれにしても、ここ兜町の空気は、最初、私がいったころには、文学ばかりで頭のこりかたまっていた私には、およそ、文学とは縁の遠いものに思われてならなかったのだ。ここに働いている人たちの顔までも、単なる数字でしかないようにさえも思われた。たしかに、異様な感じを私はうけた。

それは丁度、病院へ、はじめていった日には、病院の扉をひらくと鼻の先へ薬品の匂いが烈しく襲いかかってくる、あれと同じような感じを与えられた。だが、毎日通っていると薬品の匂いも、さして感じなくなるように、兜町の空気にも馴れてくると、兜町かならずしも、文学と縁の遠いものでないということが分ってきた。

これは、ちょいと冗談だけども、株式取引所の近くにある、ある店先のショオ・ウィンドオには、なんと気ばやなことだろう。アスファルトの道に、まだ残雪が薄汚く、犬ころのように横たわっているのに、はやくも、「春は株から」なんて、大きな広告をだしているのだ。

「春は株から」は、「春は馬車にのって」ほど純粋ではないけれども、とにかく、兜町としては、めずらしい文学的な表現であろう。

これまで、文学の理論の上では、あらゆる現実のさまざまな社会現象が、たえず、現実の経済機構に支配されていることを、誰しも論じていたのだが、さて、これを作品に織込むとなると、それは、なかなか、容易なことではないのだ。

いわゆる文学的に表現化することは、実際問題としては、想像以上に困難なことである。だが、現代社会の生きた小説を書くためには、すくなくとも、この程度のものは、十分に書きこなせなければ、真の生きた現代社会小説を書いたとは云われぬにちがいない。

バルザックの小説を見ると、そこには、その時代の経済機構が、鋭く反映している。なんでも、バルザックは、こうした金融機関に対して、非常な興味を持っていたそうであるが、たしかに、バルザックの小説を見ると、尤《もっと》もな気がする。

今日の新しい文学は、全く神経質なほど、現代の尖端をゆくスポオツなぞにカメラを向けているのに、どうしたことか、株式に対しては、殆《ほとん》ど、魅力がないとでもいっていいほど、冷淡である。

社会を論じ、現代の政党を批判し、経済市況を考察したりして、一人前のことを云っているのだけども、たとえば、総選挙にしたところで、選挙権を行使することが出来る程度で、実際は、どちらの政党が勝とうと負けようと、私たちの生活には、直接には、さして影響がない。

また、金解禁にしても、金の再禁止にしても、どうせ、さしたる購買力を持たぬ、われわれにとっては、それほど大きな直接的な影響はない訳である。しかし、かりに、新東の十株も持っている人にとっては、総選挙にしても、金の再禁止にしても、その影響の及ぶところは、かなり、直接的で大きいのだ。

小は小、いつでも、とにかく、十枚の新東を持っているということによって、現実の経済情勢とともに生きることも出来れば総選挙に於いて、いかなる政党を選ぶ可《べ》きであるかということも、決して、観念論的ではなく具体的に選ぶことが出来る訳だ。

私は、その意味に於《お》いても、丁度、総選挙のころにも、兜町の情景を見にいっていて、総選挙を、ひしひしとわが身に感じながら、刻々に変化してゆく相場に喜怒哀楽を感じていた人々を幸福だと思った。

しかし、考えて見ると、尖端といったら、株式ほど尖端なものはないはずである。新しいスポオツの方が、消費的であるだけ、文学へ取りいれるには効果的であることは、たしかなことだが、しかし、尖端という意味では、はるかに、株式に及ばない。

新東だの、新鐘だのといへば、日本の花形株であるが、これらの株が、猫の眼が変るように、一ン日のうちに、烈しく変るのだ。この新東や新鐘の数字が、刻々に時計の針のように変ってゆく——この変化のなかには、現代日本の政治経済、あらゆる情勢が、鋭敏に織り込まれているのだ。

単なる数字でしかないもののなかに、無限にあらゆる刻々の情勢が包蔵されているとしたらこの数字は、決して単なるものではない。

殊《こと》に、上海事件以来、相場は、しばしば、国際連盟の雲行如何によって支配されてきた。号外が兜町を、じゃんじゃん鈴をならして走っているのを目撃していると、たしかに、郊外でみるそれとは違う。活気のあることお話にならない。それも、その筈《はず》にちがいない。刻々のニュウスで、相場は、物凄く変化するからだ。

いつかも、私は、ある喫茶店で、ランチをたべていると、隣の卓子《テーブル》で二人の男が、大いに論争していた。一人は、買方であり、いま一人は売方であるらしい。売方は、経済封鎖だの、金融情勢に対する悲観から、大いに、売を主張していた。ところが、買方の男は、わが国の国運とともに消長する覚悟だから、よし、敗れても惜くない。いや、敗れるどころか、日本のいまの客観的情勢から見ても、決して、日本は、いま敗北主義的ではない。君は、日本ののびようとする翼を切る裏切者だぞと、どんと卓子をたたいて、たがいに哄笑《こうしょう》しているのを見たことがあった。

兜町にも、地場は別として、だんだんに、インテリの階級が相場へ喰いついてきている。フランスあたりでは、小ちァな家のお神《かみ》さんまでも、相場に関心して、刻々の微妙な動きに注意しているというのだから、日本でも、これからは、次第に、こうした傾向が現れるかもしれない。取引所へも、そう云えば美しい女性が、時折り現れては、一心になって、相場の動きを観察しているのを見たことがある。

ポオル・モオランの「彼と彼女」にでてくる彼女のような女が遠からず、日本にも現れるかしれない。いたずらに、消費面にのみひらいた女を尖端的と呼ぶのは、たしかに、滑稽である。イット女性が尖端的だなんて、そんな馬鹿な話はない。そんなものは性的気違い以外の何物でもない筈だ。

いずれにせよ、兜町を文学的に、いかに表現すべきか、これは、かなりに興味ある問題であるが、これを描くことによって、現実の日本のあらゆる姿が織込まれることになるから、それは、かなりに難かしいことである。

私は兜町へ出掛けていってから、文学者よりも、もっと神経質であるべき筈の地場の人たちが、案外、神経の太いこと、文学者よりも、はるかに、現実日本の情勢に明るいことなぞが、私を不思議に感じさせた。某商店のK君のごときは、毎日、黒板に数字を書くために、指はチョオクで汚れながらも、盛んに、日本の国力を買って強気だ。丁度、私のいっていた時にも、×××方面の西方が、銀行の取つけ騒ぎで、急に売にでたため、相場は、気崩れがしていたのに、全く平気なものである。

「誰がなんと云っても、いまに、青天井がきます。あたしは、政友会が天下をとったとき、某氏が閣僚になることを前日に知ったので、鯛を一匹お祝いに注文しましたがね、その日の後場(午後のこと)には、六円の鯛が十二円になってましたよ」

ながいこと海に住んでた私も、兜町へ見学にきてからだいぶん、鯛に対する感じも違ってきたようだ。

新宿新風景

新宿は、コティの匂いのする銀座のような、垢ぬけのしたところがない。中央沿線から吹きつける、野良の野菜の匂いが、ともすると風の向き加減でする。そうして、時に、僕は、新宿街頭を漫歩して、人間の頭の波に、真昼の三日月が踊りあがっているのを見て驚くことがある。と云って、全く、そうではないか。二十世紀の新宿に、真昼の三日月と思ったのは、お百姓さんの頬かむりだったりするんだから……。

なんでも、今日の東京の屋根の下では、新宿が、一番に、物凄いところらしい。物凄いと云えば、南千住一円は、云うまでもなく、新宿どころの騒ぎではないけれど、この新興の新宿街には、夥《おびただ》しい犯罪が、とぐろまきになっているそうだ。それかあらぬか、警察署長の大更迭《こうてつ》のときにも、真先に、槍玉にあがったのが、淀橋署だったと、その筋の専門家が云っていたのも、案外、聞き流しにならぬことであろう。

新宿の新風景を漁《あさ》りに、漫歩していると、真先に、僕を驚かしたのは、中村屋のショオ・ウィンドオである。現代の深刻な不景気に、まさに、一般大衆は、餓死線を彷徨しようとさえしているときに、これは、また、なんということだろう。飾窓には、犬のビスケットが、山と積まれている。インネンドルフとか何んとか書いてあったように記憶する。なんでも国産品だそうである。国産品流行の今日、犬のおやつ——のビスケットまで、国産品と銘をうっているところに、一寸《ちょっと》、可笑《おか》しさを感じさせるものがあるのだ。

それに、その犬族専用の大きなビスケットの色彩ときたら、そう、なんと云ったらいいかな、御婦人たちが、冬の寒空に街頭を着て歩いてくれるコオトの色によく似ている。草色だの鳶色だのをした、今の流行の色彩を、ワンワン、犬族どもが吠えては、ぱくついているのを想像すると、いよいよ、微笑を禁ぜざるを得ないのだ。

まさに、流行色を喰う犬——そんなことを、この犬のビスケットから連想させ易いのだ。

ところが、中村屋から転じて、新歌舞伎のあたりへゆくと、丁度、右に折れた坂の中段のあたりに、三角洲になったような空地がある。新宿は坪、いくらという高価なところだが、どうして、こんなに、うッちゃらかしてあるのだろうか。見ると、長くって、太い、コンクリイトの管が、何本も、その三角洲のところに、ごろごろしているのだ。

変だな——と、僕は思って、その近くへ寄ってゆくと、なかでも、最も、大きなコンクリイトの管の一方には、何処から、かっぱらってきたのか、一枚の雨戸がたっている。いよいよ、可笑しいと思っていると、さらに、他のコンクリイトの管の入口には、破れ雨傘が、ひらいたまま、入口をふさいでいるではないか。

「ね、ここは、なんでしょうか」。

こう、僕が、立ん坊に訊ねてみると、

「なに、これァ、あッしたちのアパアトでさァ」。

と、しゃしゃとしたものである。アパアト？　僕は小首を傾《かし》げずにいられなかった。だって、これこそ、世にも稀れなアパアトだからである。すると、そのとき、僕の背後から、

「ごめんよ！」

と云って、茫々と頰ひげの生えた、よれよれの着物きた男が、この厳寒だというのに、素足で、すたすたと歩きながら、肩に大きな紙屑籠を担いでいた。

「ルンペンのジャイアントだ！」

思わず、僕が嘆息をもらすほど、偉風堂々と入場してくると、やがて、一個のコンクリイトの管の前で、屑籠をひらい

て、ごそごそと、破れ靴だの、歪んだ雨傘だの、いろんなものを、選《よ》り分けながら、

「あ！　疲れちァった！」

と大声をあげて、猛烈な欠伸《あくび》をすると、そのまま、コンクリイトの管のなかへ、すッぽりと、姿を消してしまったのだ。

「奴さん、また、宵の口まで、大きな鼾《いびき》をかいて、眠るんだな」。

先刻の立ん坊が、にやにやと笑いながら、独言《ひとりごと》を云った。

「どうです。このアパアトには何人くらい、住んでらッしゃるんですか」。

僕は、煙草《たばこ》を吸いながら、この不思議なアパアトの情景を眺めていると、三角洲の隅ッこの方から、

「あ！　よく眠った！」

と、どら声で叫んだ。

「ざッと、十人だね。この通りコンクリの管の数だけ住んでる訳でさ」。

なんでも、その立ん坊の話では、雨戸のたっている大きなコンクリイトの管には、親方が住んでいて、その他のコンクリには、六人の男と三人の女が、巣喰っているというのだった。そうして、このコンクリイトのアパアトにも、ゴンドラの恋っていうのがあって、そのただれた一夜の恋のために、つい、先ごろも、ここを根城にしていた女群が、一網打尽の憂目を見たという話だ。

新宿新風景のなかでも、特に、このコンクリイトのアパアトは、「貧しきものは幸《さいわい》なり」と云った風の天国が、じかに感じられるのだが、これらの新宿新風景のとぐろまきになったなかには、随分、いろんなグロテスクな穴もあるらしい。

なんでも、ある人の話では、新宿のとある酒場には、女装した男が、うようよしているそうだ。どれもこれもが女形のなれの果で、いまだ、なつかしい旧派の芝居王国を夢みながらわずかに猟奇的な男性の高い匂いをかいでいるといった有様である。

男が女に化けるなんて、まさに、昭和の怪物にちがいないが、それよりも、もっと、グロテスクなのは、新宿花街にある、とある酒場であろう。

この酒場の奥まった部屋の柱には、一つの天然か自然か知らないが穴があいている。その穴から、ひょいと、のぞくと、その視野は、廓《くるわ》のエキサイティングな風景へと展開するそうである。

巴里《パリ》には、大きな鏡の裏から、エキサイティングな情景をのぞくことの出来る仕掛けになっているそうだが、ここは、板のふし穴から、自然に見られるのだから、いかにも、日本的である。

ところが、その筋でも、果して、このふし穴が、自然にあいてたものか、それとも、営業上から、わざと穴をあけたものか、そこが、ちょいと分り兼ねると、小首をひねっているそうである。

新宿のアパアトから、女風呂がまる見えだったり、奇態な筋肉運動が、手にとるように見えたりして、いや、全く、新宿は奇怪なところである。

だんだん調べあげていったら、どんなものが現れ出るかしれやしない。

しかし、これらの奇異な世界のなかで、ぐるぐると、赤い水車の回転している「ムウラン・ルウジュ」では、中央線一円のインテリ階級を集めて、レビュウ・ガアルが、電光を浴びながら、踊りぬいている。そうして、ジャズと、ダンスと、若いコオラスと強い色彩と、ネオン・サインの渦のなかで、わが、龍膽寺雄、吉行エイスケ、楢崎勤の三氏の新顔が、朗らかに浮んでいる。

これらの三氏の顔も、まさに、新宿新風景の最も、異彩ある一つであろう。

それから、僕の新宿新風景探訪によって、はからずも、感じたことは、新宿駅の午前十二時半ごろのプラット・フォオムである。

ネオン・サインで、火傷《やけど》したようなカフェエ街から、吐きだされてきた女給さんたちが、優しい男と囁きながら、電車の来るのを待ちわびている情景。

これらの、あちらこちらに、一と塊りとなった男女には、これから、朗らかな夜が展開されてきそうなのだ。それなのに、植物のような僕は、はやくも、烈しい眠りを感ずるのである。

と、その途端だった。

僕の首筋のあたりが冷ッとした。可笑しいなと、ふりかえってみると、女と男との甘ッたるい小ちァな花園の脇に、すくすくと、銃剣をつけたような、スキイヤが、スキイをたてながら突立っているのだった。

信州の山岳に、濃いシュウプウルをつけて戻ってきたこれらのスポオツ・マンの頭には、ひどく雪の匂いがしているのだった。

萬年筆

先頃、僕は、新潮社版の新文芸日記(昭和六年)の、「尖端人《せんたんじん》は語る」のなかで、こんな風なことを書いたことがあった。

「新しい年を迎えるたびに、文筆に親しんでいる僕は、萬年筆《まんねんひつ》を新調することにきめている。

新年と萬年筆――どこやら、ひどく似ていて、それでいて、これほど、ひどく似ていないものも、またとない。

だが、それにしても、僕は、どうして、新しい年を迎えるたびに、萬年筆を新調せずにいられないのだろうか。これも、また、僕のあやしげな病気の一種かもしれないけれども、それにしても、僕はおよそ一年のうちに、何人か何十人かの男だの女だのを勝手気儘《きまま》に、筆の上で殺したり、重傷を負わせたり、そうかと思うと、なかのいい想思の間柄を一刀両断してみたり、その他、悲しみのなかに泣き崩れさせたり、狂人のように、よろこばせたりして、これが僕の空想の人物だからまだいいものの実在している人物ででもあったら、忽《たちま》ち、僕は斬殺《ざんさつ》されたり、怨《うら》み殺されたりしなければならないのだ。

それかあらぬか、紙上の人物とは云え、これらの亡霊《ぼうれい》に気を病んでか、僕は、どうやら、一年に一度ずつ、ペンを改めずにはいられないのだ。

だから、僕は、萬年筆を日常使用していながらも、ちっとも萬年筆から萬年筆らしい感じをうけたことがないし、しかし、それだけ積年のペンの垢《あか》も感じない。二年ばかし前に、使っていた萬年筆を、その年に、駄作の中でも、多少自分の満足がゆきそうな作の命題をとって「シャッポで男をふせた女」のペンだと僕は呼んでいた。今年はどんな作ができるか。

いい作ができたら、その命題でも、つけてやろうと今から僕は萬年筆を掴《つか》んで待ち構えている」。

ところが、こんなことを書いてからというもの、僕のところへ、日によっては、数通となく未知の人たちから手紙がきて、使い古るしの萬年筆を呉《く》れないかと申込んでくるのだ。これには、僕も、今更《いまさら》ながら、何んと答えていいか分らないので、途方に暮れているのだ。

文学の上で云ったら、女を血煙にしたこの萬年筆は、たしかに、血みどろの刃《やいば》と変りはないのだ。その血煙のあがった萬年筆なんか、どうして、未知の人になぞ、平気で送ることができようか。それも何かの名刀のように、斬れ味の秀抜な萬年筆なら、まだしもであるが、いつだって、駄作ばかししかできないこの萬年筆のことだから、どうせ、女を血煙にしたって、その実は、本統《ほんとう》に、殺せてはいないにきまっている。生殺《なまごろ》しの萬年筆は生殺しの蛇に似て、執念深いものにちがいないのだ。

ところが、夥《おびただ》しい萬年筆請求の手紙のなかには、随分振《ずいぶんふる》ったものもあるのだ。

——あのシャッポで男をふせた女の萬年筆！　あの萬年筆を、どうか、私にくれませんか。私も、一ぺん、シャッポで、なんなら、女にふせられてみたいと思っている男です。私は、女を愛することには、疲れてしまいました。しかし、女に愛されることには、まだ、疲れちァいません。だから、一ぺん、女にシャッポでふせられてみたいもんです。だから、あの萬年筆が欲しいんです。

そこで、その手紙の差出者に僕は返事を認《したた》めた。

——なんと、あなたは、意気地《いくじ》のない方でしょう。女に愛されたいなんて、あなたは、女を按摩《あんま》か何かと間違えてやしないですか。愛されてみたいなんて、軟柔《やわ》なことは、云わないで貰いたい。僕は、あなたに、シャッポで、男をふせた女の萬年筆は、上げる訳にはゆきません。

それよりも、あなたこそ、ひと奮発《ふんぱつ》して、シャッポで、男にふせられた女の話でも書いてごらんなさい。

すると、数日してから、返事がきた。至極《しごく》カンタンに認めてあった。

——じァ、僕も、ひとつ、努力して、シャッポで男にふせられた女の小説を書いてみましょう。そうして、お互に、萬年筆を交換しようじァありませんか。

それから、まことに、つかぬことを御訊ねしますが、あのシャッポですね。あれには、意味深長なものがひそんでやしないでしょうか。あれは、ただのシャッポのことじァないでしょうが？（ここんところ、九州弁！）あれは、アレのことでしょうが？　つまりイットの発散地でしょうが？　親展で、一ぺん、返事が欲しいものです。いかがでしょう。

シャッポをあらぬ意味にとられては、やりきれない。僕は、日露戦争のころ、ペテログラアドで、日本くらいシャッポでふせられると高をくっていた露西亜《ロシア》人を思いだして、ちょっとこの標語を拝借したのだ。それが、現代人によって、なんと、あられもない意味にとられてしまって、アレじァないかなぞと云われてみると、流石《さすが》に、僕も返事に詰ってしまった。

その翌日は、また新手の萬年筆請求者が手紙をくれた。

その手紙によると、僕は新興芸術派が好きです。それなのに、僕の友達たちは、みんなマルキシストばかしです。皆が僕を非難するので、僕は弱ってしまいました。何んと彼等マルキシストに応戦してやったらいいものか。できることなら、ダグラスイズムの滾々《こんこん》と流れでてくる、あなたの千九百三十年の萬年筆を僕に呉れないでしょうか。若《も》し、すでに、千九百三十年の萬年筆が、契約済になったら、来年の萬年筆は、ぜひ、僕に呉れると約束して下さい。

――「月で鶏《ニワトリ》がつれたなら」

なんて、あんなアイマイなことを仰有《おっしゃ》って、ごまかしちァいけませんぞ。

あなたは、あり得ることをあるがままにかかないで、あり得ることをあり得ないようにとか、または、あり得ないことをあり得るようにとか、とかく、人を惑《まど》わかしそうなことばかり仰有るんで、どうも困ります。なぜ、あなたは、物を素直に考えられないのですか。月は決して空にあいた穴じァありません。月は月です。それを、あなたは、満月花を吟ずるなんて、平気な顔をして仰有ってるんだから、よほど、あなたの萬年筆は、かた寄ってもいそうです。きっと、書き難い萬年筆にちがいありません。

しかし、そのかた寄った、イビツなところが、僕には、興味をそそります。ぜひ一本下さい。

またしても、どこかここかで、くる手紙くる手紙に、僕の欠陥が婉曲に非難されながら、しかも、萬年筆を呉れろと云ってくるので、これには、僕も途方に暮れてしまうのだった。

うっかりと、自分の習慣を告白したばかしにとんだ目に遭ったものだ。なんだか、僕は萬年筆の広告でもしていそうで不愉快でもある。新年と少しばかし似ているからと云って、あんな、つまらないことは書かねばよかったと今更ながら後悔している。

だが、これもまた、ひとつは、不景気のせいでもあるまいかと思われる。なぜと云って、どの手紙も萬年筆を呉れろと云うのばかしで、それじァ一本、新しいのを、あなたに御送りしましょうなんて云ってくれるものは、たれ一人ないところを見ても、どこかに、不景気を感ぜずにはいられないじァないか。

これから先、何人、萬年筆を僕に請求する人があるかしれない。だが、残念ながら、僕は、千九百三十一年の萬年筆も、誰れにも与えることは出来ない。

千九百三十年には、いろんな男や女を殺したのだが、千九百三十一年には、梅原北明氏が、僕にも、「怪奇な放屁」という小説を課題したのだ。

萬年筆も、その年その年によって、いろんな運命に出会わなければならない。去年は、女を殺したかと思えば、今年はお屁《なら》のことを書かねばならなかったりして………

いまも、僕は北明氏が、多分に苦笑していそうなこの課題に対して、萬年筆を走らしている。何故と云って、この課題こそ出題者が、作者泣かせのために出したものだ。だから、ここんとこ、北明氏が遂《つい》に作者をうっちゃって、凱歌《がいか》をあげるか、それとも、このピンチを作者たちが突破するか、全くきわどい瀬戸際《せとぎわ》だからである。ために、僕もお屁なんて、好きじゃないけども書きだしているのだ。

お屁——こいつは、口からでたら、欠伸《あくび》であろう。だが、このお屁は肉体の下部構造から飛び出したばかしにお屁になっちまったのだ。

僕の萬年筆を請求する読者諸氏に、千九百三十一年の萬年筆は、どうにも差上げられぬことが分って貰えるとも思うのだが、さて、どんなものかな——。

動いて仕方ない

僕は、いま、小さな写真器でもって、僕の自伝的な写真を、いかにも僕を生写しにしたかのように、写そうと考慮しているのだが、これはどうして、なかなか楽な業じゃない。ともすると、それは殆ど不可能のことであろう。殊《こと》に、僕の場合のごとき、あんまり影の薄すぎるためであるかも知れぬのだが、それにしても、イリヤ・エレンブルクだったかも、彼の自伝について全く、彼は出鱈目だって断言していたのを何処《どこ》かの本で散見したことがあるのだが、どうも、自分を自分で撮ることは難しいことであるらしい。

「写すところだから、少し動かないでいて呉れ給え」

と、こう僕は、自分に自分へ叫ぶのだが、厳粛な刹那にさえも、つい、僕は失笑をし、時には、唇が強張《こわば》り、或《ある》時はまた急に背中の一点に痒味《かゆみ》を覚えたりして、全く動いてばかしいるのである。ひょっとした瞬間に、僕が不動の姿勢をしても、今度は僕の背景の方で、微風に梢《こずえ》が揺られたりして、これでは、どうにも自分を自分で写すことはできないじゃないかと嘆息をしたくなる。

いまも、僕は、クリケット型の水泳着一枚で、孤独な秋の海を背景にして、突立っている。東京をでて、この知多半島の漁村へきてから、もう一箇月余りになる。半島の漁村といえば、僕はつい半年前まで、三年もの月日を海の僧房で無為に暮していた。尼主さまが彗星がでていると仰有《おっしゃ》ると、僕もまた縁側へでて、柳の木の上にかかっている彗星を、ただ、ぼんやりと何の感銘もなく眺めているといった調子で……。

それでは、何のために、僕は、そんなに永く、海で暮しているのだろうか。それは、未だに、自分にも訳が分らない。別に、海が好きだというでもなく、海へ養生にきている訳でもない。尤《もっと》も、僕が、あんまり長らく海に住んでいるので、間接の知人たちは、遂に僕を病人扱いにして、時折り、僕へ、よく利く新薬の名を知らして呉れたりしたのには、全く吃驚《びっくり》した。僕は頑丈な体格の持主だが、しかし、そうかと云って、この海にいて、漁夫になろうなぞとは僕も野心を起さなかった。こんな僕のようなのろまな男が漁夫を志願したら、そうして、好運にも一匹の蟹《カニ》に出遭《であ》って捕えかかったって、屹度《きっと》、捕えそくなって、却って、僕の方こそ、蟹の大鋏《おおばさみ》にはさまれて、蟹の奴に捕まされる位のことだ。

実際、僕は海よりも、スキイッパの甘い声で歌う「海へ来れ」を聴いていた方が、遙かに、海らしくて好きだ。ただ、僕がこの海へ来るのは、故郷の街から、ほんの半時間程も高速度の海岸電車が走ると、やがて、電車の窓が一面に、縹渺《ひょうびょう》とした青海原《あおうなばら》になって、ところどころに、白帆のハンカチが落ちていて、これらのハンカチは、いかなる麗人が落していったのだろうかって他愛もない想像を恣《ほしいまま》にすることができるからだ。殊に、落日の海を控えて、巌《いわ》に凭《もた》れながら爪先を漣《さざなみ》に弄《もてあそ》していると、つい、僕は、あらぬことを夢想したくなる。貧しいくせに、今急に百萬円、僕の懐《ふところ》へ入ったら、この百萬円を僕の親しい仲間にどう分配したらいいか。誰には、これだけ、彼にはあれだけと、胸算をしていると、夥《おびただ》しい友人の狂喜した顔が蝟集《いしゅう》してきて、なんとも愉快で堪らぬが、そのうちに、自分の分前の尠《すく》なすぎるのに吃驚して俄かに百萬円のところへ、もう五十萬円ばかし加算して、僕はまたしても新らた空想を活動させるのである。そうかと思うと、なんとなく、この、やさしい半島が、一本の海から逃げおくれた女の脚のような気がしたりして、ふと、探偵趣味に捉われたりもするのであるが、夕暮の砂原で、友人の青年俳優が「ぬいぐるみの犬」になって、犬の練習に余念のないのを目撃していると、今度は「自然と人生」が感じられたりするのだ。

とにかく、こうして、僕は海で日を暮していたのが、その間にあって、僕は幾つも、空想の女を拉《らっ》し来《きた》っては、空想的な小説を書きながら、しかも、現れてくる大概の女を、みんな現実的に殺してしまっているのである。どうして僕はこんなにも女を殺してばかりいるのであろうか。よく都会の医科大学では解剖祭を営んで、死人の霊を祀《まつ》るし、鰻屋《ウナギ》は鰻屋で、これまた、あんまり沢山の鰻を殺したからって云うので、魚の供養をしたりするのを見聞することがあるのだが、この分で行くと、僕もまた、あんまり多勢の女性を無惨に殺しているのだから、女の供養をしなければならぬような気がさしてならぬのだが、それにしても、やくざな僕の如きに殺された女たちは、なんと冥福しかねることであろう。

初夏の頃を思うと、日に日に、日が短くなってきている。秋の長い夜に、僕は僕の小説に使った女たちの亡霊を感じたりする。

こうして、レンズの前に立っている僕は、堪えず動きながら、とうとう、自伝的な僕を写真にすることはできなかったらしい。

僕の背後を、いましも、巨大な汽船が赤い腹を露出しながら、航海してゆく。その汽船の吐きだした煙のはずれの方にあたって、ぼうと秋の空の下に、名古屋の都会が蜃気楼のように見えている。海は南の風で静かだ。魚の跳ねあがる音が響く。

渚には、人の影さえない。十日ほど前までは、赤と黒と黄色のだんだらの大日傘を砂原につきさして、モダアン・ガアルたちが絵具のような色彩をして泳いでいたのに、今は、岩かげに、波に浚《さら》われた小娘の海水靴が片足ひッかかっているばかしだ。

だが、僕は今夜、夏の掃溜《はきだめ》のような海をいれた僕の写真を根気に想像してみようと思っています。

ポオル・モオランから私へ

ポオル・モオラン氏から、初めて、僕が手紙をもらったのは、氏の手紙の日付からいうと今から五年もまえの、丁度《ちょうど》、今月の十二日でした。

尤《もっと》も、氏の手紙と『夜とざす』とは、パリから一度、ベルリンの大使館へゆき、そこから再び、こちらへ回送されてきたので、僕の手に届いたのは、夏の頃で、僕はその時、知多半島の淋しい海の街で、暑さに午後を退屈しながら睡気《ねむけ》を催《もよお》していたので、急に目のさめるような、新鮮なよろこびを感じた。

これまで、僕もまた、多くの人々がするように、文学的修業をつむために、ごく少しばかしではあるが、西欧の作家のものを読んだりしていたのであるが、どの作家のどの作品も驚くばかりに迫真力があり、僕の魂へ、惨憺《さんたん》たる人生を深刻に映しては呉れたが、ただ、そこには僕の嘆息《たんそく》があるばかしで、僕には書けそうなものでもなければ、第一、僕は書こうともしないような作品ばかりだった。

文学も音楽も、鉄の様に重苦しくなければ、涙がにじみでなければ、真の文学でも音楽でもない。こうして、ドストイェフスキーだのベトオフェンなどを好愛する、芸術的悪癖《あくへき》から未だ日本が脱しきらなかったときに、モオランのはなばなしい『夜ひらく』が現れて、忽《たちま》ち僕たち若者の魄《たましい》を奪《うば》ってしまった。

再び、僕たちは、新しい文学に対して考えなおさねばならぬ必要に迫られていた。新しい文学の行末《ゆくすえ》に、明るい夢がありそうに感じられてならなかった。モオランは僕を節度ある有頂天《うちょうてん》にさせてくれたのだ。

その頃、僕たちのやっていた同人雑誌『葡萄園』も一周年を過ぎていたし、丁度《ちょうど》叔父がふたたび西洋へ行くところだったので、この機会を利して『葡萄園』の仮綴《かりとじ》をまとめて、それに、僕は、モオラン氏は「われらの太陽だ」といったような手紙を認《したた》めて、それを叔父に託したのだった。どうかして、僕たちの東洋からの敬礼をモオラン氏に伝えて呉れることができるようにと、叔父の旅を見送った。

旅の日はそんなに長くはなかった。そうして、まもなく、叔父の手紙と一緒にモオラン氏からの書簡と『夜とざす』が届いた訳《わけ》だ。

叔父の手紙によると、叔父はパリで、ポオル・モオラン氏をさがして、或る日氏を訪ねたところが、それは人ちがいだったというのである。そこで、折角《せっかく》、携《たずさ》えてきたのだから手渡ししようとしてふたたび、探すことにして漸《ようや》く、今度は見つかったので、第二のポオル・モオラン氏を尋《たず》ねて、快談をしていたところが、どうも話をすすめてゆくにつれて、変なので、よくよく、きいてみたら、これもまた人ちがいだったというのである。

ポオル・モオラン氏は「新しい友」のなかで、……かの女の名はポオラというのである。名までが私とよく似ている。巴《パ》里《リ》は一つの迷路である(堀口氏訳)。

と云っているほどだが、ポオル・モオランもまた一つの迷路ではないだろうかと、僕は叔父の手紙を見て、しみじみと痛感したのである。

そこで、叔父は、とうとうパリを発《た》つことになってしまったので、あとの事を叔父は友人に話したところが、今度という今度こそは、とうとう、友人が正真正銘《しょうしんしょうめい》のポオル・モオラン氏に会って、明細にその間の事情を話して、僕からの手紙なぞを渡されたら、本当のポオル・モオラン氏は大変よろこんで、この手紙とこの『夜とざす』を贈ってくれたのである。

『夜とざす』の扉には、モオラン氏の美《うつくし》い筆跡でもって、

——沈みゆく西洋から、日のいづる東洋へ敬礼をしながら。

と書いてある。

そして私にくれたその手紙を、ちょっと、拙訳《せつやく》してみると、まあこんな風である。

パリにて。

千九百二十五年六月十二日

わたくしは、君の親しいお手紙と、それに、はいっていた仮綴の本と、また、わたくしの作品に就《つ》いての、よろこばし気《げ》な賞讃の辞に大変、感動しました。

わたくしは、七月の末に、バンクウバアから、エンプレス・オブ・オホストラリア号で、日本へ到着して、数日を過そうと考えているのです。そうして、支那《しな》および、シャムへ出掛けていって、そこで、われわれの公使館の職務をとろうと思っています。

とうとう、わたくしは、君の美しいお国を知るようになるのをよろこんでいるのです。そうして、君に、わたくしを信じて下さることをお願いします。

ではまた

君の真実なる

ポ オ ル・モ オ ラ ン

ポオル・モオラン氏の日本到着と、僕の手へ入った手紙とが、ほんの、すれすれのところで、行違って、ついに、僕は日本でポオル・モオラン氏にお目にかかれなかったことを今でも、残念に思っている。

手紙の方が一足先であったら、僕はハトバへ行って、バンクウバアからきた海の響《ひびき》と貝殻をつけたオホストラリア号を背のびしながら迎えた事であろう。

するると、ポオル・モオラン氏は、僕にこんなことを云うかも知れない、「こだまよ、こたえよ!」のなかにあるような。

——毎朝、三時少しすぎる頃になると、別に風がおさまると云うわけでもないのに、月にみがかれたやわらかい小山のような波のうねりが多少静まるのであった。私はこの時間を利用して静かに音をさせぬように護謨《ゴム》ぞこの靴をはいて、徒歩と駈《か》け足の練習をすることに決めていた(堀口氏訳)。

それなら、僕もまた、モオラン氏の作品のなかから一節を思いだして、こう云うのでもあろう。

——不意に、海が空の場所を占領しやしませんでしたか。そうして、また、空が海を投げたおして自分の場所へ登ってきあしませんでしたか。

モオラン氏は、ほんの数日を、日本で過そうと思っていると云いながら「あるは土地のみ」の世界一周遊記のなかで、十年にも近い鋭利な瞳《ひとみ》でもって、日本を看破《かんぱ》している。油断のならぬは、モオラン氏の聡明《そうめい》である。そう思いませんか。

ジャン・コクトオの手袋

僕の文学者の献立表《こんだてひょう》のなかにはモオランとコクトオの名前の下には、赤いアンダア・ラインがひかれてあるほど僕は、モオランとコクトオが好きです。

フィリップからモオランへ！　モオランからコクトオへ！　美しいクラス・リレイのように、彼等の文学が、日本へ移植されてきていますが、フィリップからモオランへの文学の世界の大いなる飛躍とモオランからコクトオへの文学技術の驚くべき展開のなかには、前例を破りつつある新時代の文学が、さながらに縮図されているかのよう看取《かんしゅ》されます。

コクトオの文学からそれでは、われわれは、何を感ずるか。

僕はコクトオが世にも稀《ま》れな鬼才《きさい》を縦横に振《ふる》って構成する彼の作品のなかから、メカニズムの表現の優美さに窒息しそうです。眼にもとまらぬほどにテンポが速く、あまりにも、鋭利なほど技術的でしかも、文学は文学の前例に堕《だ》し易《やす》い文学的サボタアジュが微塵《みじん》もなく、コクトオこそは、現代文学者のなかの文学者、新しい文学のなかの文学でなくって、さて、なんであろうかと云いたげな気がします。

僕は、コクトオの作品を読むたびに、コクトオは節度ある有頂天《うちょうてん》を愛しているが、僕は、ついつい彼のために節度なく有頂天にさせられてしまうのです。ナポレオンは戦争は位置の仕事でしかないと云ったということだが、どうやら、この有名な言葉は、文学にもあてはまりそうに思えます。と云うのは彼が節度ある有頂天のなかにも智慧《ちえ》を絞って築きあげたコクトオ独自の文学的位置から、彼は自在に世界の読者を魔術的に翻弄《ほんろう》してやまぬからです。

彼の戦略は徹頭徹尾《てっとうてつび》、メカニックな技術に依拠しているが、ややもすると、読者のなかには一読して、或《あるい》は、コクトオの炭酸水のような高雅《こうが》な味を味識《みしき》することができぬかもしれません。それならばコクトオの愛惜《あいせき》してやまぬエリック・サティの作曲だとか、オオリックやミロオのものでもレコオドかけて、それとも、コクトオ独自の異彩《いさい》を放った素描《そびょう》を鑑賞するかして、徐々にコクトオの持つ文学的魅力の牙城《がじょう》へ肉薄されたいものです。

ジャン・コクトオの文学が、いま、われらの国で、漸《よう》く理解されだしたことは、たしかに、われらの国の文学が、文学的に飛躍したからのことだと、僕は確信しています。現代の尖端をゆく文学こそは、まさしく、ジャン・コクトオから、出発しなければならぬことも必然のことだと思います。これまで、われらの国へ紹介された夥《おびただ》しい西欧の文学には、ときにコクトオが顰面《ひんめん》してやまなかったアルルカンが、あまりにも多すぎたかのように見うけられるが、ジャン・コクトオのものにいたっては、却《かえ》って、コクトオのアルルカンが、世界の隅々《すみずみ》の土壌《どじょう》に溌剌《はつらつ》と芽ばえずにはおかぬものです。

ことに、今度、コクトオのものが、東郷青児氏によって紹介されたことは、何より破天荒《はてんこう》のことだ。というのは、東郷青児氏もコクトオも、ともに、絵画を嗜《たしな》み、氏たちの文学には、異常な共通性が看取されるからです。そうして、それを何よりも立証するものは、その翻訳！　ここでは、コクトオと東郷氏とが、相互に扶《たす》け合ってはありとしある智慧を絞って、多くの読者の前に、世界の尖端を歩みゆく文学の実相を示しています。

読者諸君よ！　コクトオのメカニックな美しい表現に、まず胸をうたれたまえ！　するとそこには、智慧の繊維《せんい》で織《お》られたコクトオのユニフォームをきたわが東郷青児の姿を見ることができるのです。だが、それにしても、僕はコクトオを思いだすたびに、なにゆえだか、僕は、いつかドイツの雑誌 Querschnitt にのってたコクトオが黄と黒とのだんだらの魚のような手袋をはめてた写真が眼に浮んで仕方がない。

僕は、そのとき思うのでした。

彼の脳髄《のうずい》の中から伝わってきた鬼才が指と一緒に手袋のなかに隠れていそうで、こいつがどうも怪しいんだと、僕は睨《にら》んでたことがあるのでした。

ミチオ・イトウのこと

ミチオ・イトウが二十年振《ぶ》りに日本へ帰ってきてから、もう四十何日はすぎた。氏の仕事を手助けしていた僕は、三分間置きくらいに、電話がかかり、面会人が押しかけてくるのを見て、おッたまげてしまっていた。都会というものは可笑《おか》しなもので、どこに、そんなに、用事をもった人がいるのかと全く驚かされてしまった。しかし、ミチオ・イトウは殺到《さっとう》する夥《おびただ》しい仕事を、悠々《ゆうゆう》と押しきって、やっと、今日(五月二十一日)龍田丸で米国さして出掛けた。

これらの忙しい生活のなかにあっても、ときどき、氏は僕に、西欧の芸術家の話を、思いだしたように話してくれるのだった。イエーツっていう人は、こういう人なんだよとかレディ・グレゴリイやエヅラ・パウンドの逸話なぞと実に、話上手に物語ってくれるのだった。舞踊家なんていうものはこれまで、僕は、そんなに、深さのあるものではなさそうに考えていたが、ミチオ・イトウに逢って、僕は、久しぶりに傑《すぐ》れた芸術家に逢ったという感が深くした。

彼氏は、ときどき、僕に、「俺は、結局僧侶《おぼう》さんだよ」と云ったりしたが、ハリウッドといえば、モダン人の巣のように僕には思われるのだが、俺は僧侶のようなものだなんて話されると、尠《すく》なからず僕は変な気持がした。彼氏は話に興奮してくると、しばしば、靴をはいたままで、椅子の上で、胡座《あぐら》をかいていた。こんなときに限って、彼氏は、非常に雄弁に夢中になって、話にはずんでいるときだが、それにしても、二十年も欧米にいても、案外、日本人らしい習癖を忘れずに僕の前で発揮していたのは、可笑しかった。

彼氏は、アメリカで、若い野心のある人たちが、芸術家になるにはどうしたらいいかとよく訊《たず》ねにくるので、そんなときには、必ず、芸術家になるまえにまず、人間が出来あがらなければいけないとよく話すことだと云っていた。僕なら、まず、表現技術を修得し給えというところだが、こんなところにも、彼氏が、俺は僧侶だといったことに思いあたる節《ふし》がある。

機械文明の時代だというのに、殊《こと》に、アメリカと云えば機械文明の尖端をゆく国なのに、宗教的な気分をどこかに持っているのは、ただに、ミチオ・イトウばかりでもなく、早川雪洲でも、近く、太平洋を横断しようとするアッシュ中尉でも、そうであるのは、一寸奇異な観がする。

それはとにかくとして、ミチオ・イトウが来年は、また他の素晴らしい計算をもって、二月か三月ごろ日本へくるというのだから、僕は非常に期待している。

いまごろ、彼氏は、龍田丸の百十番の船室で、やっと、わが身に立ちかえったような、くつろいだ気分になって、脚をのばしているにちがいない。がそれにしても、二十年前とちっとも変りなく、友思いで優しくって、時々欧州時代の苦しかったころの思い出を語りながら、これは、本当だよと云って、じいっと、僕の顔を見ながら、涙ぐんでいるところは、たまらなく僕は好きだった。

満月吟花？

1

川端康成氏は、文学的魔術師でも、精神冒険家でもありません。僕は、神経の冒険じゃないかと思います。

その理由ですか。

氏が、暗示と想像との敏活に働く範囲内に於《お》いて、近代人の鋭い神経に、大胆に、しかも真摯《しんし》に火を点じているからです。

それに就《つ》いては、氏の文学的勝利を歌っている著作集『感情装飾』と『伊豆の踊子』と序《ついで》にもう一つ氏の新感覚派の文学理論を参照されたい。

2

大体に於て、これらの著作集を構成しているそれぞれ苦心の作を分析してみると、素材に価値を実現しようとして新鮮な表現形式が強力に統制しているのを発見します。

これを旧文学の表現形式と比べると、氏のそれは、全く僕らに架空線的な感銘を与えます。何という大きな変化であろうか。しかも確固とした規準があり、且《か》つ新時代の芸術的光輝を保障するところの……これは、確かに、芸術的価値の立場に立つところの相対的変化です。或は、そう云うよりも、そこには、相対的なもの以上の文学的意義があるのかも知れません。

3

川端氏は、あるものをあるがままに表現しようとはしません。寧《むし》ろあるものをあり得ないように描こうとさえしています。

ここにあるものを円と仮定し、あり得ないものを円に内接し、または外接する多角形とします。川端氏は円を描くために、決して、同じい円を以《もっ》て繰返えそうとはしないのです。氏は円に内接し外接する多角形を無限に発展させて、無限に発展する多角形を極限に於て、円と合致《がっち》せしめようと努力しているのです。この多角形の無限の発展は、無論《むろん》、近代人の脳髄《のうずい》が座標軸をなすのですが。

川端氏は、満月を表現するのに、そっと模写して置こうなどと、そんな悪戯《いたずら》は決してしません。何故《なぜ》なら、満月の模写は模写の満月に過ぎないんですから。そこで、川端氏は、ついに、大空へ断然と穴をあけようとするのです。だから、僕は、川端氏の芸術に、満月吟花《まんげつぎんか》なんて表題をつけたくなるのです。

4

『感情装飾』『伊豆の踊子』の文学的特質を内面的特質に考察するとき、

一　その表現は、Aを表出するのに決してA'を以《も》ってせず、Zの方向に接近した何物かで表現しようとすること。これを非現実的となし、文字または言葉の遊戯と難ずるものがあるなら、彼等は、まさしくアルルカンの類に属するであろう。

一　その形式は短篇小説の鋭利な器械で特に統制されていること。

一　そこに、文学が文学を越え得ない純粋文学の意義と自治自律のあること。

外面的に見るときには、

一　思想の重量が、極端に排撃《はいげき》されていること。

一　どんなに重い錨《いかり》でもセルロイドで描かれていること。
一　ここに現れているのは、明るい日本の新風俗といったもの。強烈な色彩というよりは白く鋭くと云ったほうがいい。
その鋭く白い色彩で、広い人生の展望がひらけていること。

5

然《しか》るに、最近の川端氏の『美しい墓場』や『死体の復讐』は、あり得ることをあり得ないように描こうとするのじゃなくて、あり得ないことをあり得るように描こうとしていそうです。つまり、あり得ないような主題があり得るようなAによって置き換えられそうな飛躍と転換が示されているのです。なお、これらの、あり得ない筈《はず》の主題Zが、却《かえ》って不思議にも、実生活の感情の中へ新鮮に織り込まれようとさえしています。それから、もう一つ見逃してならぬことは、ことに『死体の復讐』に現れてくる無産者に近い人物が奇怪な人生の中で、それにも拘《かかわ》らず、みんなどこかに溌剌《はつらつ》たる、ある気力を持っていることが充実した表現で表しているのです。従って、大体に於てコンストラクションが甚《はなは》だ骨太になっています。

以上の川端氏の転換は、何を意味するであろうか。

すくなくとも、純文学そのものも、社会の進化に従って、所謂《いわゆる》、その「社会表現の分量が増大し複雑細密になってゆくこと」を暗に物語るものじゃないかと考えられるのです。

中河与一氏は本当に青年紳士である!

僕は今、原稿用紙三枚ばかしの間を(三分間じゃない)中河与一氏に椅子に腰かけて頂いているが、どうやら、氏のクロオズ・アップだけには、僕も手を焼く。これを妨げるものは、永年の氏との交遊(例えばミイラ取りのミイラになると云った!)ではなく、どうも、それは互の性格の相違にあるらしい。中河氏が正しいことを考えているとき、何時《いつ》でも、僕は悪いことばかしを考えているのだから。ダグラス氏は悪魔は神様を逆にしたものだと云う。しかし、中河氏を逆にすることは至難である。

中河氏の日常生活を背影にして、ぢッと氏の風貌を見詰めていると聖アポリナアレ・イン・クラッセ寺だの聖アポリナアレ・ヌオヴィ寺のモザイクや壁画の中に、氏を髣髴《ほうふつ》させる人物のある者を思い出す。只《ただ》、これら人物の全体を被《おお》う金色と碧色との交錯の間には沈鬱な陰影が混入しているが氏の場合には、これに代って近代的な神経質が露出している(神経質の一例としては外出から帰ると、ステッキを必ず消毒すること)。その他の点では、殆ど、これらの人物と同じく、氏もまた、ビザンチン風の一種の厳粛趣味に統制されている。かく云えば、中河氏は「冗談もそこそこにすべし」と云うやも知れない。しかし、現に氏は馬に乗ることを好んで、落馬せしこと再々なれど、益々馬を愛しているし碁、麻雀《マージャン》、酒みな一度もたしなまずと云った有様である。

次に、中河与一氏の清新趣味は、氏の云うスペイン風な所謂《いわゆる》シエスタア(ひるね)と潔癖性から発生しているらしい。氏の作品は、何時もながら、自由と厳粛、空想と写実、新しき感覚と物語、白色と碧色から清新に構成されている。最近の氏は、飛行機ドクッス号に搭乗し、コルビジェの建築に住み、ヤアキイス天文台の望遠鏡をのぞき、快速船ブレエメン号の船尾を注視し、世界最大の汽船レビアサン号で航海し、更に富本憲吉氏の陶器を観賞すると云った生活振りである。惟《おも》うに、氏の生活をここまで清新に発展せしめたものは、氏の所謂「形式主義の理論」であろう。確かに、氏の形式主義理論に比ぶれば、独逸の「新即物主義」の如きは、氏の断ずるごとく、一種の素材主義であり猶且《なおか》つ形式主義より一歩遅れたるものと云うべきである。氏の形式主義の捷利《しょうり》！

終りに、これは少々の僕の誇張が過ぎているか知れないが、先頃、氏を訪れたら、幹子夫人がでて来られて、いかにも氏を愛していられそうな、と云って、僕らにも淡泊に何事でも真実を打ちあけると云った口振りで、「いま与一と喧嘩して、妾《わたし》が捷《か》った所ですの、だから、あちらへ怒って行ってしまいましたわ」と云っていられた。見ると中河氏はコスモスの咲き乱れたテニス・コオトで、無心にラケットを振っては、しきりに毬《ボール》を打ち損っていられる。例によって例の如く――

中河与一氏は本当に青年紳士である！

天《てん》真《しん》爛《らん》漫《まん》・龍《りゅう》膽《たん》寺《じ》雄《ゆう》

龍膽寺君は、僕に、いつか、こんなことをそっと云《い》ったことがある。

——僕の顔は、その日のお天気で、美しくもなるし汚《きたな》くもなるのだが、だいたいに於いては、笑った顔が、僕の顔のうちじァ、一番に綺麗《きれい》だと思うが、君どうだね。

その時、僕は、どうだねもなにもあったもんじゃない、と龍膽寺の顔を眺めて笑ってしまった。すると、彼氏も、そのお得意な笑顔をして、しばらくは、僕の返事するのを待っているらしかったのだ。

僕は、かつて多くの友達から、いろんな質問をうけてきたのだが、一度だって、こんな突飛《とっぴ》な質問にであったことはない。しかし、自分の顔をざッくばらんに批評して、美しいところは美しいところ、よくないところはよくないところと、なんのこだわりもなく云ってのけるあたりは、流石《さすが》に、素直な龍膽寺らしさがあっていい。

たしかに、龍膽寺君の笑顔は、陰影がなくて、とても朗《ほが》らかだ。のびのびとしている。そこには、ほんとうに、彼の美しい人柄が反映している。彼の笑顔は、そんなに、ざらにある笑顔ではない。彼の人柄を語るものは、何よりも、彼の笑顔にあるらしいのだ。

そこで、彼氏の得意な笑顔を、どう云うときに、一番によく使うかってことが問題になるのだが、僕の注意してみているところでは、若い女性に対して、一番によく使いそうに思われるんだが、ここんところ龍膽寺よ！　君は、どう思うかねと云ってやりたくなる。

しかし、実際は、龍膽寺君は、女性に対しては、いたって淡泊である。女性よりは、はるかに、果物の方が好きらしいのだから、当節の青年としては、全く珍らしい人格者といっていい。それかあらぬか、昨今では、龍膽寺君の家には、美しい婦人が三人もいられる。独身者の彼のところへ、安んじて、三人もの美しい女性が身をたくすることができると云うことは、何よりも、彼の人格を物語るものでなくてなんであろうかと云いたくなる。もっとも、ここんところは、いささか、龍膽寺をあんまり弁護しすぎた嫌いがなきにしもあらずであるが、いずれにしても、最近、これらの妙齢《みょうれい》の婦人方が、美しく彼に仕えていられるところから、あらぬ風説がたち、いつかも龍膽寺君が、吉行エイスケ君に対して、千九百三十年には、女武者修業《おんなむしゃしゅぎょう》を清算せよと云ったので、カンカンに怒ったエイスケ君は、龍膽寺の奴こそ怪《け》しからん、家でばかし女武者修業をしていないで、ちっとは街頭へでて来るがいいと詰問状《きつもんじょう》をまさに、書かんとしたことさえあったりして、とにかく、風雲急なるものがあった矢先だから、僕は、少しばかし彼氏の清純な家庭生活に蛇足《だそく》をつけて置きたい。

龍膽寺君のことなら、たいがいのことは知っている僕さえも、一時は、彼氏を疑って、君は結婚をしたんじァないかと訊《たず》ねると、いやまだ断じてしてないと云っていたが、どうも僕は、納得がゆかなかった。龍膽寺雄は結婚してなくとも橋詰(彼の本姓)の方は結婚しているんじァないかしらと思ったりしたものだが、日をふるにつれて、その疑いは晴れてきた。濡衣《ぬれぎぬ》をきせられて、不幸なのは、誰よりも彼龍膽寺だ。

龍膽寺君は、たしかに、稀れに見る天真爛漫《てんしんらんまん》な青年である。彼は、年の割には、十歳以上も年のふけたことを考えもし語りもするのだ。その点、実に、がッちりしているんだが、それでいて、半面には、喫驚《びっくり》するほど無邪気《むじゃき》なところがある。年は争われぬものだと云いたくなるほどだ。

いつかも、年に二度ずつ上京していらっしゃる龍膽寺のお母ァさんが、僕を玄関までわざわざ見送ってこられて、そっと、小声で龍膽寺君にきこえないように、

——あの子は、まだ、年が若くって、ほやほやなんですから、どうぞよろしくお願いいたします。

と仰有《おっしゃ》った。これには、流石《さすが》に僕も、思わず、笑いだしてしまった。何故といって、龍膽寺君は、平素、僕に、いろん

なことを注意して教えていてくれるのだ。たとえば、少女小説には、必ず、女の子を主人公にしてはいけない。男の子でなければならないとか、ジァナリズムってあんな浮気なものはないだとか、つねに現代社会を見通した一家の見識を僕にのべてきている。その龍膽寺君が、いま、お母ァさんから、まだほやほやで、年がいかないのだからと、てんで、子供扱いにされて、僕に頼んでいられるのだから、まことに、世のなかは、よくできているものだと僕は笑わずにいられなかったが、そのとき、僕は頭を掻《か》きながら、お母ァさんに、小さな声で、いや僕こそ御願いいたしますと早々にして玄関をでてきた。すると、龍膽寺は、何もしらずに、僕のあとから街頭へでてきて、ステッキを空高く得意気《とくいげ》にふりながら、

――どうだね、君、素敵な天気じァないか。それから暫《しばら》くしてから、彼は僕に、だいたいに於いて、マルキシズム文学も鎮定《ちんてい》したね。

と云うのだった。仕方もなしに、僕は、答えるのだった。

――うん、ええ天気だな。そうして、君の云う通りにだいたいに於いてマルキシズム文学も鎮《しずま》りました。

――どちらへゆくかね？

――どちらでもいいな。

――浅草へゆこうか。

彼はにこにこしていた。だが、龍膽寺よ！　君は、お母ァさんに、君のことを僕が頼まれたことは、知らないだろう。僕は君のことをお母ァさんに頼まれているんだぜ！

たびたび、吉行エイスケ君を引っぱりだして相済まぬが、吉行君のお母ァさんも、いつか、「エイスケは、お金使いは荒いが品行の方だけはいいので安心しています」と仰有っていた。龍膽寺君のお母ァさんは、お母ァさんで、この通りだ。いずれもが、子を思う親心であることに変りはないが、龍膽寺君にしても、吉行君にしても、一騎当千の武者《むしゃ》でありながら、お母ァさんの前では、てんで、頭のあがらぬところは、面白い。

もっとも、龍膽寺君のお母ァさんが、龍膽寺は子供だからと仰有ったことには、いま考えると多少、心あたりのないこともないのだ。というのは、いつかも僕が彼氏のところを訪ねると、彼は、風呂に入っていた。風呂のなかで「心の青空」とか云う唱歌をうたいながら、風呂のなかへ、一杯果物のはいった籠《かご》を持ち込んで、咽喉《のど》が乾くと、むしゃむしゃと果物をたべ、潤《うるお》うとまたしても朗《ほが》らかな声で歌いながら、一向、頸《くび》や脚《あし》を洗うでもなく、いたって呑気《のんき》に、お湯をぱちァぱちァさせながら遊んでいた。そうして、彼は僕に云うのだった。

——先刻《さっき》、僕ンところへ、ある蓄音機会社から、僕の「しば笛」を六十円で吹き込んでくれないかって云ってきたよ。

——そいで、吹ッ込むことにしたのか。

——ううん、忙しいんで、断っちまったよ。

そうして、彼は、また果物の皮をむいては、うまそうに頬《ほお》ばっていた。

龍膽寺君のことを書いていたら、全く際限がないのだが、龍膽寺君が天真爛漫であるのも、その実は、童心が溢《あふ》れているからにちがいないのだ。そうして、彼氏の作品が、いずれも明朗であり、食べていたら、舌端《したさき》で溶けてゆくほど軽妙であるのは、云うまでもなく、龍膽寺君が天真爛漫であるからのことにちがいないことだ。

龍膽寺君の作品のなかでは、一般には「アパアトの女たちと僕と」が、特に傑出していると云われているが、しかし、快作「事務所」にしても「C・子の主張」にしても「砂丘の上にて」にしても、大作「放浪時代」にしても、その実はそれぞれの角度から、その角度にふさわしい芸術的効果をあげている。多種多様な角度から、巧妙に、作品を構成してゆく手腕の卓抜《たくばつ》さ、今更云うまでもないことだが、これらの不思議に多角的な作品は、単行本になって、更に、渾然《こんぜん》たる芸術的効果をあげているところに、龍膽寺君の偉大さがあるというべきだ。そうして、氏の文学的勝利が、氏の完全さにあることも、これまた云うをまたないところである。

4 私の履歴書

自伝・追悼文

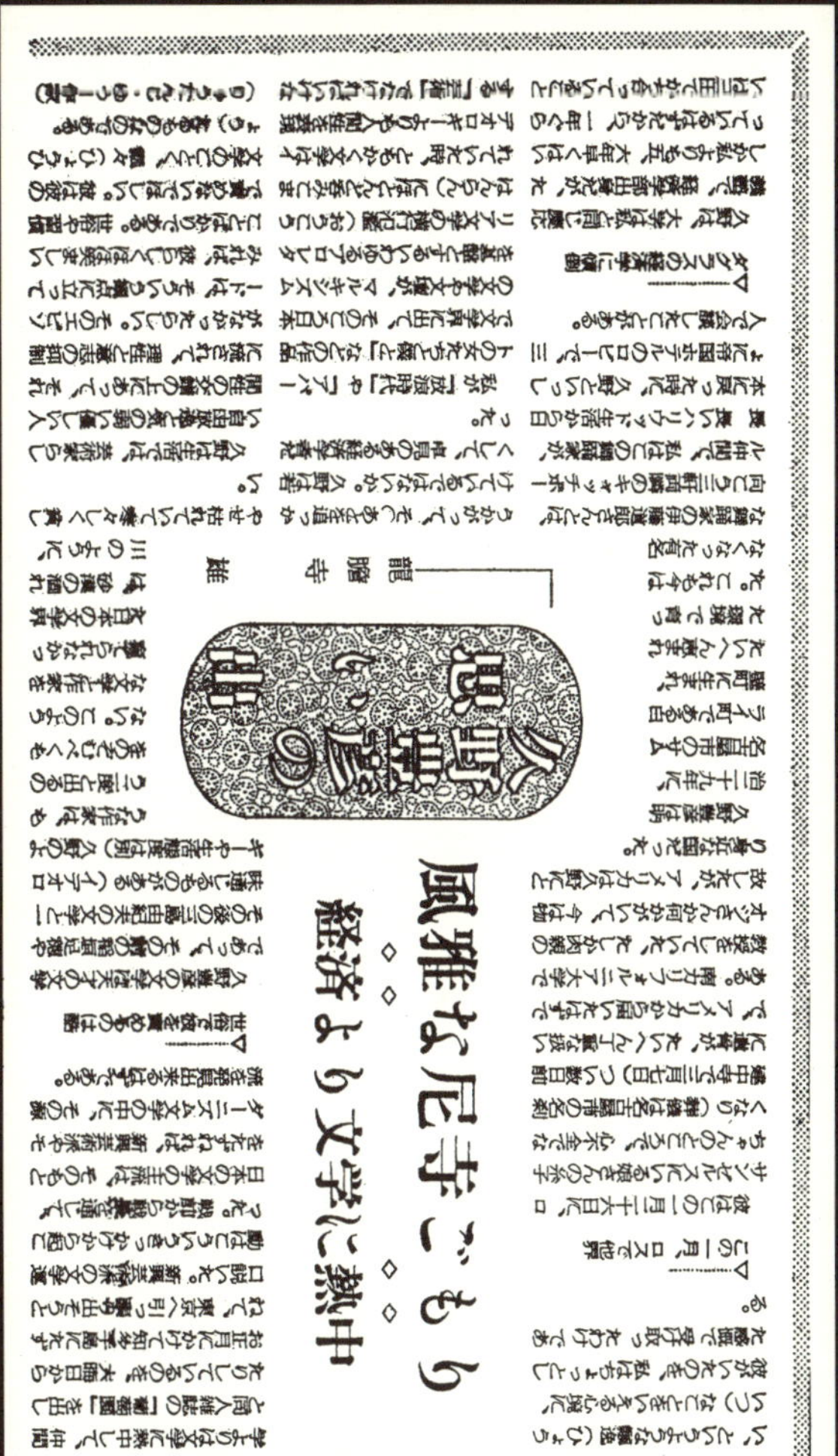

「久野豊彦の思い出」龍膽寺雄
（中日新聞 昭和46年 3月10日）

私の履歴書

I

私はキモノをきても帯しめるのを忘れているような実に、だらしのない人間なので履歴書などの必要なところには滅多に寄りついたことがなかった。それがこんどは必要だとあって全く戸惑ってしまった。パステルで自画像でも描いてみるより仕方がない。

私は明治二十九年、名古屋市に生れる。父は医者。私は生れ落ちるとすぐ祖父母の手で育てられた。祖父母は東区白壁町二丁目に住んでいた。尾張藩のサムライで明治の革命で、やがて官を辞すると広大な屋敷のなかに閉じこもり晴耕雨読の生活だった。私も少しずつ物心がついてきた。屋敷のなかには門が二つあり見渡す限りの芍薬畑《しゃくやくばたけ》、竹藪《たけやぶ》、果樹園、池、矢場《やば》など自然の風景のなかに家屋が点在し、そこに祖父母と叔父と私と一人の女中が住んでいた。夜になると屋敷の一隅にある火の神様の祠《ほこら》へ詣《まい》るのにチョオチンつけてゆかなきァならなかった。冬になるとよく狐がでてきた。叔父は医学校を卒業して軍医になっていた。折りから日露戦争のさなかであった。捕虜になって名古屋に来ていたロシアの将兵たちを屋敷へ案内し芍薬の花を観せたり矢場へ将兵たちを誘って青や黄や紅の美しい羽根のついた矢で弓を引かせたりすると捕虜たちは嬉々として戯《たわむ》れ興じていた。

戦争が終わると叔父は京都の大学で天谷博士に師事し生理学教室で研究することになって京都へいった。急に家のなかが寂しくなった。夜になるとランプの灯影で祖父は私に孟子を教えてくれるのだが、漢文は階段みたいに、上がったり降りたりで、なんと厄介なものだろうと欠伸《あくび》ばかりしていた。「おじいさん！　もう漢文は、あやまった。昔の話をして」というと「よしよし、それではお前知っているだろう。あの春田さんの大きな石垣の上から雨の降る晩に、よく大入道がでてカサさしてゆく人のカサをとりあげ見る間にカサを喰べてしまうのだ。恐ろしいぞ」。「それでは、おじいさんもカサ喰べられたことあるか」。「あるある」。「それで、おじいさん、どうした?」「腰がぬけてしまった」。「では、おじいさん! よっぽど腰抜けザムライだったな」。するとおじいさんは苦笑して「なんぼ化物には弱くたって人間に強けりゃいいじゃろう」。「いかん! いかん! へポ・ザムライだ」。こうして、私は昔の物語をききながら眠むってゆくのだったが翌朝になると祖父は鎧兜《よろいかぶと》に身を固めて私の前に現われ、ギラッと太刀《たち》を抜いて見せてくれた。

私は日がな一ン日、屋敷のなかを跣足《はだし》で歩るき廻るのが日課だった。跣足のまま座敷へあがってくるので、これには祖父母も弱りはて縁側に大きな雑巾《ぞうきん》を置いて足をふくようにと命じた。夕暮れになると樹木にのぼってお城を見ているのが楽しかった。私の入学した小学校は、ほど近くにあった。跣足ででかけて、よく先生に叱られた。家にいって草履《ぞうり》をはいてこいと先生が強要するので仕方なく草履をとりにいった。そのころの私のキモノは膝小僧《ひざこぞう》まるだしのミニ・スカートだし跣足だし、ジャングルにいる子供みたいだった。

私たちの屋敷の裏には軍神橘中佐のお住まいがあって、まだ少佐時代で幼年学校の校長をしておられた。少佐は夏になると蓮《はす》の花のひらく音をききに夜のひけぎわに跣足ででかけられたのでよく泥棒と間違えられたそうだ。少佐が花の音たててひらく身になってみて、花を驚ろかすまいとの深いお心づかいが子供心の私にも、ほのかに感じられそうだったが「おじいさん! 跣足は僕ばかりでない」。というと祖父母が口をきわめて「橘様は立派なお方だ。蓮の花の心をよく読んでいられたのだ。だが、お前の跣足は四つ足の跣足だから雑巾でよく綺麗《きれい》に足をふくんだよ」。ときびしく、たしなめられた。

橘少佐のお住いから生垣《いけがき》一つ越えると、そこには退職砲兵少佐、森川さんのお住があった。森川さんはパリ駐在日本大使館付の武官だったが、カトリック教を信仰しすぎて、ついに軍人から足を洗い名古屋に帰るとフランス語教授の看板をかけ自宅でフランス語の手ほどきしながら暮らしていられた。主税町に天主教の教会があったからだ。夏がくると森川家では広い庭にオルガンをもちだし暁《あかつき》の祈りを始められると、お隣の橘家でも少佐が井戸水で斎戒沐浴《さいかいもくよく》され白衣に竹刀《しない》をふりあげ庭の大樹に向って激しく竹刀を打ち込まれ、えい！　えい！　と物凄いカケ声がオルガンの音と讃美歌をたえだえにしてしまうのだ。あやうくカトリシズムとミリタリズムが正面衝突しそうな気配を感じさせるとき、生垣にさく名も知らぬ白い花の群が鎮静剤の役目を果してくれるので、どうにか事なきを得ていた。

2

春になると祖父の丹精こらした芍薬の花が夥《おびただ》しく増えて屋敷が炎《も》えるような気がした。それに花の匂がきつくて夜は眠むられそうになかった。徳川家から御奥方やお姫さんが馬車に乗って来られ、芍薬の花を御覧になり、そのあとで名古屋の初代市長の中村さんが御覧になると、祖父はうれしそうに、「どうぞ御自由にごらん下さい」という貼紙を門にするのだった。

おじいさん！　この花どうするつもり？　僕の友達がお金でわけてくれというのだが……すると祖父は俄《にわか》に顔色を変えて私を怒りつけた。（よく覚えておきなさい。わしはひと花とて売るつもりで咲かせたのでない。お前の友だちが花が欲しければ、いくらでも、さしあげなさい。しかし断じてひと花でも売ってはならぬぞ）。私は、こんな祖父の厳びしい顔を見たことがなかった。数年ぶりにロンドンの大学から戻ってきた叔父に話のついでに訊ねてみたら（おじいさんには科学の知識がないので駄目だけど、あれで科学者だったらメンデルのような立派な仕事をした筈だ。惜しいことだ）と云った。（それでは叔父さんは、なにを研究しているのだ）。（ながいこと心臓について勉強していたが生理学の書物には汗のことが全然のってないので、汗を研究しかけている。お前も大きくなったら誰もしてないことを勉強するんだぞ！）

私の通っていた中学校は愛知一中というランニングの好きな学校だった。私はジャングルの子供みたいに跣足《はだし》で毎日屋敷の中を走っていたので少しも走るのに辛くなかった。

この学校には独特な蛮風《ばんぷう》があって、その蛮風のなかには多くの知的な要素がふくまれていたので他校でみるような暴力団風のものではなかった。蛮風の親玉は日比野校長だった。学生たちはランニングをサボっては軒なみに停学の処分にされた。私も校長が走れ走れと口やかましく云うのもいいが、それなら自分も自宅と学校の通勤に自転車に乗らずユニフォーム姿で走ってきて、また帰っていったら立派なんだがな。このへんのところ少し解《げ》しかねるものがあると学友たちにいったら、運悪るく校長が背後で聞いていて忽《たちま》ち三日間の停学処分にあった。不思議なことに校長の「停学」には学生たちは微笑して甘受した。校長の人徳のせいにちがいない。しかし、蛮風は愛知一中だけではなかった。質はだいぶん、違うけれど学校から見える土手には雨ざらしになった大砲をめざし砲兵連隊から数名の砲兵が隊伍をととのえ大きな歯ブラシみたいなものを肩に担いで土手を登ってくる。こうして正十二時がくると午砲《ドン》をぶッ放つので、そのときはじめて市民たちは、もう正午だなと俄《にわ》かに空腹を覚えるが、午砲が大きな音響をたてすぎるので生れたての赤ん坊がヒキつけたり、柱時計が止ったりで蛮風の被害も相当大きかった。

3

中学校をどうにか卒業したので自分で呑気に勉強のできる学校をさがしていたら慶應大学の予科は授業が午前中というので私には最適な学校だった。午後は私の好きな勉強ができそうだった。経済学部に入った。哲学科の守屋謙二さん、独文科の加藤元彦さん、東大法科の熊沢孝平さんと私の四人で葡萄園という廻覧雑誌を始めた。毎月熱心に原稿を書いて大いに批評しあっていたが、もうそろそろ一カ年近くなったので、われわれの字を活字にしようと意欲に燃えてきた。三二ページの薄ぺらな雑誌を発刊することになった。みんなが、おっかな喫驚《びっくり》で創刊号の成行きを見守っていると、ぽつぽつ世評が耳にはいってきた。とてもいい。雑誌『葡萄園』は各書店に委託販売して貰っていたが、忽ち創刊号は売り切れてしまった。文壇や新進作家の集群のなかでも好感をもって迎えられたし、やがてこの名もなき雑誌が日本的に有名になってきた。

学校を卒業したので文筆稼業でもしてみようかと思案していると都合のいいことに日本大学から教鞭をとるようにと申し入れがあった。二足の草鞋《わらじ》ははけそうにもなかったが、やるだけやってみようと引きうけることにした。そのころ、日本文壇には革命がきていた。転形期だった。文壇はプロレタリア文学のもつマテリアリズムとギリシャの哲学者の主張した意味に於いてのディアレクティアに襲撃《しゅうげき》せられて防禦《ぼうぎょ》すべき新兵器を一つも、もってはいなかった。惟《おも》うに自然主義文学伝来の古風なリアリズムの表現だけでは手のうちようもなかったに違いない。しかし、プロレタリア文学それ自体も独自の表現形式がある訳でもなかった。そこへ現れたのが中河与一氏らの新感覚派や龍膽寺雄氏らの新興芸術派の一群だった。よくプロレタリア派と私たちは都下の大学や区役所のホールで大論争した。

私はかねてから京都でお住いだった土田杏村先生に師事して文学や経済学について教えを乞い指導をうけていた。先生は御病弱にも拘《かかわ》らず闘病生活のさなかでも書物を手放なされなかった。偉大な思想家だと敬服している。

小説が書けなくなると、私は東京を夜逃げでもするように知多半島の海ぞいの町大野の尼寺へ戻ってきた。朱楼の門をくぐると境内は白砂で、春になると爪草が赤、黄、咲きこぼれ柘榴《ざくろ》の花みたいな蟹《かに》が戯れている風雅な尼僧の寺である。ある日香港から吉行エイスケさんが手紙をくれた。名古屋で下車して訪ねる。電報みたいな手紙だ。吉行エイスケさんは淳之介さんのお父さん。キレイなモダァンボーイだ。タキシードをきて綺麗《きれい》にお化粧をしシルクハットのケースを片手にもって私の尼寺へ訪れてきた。西洋の映画にでもでてきそうなシーンだった。先ごろ日本にきたサルトルの男性化粧論にでも現れてきそうな吉行エイスケさんはこう云うのだ。(郷里岡山から番頭をつれてきたので手ごろな印刷屋を買取って、いよいよ『虚無思想』という雑誌を発刊したいです。ついては村山知義さんとあなたに支援を得たいと思ってやってきました)。村山知義さんは独逸から帰えると素ばらしい仕事をしたプロ派の第一人者で私も尊敬していた。吉行エイスケさんは知多半島のこの尼寺が気にいったのか、そのまま半月ばかりもここにいた。やがて、しばらくすると虚無思想が颯爽として発刊されたが、あるとき私がシルクハット、香港でかぶっていたのかと訊ねたら吉行さんは笑いながらあのシルクハットのケースは僕の財布でしたよ。と答えた。新興芸術派の作家だった吉行エイスケさんは新潮社から短篇集を二冊つづけざまに出した。いずれも異彩を放った作品だったが夏のさなかに突如、心臓麻痺で急逝した。実に惜しい人だった。二十歳そこそこの若い作家だった。夏蜜柑の白い花みたいないい匂いのする人で別れたら、すぐまた逢いたくなるような人だった。

そのころ、新感覚派や新興芸術派の作家たちは新らしい文学理論を基盤にして清新な作品を発表していた。中河与一、龍膽寺雄などの巨頭は素ばらしいいくつもの名作をのこして、必然的にプロレタリア文学を極めて遠い必要へ追いやってしまった。

4

そのころ、私も「シャッポで男をふせた女の話」という小説を骨折って書いていたことを想いだしては、今でもなつかしく思っている。日本大学でも講義はどうにかつづけていたが、芸術科を江古田に建設する仕事を押しつけられたのには弱った。世馴れぬ私には、なんとも荷が重すぎたが親しい人々の協力を得てやっと建設することができた。演劇科だの映画科だのあって、女性のようにくにゃくにゃした男の先生が白足袋はいて学生たちを指導している恰好は江戸情緒たっぷりというところだったが、やがて日本も物情騒然としてきた。時事新報社の記者だった和田日出吉さんと共同製作で「人絹」という社会小説を書きおろして第一書房から出版したことがあったが、それと前後して鐘紡社長を隠退して時事新報の社長となった武藤山治先生が無名の男に射殺されたり、青年将校たちが、ひそかに国情を憂い調査、研究して革新へ一路前進しようとしているうちに次第に国情は炎《も》えてきた。二、二六事件は雪のしんしんと降りつづく日だった。いまにも大雪の東京の頭の上を大砲の弾丸が往来しそうな切迫した朝だった。和田日出吉さんが(これから首相官邸へ行ってくる。くれぐれも後事を頼んだぞ)と云いおいて雪のなかで手をふりながら雪のなかへ消えていった。

ちょうどそのころ私は友人の大江専一さんとルーズベルト大統領が出版するOn Our Wayという書物の翻訳をしていた。この本は紐育《ニューヨーク》のジョンディという出版社から出版されることになっていた。女流作家のパールバックがお嫁にいった社で、桑港《サンフランシスコ》までゲラ刷を飛行機便で運び、そこから日本まで船積みという煩《わず》らわしい手間がかかっていた。私たちは、この原稿を時事新報に発表していたが、眼には見えないけれども、もう戦争が始まっていそうな気がしたので次ぎ次ぎと「戦争はもう始まっている」という叢書《そうしょ》を計画し出版していた。ルーズベルトのオンアワア・ウェイの次ぎにエンゲルブレヒトとハニゲン共著の『死の商人』、リー提督の『哩《マイル》と噸《トン》』など出版しているとき、私はアメリカにいる親友から重要な書簡を受取った。

5

「君はどう考えているか知らないが、アメリカとイギリスをひっくりかえすことは、地球をひっくり返えすことより難しいぞ。これだけのことは覚えておいてもらいたいね。君は宇垣大将のお宅をよく訪ねるのだから、ちかぢかのうちに僕を案内していってくれよ。とにかく大将のあいている時間を訊ねてみてくれよ」。私が少年時代白壁町で樹にのぼり一緒にハーモニカをふいていた伊藤道郎さんが、ひどく緊張した表情でいった。伊藤さんは一両日前アメリカから帰ってきたばかり。（僕そんなに大将のお宅へゆきァしないよ。大将が朝めしを喰べに来いと云われるので大将がどんなものを召しあがるかと思ってゆくんだ。僕が国立のお宅へゆこうと朝露のなかをゆくと先方から大将が馬にのって帰って来られる。朝の散歩にいってきたところだ。風呂に入るから、ちょっと待ってなさい。こんな風なんだぜ、大将の朝飯は果物とビールなんだ。ムッソリニの朝食は果物とミルクだったそうだが、本当にそうだったろうか）。すると伊藤道郎さんが（そんなことどうだっていい。早く大将に電話をかけて都合をきいてくれ）といった。伊藤さんは白壁町時代には私の家の真ん向いに三重紡績の社長をしていた工学博士の服部俊一さんが伊藤さんの伯父さんだったのでその邸宅から名古屋中学へ通学していたが、卒業すると東京の実家に帰りその足でパリへ芸術修業に旅たった。しかしピアニストになるか画家になるか決心がつかなかったので、ふたたびアレキサンドリアの港までひっ返してきた。すると大樹の下にいた占師が声をかけた。（お前さんは舞踊家になりなさい）と云ったので、ふたたびパリに戻って、それからダルクローズの舞踊学校へ入学した。ここはインターナショナルの学校で世界のすみずみから学生が集っていた。やがて第一次世界大戦が起って彼はロンドンへ避難したが、そこには有名な詩人イエーツがいた。イエーツは伊藤道郎さんのために「鷹の井戸」という劇詩を書いている。伊藤さんはロンドンで評判の舞踊家となるとアメリカへ渡りハリウッドに舞踊学校を設けて大いにアメリカ芸術を前進せしめた。その伊藤さんが日米スレスレのこのドタン場に血相かえて飛んできたのだ。

「日本の苦しみを理論的に話したらアメリカ人は理解できない国民ではない。時間をかけて話しこむことが先決問題だよ。僕はこの機会を逃さず、ざっくばらんに素直に話しこむことだと思うよ。なんとしてもアメリカと手を握ることだ。宇垣大将はただの軍人じゃない。大政治家だ。わからぬ筈《はず》はない」。約束の時間がきたので私たちは大将を訪れると大将はインギンに伊藤さんを迎えて密談数刻に及んだ。大将は玄関まで送りでて握手を交したとき大将の眼に涙が光っていた。それから数日後、伊藤さんは野村大使とアメリカへ出発した。

やがて戦争。むかし戦争は大名の学課だと云われたが、われわれは飛んだ目に遭った。学校では毎日のように日の丸の旗に署名をさせられたが、誰も帰って来なかった。学校を辞職して知多半島へ移る。戦争がすんでから名古屋商科大学に勤務。今日にいたる。

主要著訳書

（戦災によって消失したため記憶を辿《たど》って収録）

小説集　第二のレーニン　春陽堂

小説集　連想の暴風　新潮社

小説集　ボール紙の皇帝万歳　改造社
長　篇　人生特急　千倉書房
随　筆　蕃女の艶書［ママ］　第一書房
論文集　新社会派論　第一書房［ママ］

翻訳集　ダグラス派全集（編集・訳）　春陽堂
翻訳集　青年の計画ピトキン教授　第一書房
翻訳集　雪山の生活社　トレンカア　第一書房
その他多数

久野豊彦君を懐かしむ

守屋謙二

　久野君を私がはじめて知った、というより見たのは三田の綱町グラウンドにおいてであった。私たちが慶應に在学していたのは大正の後期であって、丁度早慶戦がなかった時代だったが、野球は盛んで、学生たちは学校のすぐ裏のこのグラウンドを使った。或る日私は草野球の一つを見ていると、素晴らしい速球の投手が活躍していて、見物人たちは「内村そっくりだ」といってその妙技に見ほれていた。いまの若い世代では「内村」が誰のことだかご存じない方が多いと思うが、それはいうまでもなく一高(旧制)の投手内村祐之で、その父は無教会主義キリスト教の内村鑑三にほかならず、親子ともに歴史に残るべき人である。当時、一高は野球がうまく、早慶にとって強敵であり、敗《ま》けた方はその翌年敵のグラウンドへいって戦った。確か一度は私もはるばる本郷の一高へいった経験がある。一高が強かった理由の主なものは「内村」がいたためである。而《しか》も彼は後には東大の精神病学者としても有名で、まだ健在であると思う。

　久野君を本当に知ったのはやや後のことで、彼は経済学部にいたが、文学が好きなところから、われわれ文学部の者と接近するのを求めた。塾(慶應義塾のことを「塾」、その学生を「塾生」、卒業生を「塾員」とわれわれは通称している)では経済などの他学部の者で文士や画家や音楽家や俳優などに転向したケースが多く、一種の伝統とさえなっている——実例は枚挙にいとまないほど。文学部の私の同級生に加藤元彦君がいた。彼は愛知一中(旧制、現在の旭ヶ丘高校か)の出身で、久野君と同窓だったから、おそらく彼を通じて久野君を知るようになったのであろう。「あ、あの男か」と草野球の投手を思い出したが、スポーツマンらしく挙止動作は極めて俊敏でありながら、丁寧《ていねい》な言葉使いで、物腰も柔かく、礼儀正しいのが第一印象であった。彼は令兄たちと天現寺の近くに一家を構えていて、通りから奥まったそのお宅を訪ねたことがあるが、私の記憶は余り定かでない。その頃彼を交えたわれわれの仲間で英語を勉強することとなり、バルザックなどの主としてフランスの小説の英訳をテキストとして使い、疑問があると、英語の先生にただした。ユーモア小説の佐々木邦先生は久野君のクラス担当者の一人だったから、彼は作家だという親近感からであろう、この先生からよく教わって来てくれた。当時われわれの仲間では久野君が一番英語ができたことは確かである。

私たちは卒業する二、三年前から、思い合わせたように、みな本郷の帝大(旧制、現在は東大)前の下宿へ移っていた。宿が近くのため、交遊はますますはげしくなった。文学青年の私たちは、東京ではおそらく文芸的雰囲気が最も濃厚な本郷——かつては芥川龍之介、川端康成などの帝大関係の人たちにより『新思潮』が何次かを重ねて出されていた——の地でいつの間にか『葡萄園』という回覧雑誌を作ることとなった。塾生では加藤、久野、私の三人、帝大の学生の熊沢孝平君(彼の兄はわれわれと同期の経済学部の塾生、四日市出身)、孝平君の目白女大へ通っていた妹の二人の友人など六名が同人で、時々集って、作品を批評し合った。孝平君は妹さんや親戚の法政大生(?)の一人や女中と近くに一家を借りていた。ここがわれわれの頃合いの集会所でもあった。私たちは回覧雑誌では物足りなくて、いよいよ印刷に付することとなった。その頃東京の諸大学、殊に慶應では文芸同人雑誌が盛んにと発刊されて黄金時代を迎えていた。塾の文学部の私たちのクラスを中心にしてすでに『プルリュード』、次に『群像』という雑誌を出していた。またこれらの編集などをリードしていたのが加藤君であったから、彼はその経験を活かして『葡萄園』の運営にも巧みに当ってくれた。

私たちは卒業を間近かに控え、卒論をもかかねばならず、短篇小説と論文との異質的なものがごっちゃになっていて、いつもノイローゼ気味であった。久野君は日本経済史に関する「徳政」というテーマで瀧本誠一先生に提出した。徳政とは、周知のように、鎌倉や室町の時代に諸種の負債を無効にする一種の貧民救済策やその法令のことで、さすが久野君の卒論らしいではないか。それを先生の自宅へ届けにいったが、その時、玄関へ出て来られた老教授の指先には、校正でもしていたままであろうか、赤インキがついていて、いかにも学者らしいと久野君は感心していたのを私は覚えている。こういうこまかいことに気がつくデリケートな神経こそ久野君に独特な資質であって、彼の文学も実はこうした日常の体験の積み重ねの結果であろう。

われわれは大正十二年三月に卒業しても、ここに一つの大きな難関が待ち設けていた。大学生の特権で猶予はしてあったが、いよいよ徴兵検査を受けねばならぬ。その結果の如何《いかん》によって人生行路もすっかり変わってしまうであろう。兵隊に採られるとなると、文学の夢など全く吹き飛んでしまう——このような危機感はいまの若い人々には到底想像もつかないであろうが。当時の久野君が最も真剣に考えたのはどうしてこの瀬戸際を乗り切るかであった。その場合、彼はいかにも医者の息子らしく実に徹底的手段を講じたのであって、すなわち減食して痩せることであった——骨と皮ばかりというほどでなかったにしても、少しはよろよろ衰弱していた。彼はこうして無事に文学に専念することができるに至った。

文学青年の久野君のイメージとしてまず想い浮ばれるのはオカッパ頭であり、それがいつ頃からのことかはっきりしないが、徴兵検査より後であったにちがいない。というわけは、検査を受ける時にはわれわれはみなイガ栗頭にしていたからである——少しでも検査官の心証をよくするために。現代の小青年が誰も長髪にしているのを見るにつけ、実に沈痛といってよい位の感慨に誘われる。久野君のオカッパ頭の淵源は、おそらく当時パリにあって世界的名声を博していた洋画家藤田嗣治のオカッパ頭であろうと思うが、久野君の当時の写真が私の手元にないから、その代り昭和四十三年九、十月に東京セントラル美術館で開かれた「藤田嗣治追悼展」(朝日新聞主催)のカタログに載せられた藤田の幾つかの写真を見ながら在りし日の久野君をつくづくと偲《しの》んでいる。彼のオカッパ頭がいつ頃まで続いたことであろうか、ゴマシオでもまだ藤田のそれのようであっただろうか、この点は彼の晩年に親しかった諸君におたずねしたいところである。或る意味で久野君の人間と芸術とを象徴するものはオカッパ頭であるとさえ私は思っている。

久野君は人に対し思いやりがあり、親切であったことは何びとも認めるところだが、その一つの極端な実例を私自身が経験している。私は久野君たちと一緒に大正十二年三月に塾を卒業することができなかった。その理由は必修課目の「心理学」の点がなかったからである。当時の一般哲学界では新カント派が全盛で、その論理主義に対し心理主義は軽蔑されていて、「哲学青年」でもあった私がそれに感染していたのかも知れないが、それ以上に心理学を担当していた先生の講義がつまらなく、余り教室へも出ず勉強を怠っていたがためでもあった。久野君は私の不合格を知って、「それじゃいけない、第一に郷里のおとうさんのためにも気の毒だ」といって、落第を覚悟していた私にはかまわず、彼自身で教務課へいって強引に掛け合い、とうとう小論文を出すことで点をもらい、私はやっと五月になり卒業することができた。だから私は卒業式に列するわけにもゆかず、謂《いわ》ゆる「五月卒業」という汚名を一生負わされてしまった。私はやがて半世紀に亘《わた》り塾で教師を勤めているが、卒業式の季節になるとそこはかとなく青春の日の「ふしだら」を想い出し、それと共に久野君の友情を懐しむのである。

『葡萄園』の創刊号は大正十二年九月一日に発行され、まさしく関東の大震災の時を同じうしている。世間に、文壇にどんな反響があったか、など考えることさえ許されないほど物情騒然たる東京であった。しかしそれにもめげず私たち四名の同人はひたすら文学に精進した。ことに久野君はめきめきと腕をあげ、創刊号〔ママ〕の短篇小説「靴」にはじまる名作を次々に発表して、その「テニチハ」をぬかしたりするユニークな文体や奇想天外なプロットをもって読者を魅了するところがあったから、われわれのうちで最初に新進作家として文壇へ躍り出た。当時、慶應ではその伝統的貫禄をもった『三田文学』が刊行されていて、しかもその編集者は私たちの友人勝本清一郎であって、また同誌へ寄稿するようにいつも勧められていたにも拘《かかわ》らず、私たちはそれに応じようとさえ思わなかった。その理由はちょっと解《げ》しにくいかも知れないから、この機会に弁明しておこう。『三田文学』が与党なら、『葡萄園』は謂《い》わば野党であって、われわれ同人は反骨的精神に燃えていたといえよう。久保田万太郎がわれわれを「どこの馬の骨だか」と評したことを聞いて来て、久野君はぶつぶついっていたが、この一例が示すようにわれわれ同人は三田の大先輩などに目をくれず、ましてその門下生になるのは潔しとしなかったのである。

　久野君のわが国の文学史における位置づけや評価については、岩波書店の『文学』の昨年八月号に嶋田厚氏が書かれた「久野豊彦ノート」を是非参照していただきたい。この一文は久野君の芸術活動に関し微細に亘り、かつ極めて適切に述べられていて、私の贅言《ぜいげん》を要しないからである、だから私はここでもう少しプライベートなことに触れよう。

　塾を卒業後われわれはもちろん就職することもなく（熊沢君はまだ帝大に在学中）、加藤、久野の両君は相変らず本郷の下宿にいた。また「葡萄園社」は熊沢君の家に置かれ、そこが編集などの事務をとるところとなった。私は卒業前から鎌倉円覚寺の或る塔頭《たっちゅう》に宿泊し、関東震災もそこで会い、その後は郷里大垣へ帰っていたり、上海へ遊びにいったり、また半年ばかりは富士の麓野にある農園に寄寓していて放浪を重ねることとなった。時々は雑誌のために原稿を携えて上京し、同人たちと歓談するのが楽しみであった。ところがいつの間にか久野君は劇作家長田秀雄先生の本郷曙町のお宅の離れに下宿していた。先生は兼ねてよりわれわれ同人を親切に指導しまた激励され、いろいろとご馳走にもなった。奥様は長崎生れで、もと画家志願だったといい、絶世の美人で、お子様はなかったが、その代りか黒猫を愛撫されていた。先生から「おしも」と呼ばれるその優姿と黒猫とがいかにもよくマッチして芸術家の典型的な夫人としてわれわれ若い者の心を惹くことが多かった。日常起居を共にしていて久野君はこまごまと奥様を観察していて、「お化粧くずれを恐れるためか、余り顔を洗わないようだ」と私にささやいたことがあった。また先生ご夫妻に伴してよく芝居を見物した。新国劇の澤正一座が赤坂溜池あたりのバラックの小舎《こや》で先生ご自作の「池田屋騒動」を演じた時もその一つである。

　震災のため東京の芝居小舎の多くは焼失し、また焼失しないものも、興行なるまでに可なり時日がかかった。そのような焦土のなかから華やかに咲きでたのが、小山内薫や土方与志一派の築地小劇場であった。謂わゆる「大正ロマンチシズム」の中に育ったわれわれ青年たちはこの小劇場が外題を代えるたびに押しよせて、主としてゴーリキーの「どん底」、チェホフの「桜の園」などの近代劇の新鮮な演技や舞台装置にすっかり虜となっていた。焼野ヶ原となってしまった東京が文化的に蘇生するためにいかに芸術が有力な推進力となったかを私たちはしみじみと経験した——今次の戦災の場合もそうであったが。
　確か築地小劇場の帰りであったか、私たちは長田先生につれられて日本橋の高級レストラン「鴻ノ巣」へはじめて立ち寄った。まだバラックだったがシャレたもので、われわれ書生には踏み入れる資格もなかったが、しかしそれ以後ここが銀座へのわれわれの「はしご酒」などの拠点となり、そればかりか、久野君にとっては栄光ある人生への出発ともなり、すなわち、令夫人「よっちゃん」との縁が結ばれたところであった。またせがまれるままに私はその愛嬢絲子さんの名付親ともなった。擱筆《かくひつ》するに当たりご遺族のご健康とご多幸を祈ってやまない。

（昭和四十六年臘月二十四日）

久野豊彦の記憶

中河与一

私の記憶にある久野豊彦という人は、一寸類のない天才として印象に残っている。

　印象の内容には逢った時の対応とか、行動とか、作品の持っている奇想とか、いろいろな条件があるにちがいない。素晴らしい人間と思っても、その作品をみてガッカリすることもあるし、作品が素晴らしくても、逢ってみて余りにもあたりまえの人間に思われて失望することもある。然《しか》し久野豊彦は何時《いつ》も私を失望させなかった。それは奇矯《ききょう》をてらうものでも特殊の才能を示そうとするのでもなく、自然な生活態度の中に何とない不思議な才能を感じさせた。

　私が初めて久野豊彦を知ったのは、『葡萄園』という同人雑誌を彼等がしていた時で、その雑誌には久野豊彦とか、守屋謙二とか、その他数人の人々がいた。一口云って徹底した芸術至上主義の雑誌で、香気と匠気にあふれたものであった。大体二〜三〇頁位ではなかったかと思うが、毎月のように創作や随筆が発表されていて、それらのものは非常に新鮮なものを持っていた。

　私は芸術の世界に於ては新鮮ということを第一に考えるのであるが、新鮮な感動を与えるなどは決してそんなにあるものではない。久野豊彦も守屋謙二もその点、実にきわだった特殊さをもって不思議な作品を書いていた。

　久野の方がより構造的で、守屋の方がより心理的であったように覚えている。二人とも実に優れた素質をもった人々で、私は新しく現われた二つの彗星のように彼等を思った。

　私が『新潮』の編集長であった中村武羅夫氏に推薦して、彼の作品が『新潮』に載ったのは何時頃《いつごろ》であったか。その題名も今は忘れているが非常に新鮮なものであった。

その頃の彼は頭を所謂《いわゆる》オカッパにしていた。あれはレオナルド・フジタの特許のようなものであったが、久野に於ても大変よく似あっていた。

当時ドイツでは表現派の運動が起り、イタリアではダダイズムが起り、フランスではシュール・レアリスムが起っていた。

第一次大戦後の何か人間が異常な心理に於て絶望から立ちあがろうとするあがきのようなもののある時代であった。吾々のやっていた新感覚派も、云わばそれらの世界的な潮流の中にあったもので、云ってみれば日本文学の歴史の中では、確かに特殊な時代を築いたものと云えた。そんな世界的な潮流の中で久野豊彦や守屋謙二も吾々以上に新しい試みをつぎつぎにしていた。

久野豊彦の文章で今も思いだすのは「レニンの胸の上を馬車が走って行った」とか「シャッポで男をふせた女の話」というような描写であった。

それらの奇想は余人《よじん》に許さぬ独特さをもっていて、然《しか》もそれが決して衒《てら》ったものではなく、自然なものとして感じさせるものを持っていた。

そんな彼が何時の間にか文学の世界から遠ざかって行ったのが今だに私にはわからない。

交友の関係からか、他に何か求めるものがあったのか――今もって私にはわからない。私は今もその才能を惜しみ、それをのばすことにどうしてもっと力を貸すことが出来なかったのかと残念に思っている。

彼はひと頃ダグラスの経済学なるものを主張して、所謂マルクス主義の経済学を批判したりしていたが、ああいう主張は現在の彼に於てはどうなっているのか知らない。マルクス主義は貧しいものの味方であるというたてまえに於て常に立派に見えるが、その事によって多くの理不尽《りふじん》が行われているという事実は見のがせない。その辺に問題があるように思うが、彼は文芸上の立場からそれを理論的に批判していたようであった。

私は知多半島の大野町であったか名古屋だったか医家としての彼の尊父のうちへ一度彼を訪問した記憶がある。殆《ほと》んど何も覚えていないが、少しうす暗い大きい家であったように覚えている。いずれにしても彼のような才能をもった青年が私の身辺から消え去ったことを惜しむ気持が切である。

然し今の彼はもっと偉大で大切なものを見つけて、そこに生きているのにちがいない。だから私の惜しむ気持などは久野豊彦にとっては余計で迷惑なことかもしれないが、私は私の気持をそのまま書くより仕方がない。地上に現われた美しい彗星が何処《どこ》かに行ってしまったということは、それを見た人間にとってはどうしても忘れることが出来ない。

今度彼を記念する文集が大学から出るそうである。そこへ場ちがいの私の文章などどうかと思うが、現代に於ける輝ける魂の一つとして彼の一時代のことを知っている自分としては、その頃のことを書かずにはいられないのである。その後の彼のことを私は殆ど知らない。然し今度の文集によってそれをつぶさに知るにちがいない。

昭和四十二年八月三日　箱根の山荘にて

久野豊彦の思い出

龍膽寺雄

この大好きな友人の思い出を、今書こうとは私は思いもかけなかった。昭和四十二年に名古屋商科大学の商学会が、その教授である久野豊彦の、古稀記念論文集を出すので、論文を一編よせてくれという直接の電話を彼からもらった時、彼は元気な、彼一流のていねいな声で「年をとってしまって申しわけない」といういいかたをしたので、つい私は笑ってしまった。年をとってしまって申しわけない、というような飄逸《ひょういつ》なことをいえる心境に、彼がいたのを、私はちょっとした感慨で受け取ったわけである。

この一月、ロスで他界

彼はこの一月二十六日に、ロサンゼルスにいる娘さんの糸子ちゃんのところで、心不全でなくなり（葬儀は名古屋市の名刹《めいさつ》建中寺で三月七日）つい数日前に遺骨が、たいへん丁重な扱いで、アメリカから届いたはずである。南カリフォルニア大学で教授をしていた、たしか肉親のオジさんか何かがいて、今は物故したが、アメリカは久野にとり身近な国だった。

久野豊彦は明治二十九年に、名古屋市のサムライ町である白壁町に生まれ、たいへん恵まれた環境で育った。これも今はなくなった有名な舞踊家の伊藤道郎さんとは、向こう三軒両隣のキャッチボール仲間で、私はこの舞踊家が、長い長いハリウッド生活から日本に戻った時に、久野といっしょに帝国ホテルのロビーで、三人で会談したことがある。

ダグラスの経済学に傾倒

久野は、大学は私と同じ慶應義塾で、経済学部出身だが、たしか私よりも五、六年早くはいっているはずだから、一年ぐらいは三田でかち合っていることになり、学部はちがうが、図書館ぐらいでは、知らずして出会っていたかもしれない。久野は文学者としてよりはむしろれっきとした経済学者で、昭和初期のマルクス全盛の時に、C・H・ダグラスの経済学に傾倒していた。経済はマルクスのように生産を基礎とすべきでなく、消費を基盤とすべきだと説くダグラシズムには、彼と同様私も賛成だった。今の産業を見たまえ、生産はすべて消費の顔色をうかがって、そのあとを追っかけているではないか。久野は若くして、卓見のある経済学者だった。

　私が『放浪時代』や『アパートの女たちと僕と』などの作品で文学界に出て、そのころ日本の文学や文壇が、マルキシズムを基盤とするいわゆるプロレタリア文学の横行《おうこう》氾濫《はんらん》にほとんど呑みこまれていた時、ともかく文学はイデオロギーよりも人間性を表現する「芸術」でなければいけないという思想で、社会主義文学の傾向に対抗するために、新興芸術派運動やモダーニズム文学運動でたちむこうと思いたったのは、久野のこの経済学に私たちが共鳴したのも、大きな動機の一つだった。

新興芸術運動のきっかけ

　私はこの文学運動を思いたつ前に、知多半島の大野の朱塗りの楼門のある尼寺に彼がこもって、風雅な生活をしながら経済学よりは文学に熱中して、仲間と同人雑誌の『葡萄園』を出したりしているのを、大晦日からお正月にかけて知多半島にたずねて、東京へ引っぱり出そうと口説いた。新興芸術派の文学運動はこういうきっかけから起こった。戦前から戦後を通じて、日本の文学の主流は、そのもとをたずねれば、新興芸術派やモダーニズム文学の中に、その源流を発見出来るはずである。

世俗で彼を責めるのは酷

　久野豊彦の文学は天才の文学であって、その前の稲垣足穂やその後の三島由紀夫の文学と一味通じるものがある(イデオロギーや生活態度は別)。久野のような作家は、もう二度と出るのをのぞむべくもない。このような文学と作家を育てられなかった日本の文学界は、砂漠の涸《か》れ川のように、やせ枯れていて寒々しく貧しい。

久野は生活では、芸術家らしい自由放逸と気の弱い優しい人間性の交錯の上にあって、それに流されて、理性と意志の抑制がなかったらしい。そのエピソードは、そういう観点に立ってみれば、彼らしくほほ笑ましいことばかりである。世俗や習慣で責めないでほしい。彼は彼の文学のごとく、飄々《ひょうひょう》たるものなのである。

久野豊彦 X・Y・Z

最近のアダ名から紹介する。彼は僧房《そうぼう》のような、いや実際僧房であるが、名古屋の奥の方の洞仙寺の境内にひっ込むと、なかなか出て来ない。一ヶ月ばかりの予定で其處《そこ》へ行っては三ケ年もいたり、早く上京すべき用事があるのにどうしても其處から出て来ない。原稿は書く書くと云って延すばかりである。そこで彼のニック・ネームは「のびのび久野」という事になった。

然《しか》しのばすだけに何か立派な事をして来る――これが彼の器量のいいところである。

何と云っても新興芸術派中きっての新興芸術派は彼をおいてはない。彼の工業科学的立場を見よ。ダグラス的経済説の咀嚼《そしゃく》を見よ。そして彼は何と云っても芸術派的小児病患者ではない。

彼が書くような作品は嘗《かつ》て日本では一度でも試みられた事がない。世間にはわからぬという説があるが、今では、わからぬ方が悪いという事になっているらしい。

彼は蛙《かえる》や雀《すずめ》や総《すべ》て生物《いきもの》に手を触れると、ゾッとする変な性癖を持っている。指の先きへ生物の温味が伝ると、彼は急に青くなる。

そこで彼は云うのであるが、

「僕は機械なら自由自在に操縦できるけれど生物だけは怖《こわ》いような気がする」

だが生物の中でも人間だけは、とりわけエロチシズムは嫌いでないらしい。彼の前後にはなかなか沢山の友達や先輩がいる。又彼の作品には、エロチックな主人公が出て来て、シャッポを愛したり、小形の飛行機を乗廻わしたり、誠にワイセツな事である。

彼は二食で押し通すが、二度とも肉をたべぬと身体の工合が悪いと云っている。

これは長い習慣から来ているのか、或いは身体に故障があるのか、肉を食べさしておくと彼は満足している。その有様は、宛《あたか》もかの鷹のように強く無趣味な鳥族に類している。

但《ただ》し鳥族と云っても、此頃《このごろ》の彼のように肥《ふと》りだすと、次第に空中を飛行するには困難を来たしはしないかと気になって仕方がない。

彼はトランプや花のような家庭的な勝負事には全然興味が無いらしい。だが概して西洋音楽には甚《はなは》だ造詣《ぞうけい》が深く、特に現代のジャン・コクトオの周囲にいた作曲家の一群に対しては、熱烈にして誠実なる愛情を注いでいる。即《すなわ》ちオネガ。ミロオ。それからこの派から今は離れている前時代のエリック・サティ。

彼は彼等に就いて話す時は、何時も謹厳《きんげん》な顔つきをする。如何《いか》に彼が真面目な芸術家であるかという事が察せられる。

その他の趣味と云えば、ベース・ボール。

筆者は嘗《かつ》て、彼の僧房、洞仙寺へ行った事があるが、彼はさすがに其處《そこ》でもスポーツだけは忘れられないと見えて、片田舎の小学児童を寺の庭に集めて熱心なコーチをしていた。彼は全くボールのように飛び歩くのが好きだ。彼のようにあちらこちらと飛び歩く男は稀れである。

大体彼は何でもかんでも、スポーツマン・シップで解決する癖《くせ》がある。そこに彼の朗《ほが》らかさがあるのであるが、中学時代には、いろんな専門学校から投手として彼を迎えに来たそうである。但《ただ》し文士の野球団、ゲイ倶楽部だけは、威張《いば》ったもので、彼に二、三回投手をさせ、後は誰れかに変えたという事である。

彼は人と話をしていて「誠《まこと》らしい嘘《うそ》」を云うか、「嘘らしい誠」を表示する事が出来ると全く愉快そうな顔をする。然しこれは自身が告白しているように悪癖《あくへき》かも知れない。

だが、彼は一体人ずれがしているのか、内気なのか？誰れもわからない。

座談会などでもシャベリだすと、殺気立つほど真剣な顔をして、マクシタテルかと思うとプッツリ黙り込むと一言も発しなくなる。

然しそんな時、彼は突然、彼が年来の空想の地、アメリカを考えているのかも知れない。そこには彼の叔父さんが、即ちカルフォニヤのバアクレーで四十年来大学教授をしている筈である。そして叔父さんはいい齢《とし》をしながら、毎日樹の上に部屋をこしらえて、其處で勉強している筈である。

だから彼もアメリカへ渡って、叔父さんのように、その樹の上で頻《しき》りに小説を書きたがっているのに違いない。彼の空想は生き生きと何時も不思議な光を持っている。

さて彼は樹の上ならぬ洞仙寺境内から出ると、何時も海岸へ出かけてゆく。そして知多湾ののんきな風景を眺めたり、舟にのって隣の漁村へ遊びに行ったり、又山にのぼったり、彼の生活は、全く楽しそうで平和で、あそこにいると「のびのび久野」になるのも、もっともと思われるが、但し戒めておきたい。

久野よ。いくらのびてもいいが、マカロニのようにのびてしまってはいけないぞ！

さて久野豊彦は現代の若い英雄である。最も輝ける日本の花形である。

［この匿名記者は龍膽寺雄と思われる――編者］

海もまた花の内側をのぞくみたいに幾つも
の秘められた海がなかからひらいて　そこには
一口に云って　ただ　水の構図とだけは云
いきれぬものが存在している
盆の月でもあろうか　空に大きな穴があい
ている　波の音がして海は見えないが
南からくる大きな波と北からくる
大きな波のかち合う音でもあろうか
それとも月にみがかれた柔らかい小川
のような波のうねりかあるいは不意
に海が空の場所を占領し次ぎに
空がまた海を投げたおして自分の場

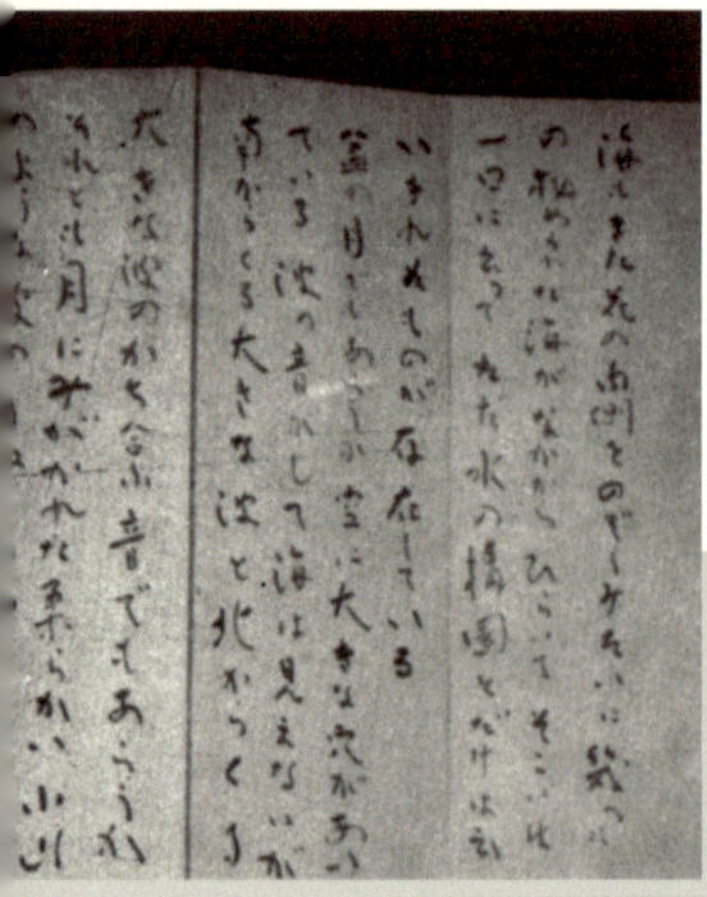
海もまた花の内側をのぞくみたいに幾つも
の秘められた海がなかから　ひらいて　そこには
一口に云って　ただ水の構図とだけは云
いきれぬものが存在している
盆の月でもあろうか　空に大きな穴があい
ている　波の音がして海は見えないが
南からくる大きな波と北からくる
大きな波のかち合ふ音でもあろうか
それとも月にみがかれた柔らかい小川

所へ登ってゆきそうな　そんな大きな
波でもあろうか
天にかかる白い砂丘の径をいま私
は黙々と登っている　白い砂の
上にある白い小径を
行手に　ざくろの花が一杯道しるべ
みたいにこぼれ落ちている
近づくとそれは花の流れではなく
蟹の群なのである　白い砂の壁に私
とその私の黒い影とが動いてゆく

昭和三十年　於　大草

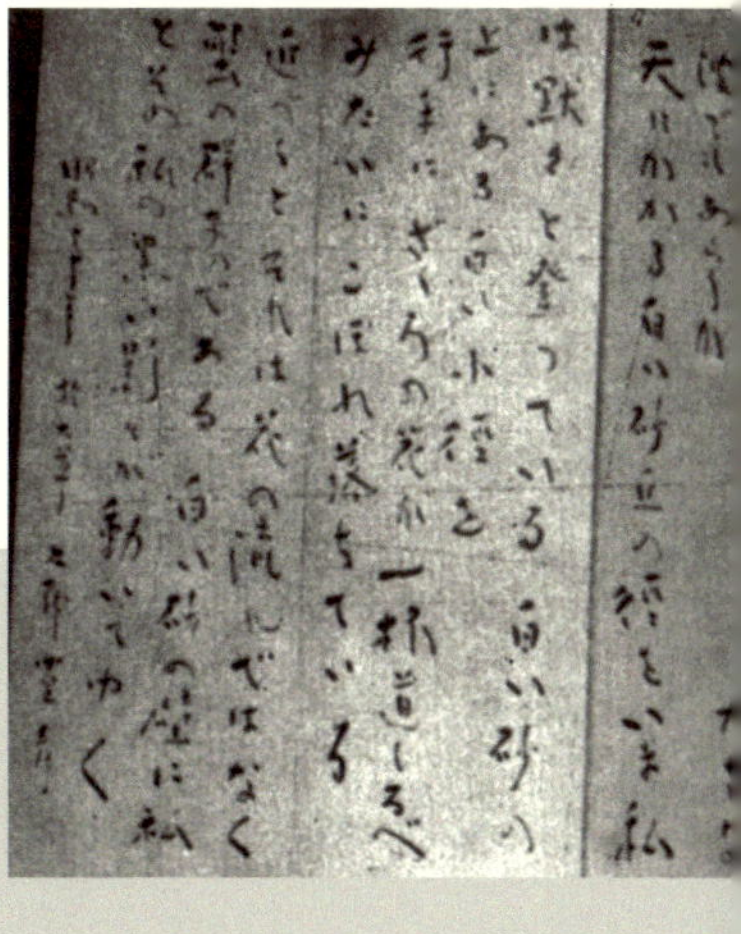

追悼集『すみれの花』(昭和47年)より

久野豊彦の風景

最期の寓居 大草町

知多半島　大野海岸

吉行エイスケも『虚無思想』発刊の相談に訪れた
尼寺・洞仙寺　朱楼の門

晩年の久野豊彦

妹の小松種子宛に
ロスに旅立つことを伝える手紙

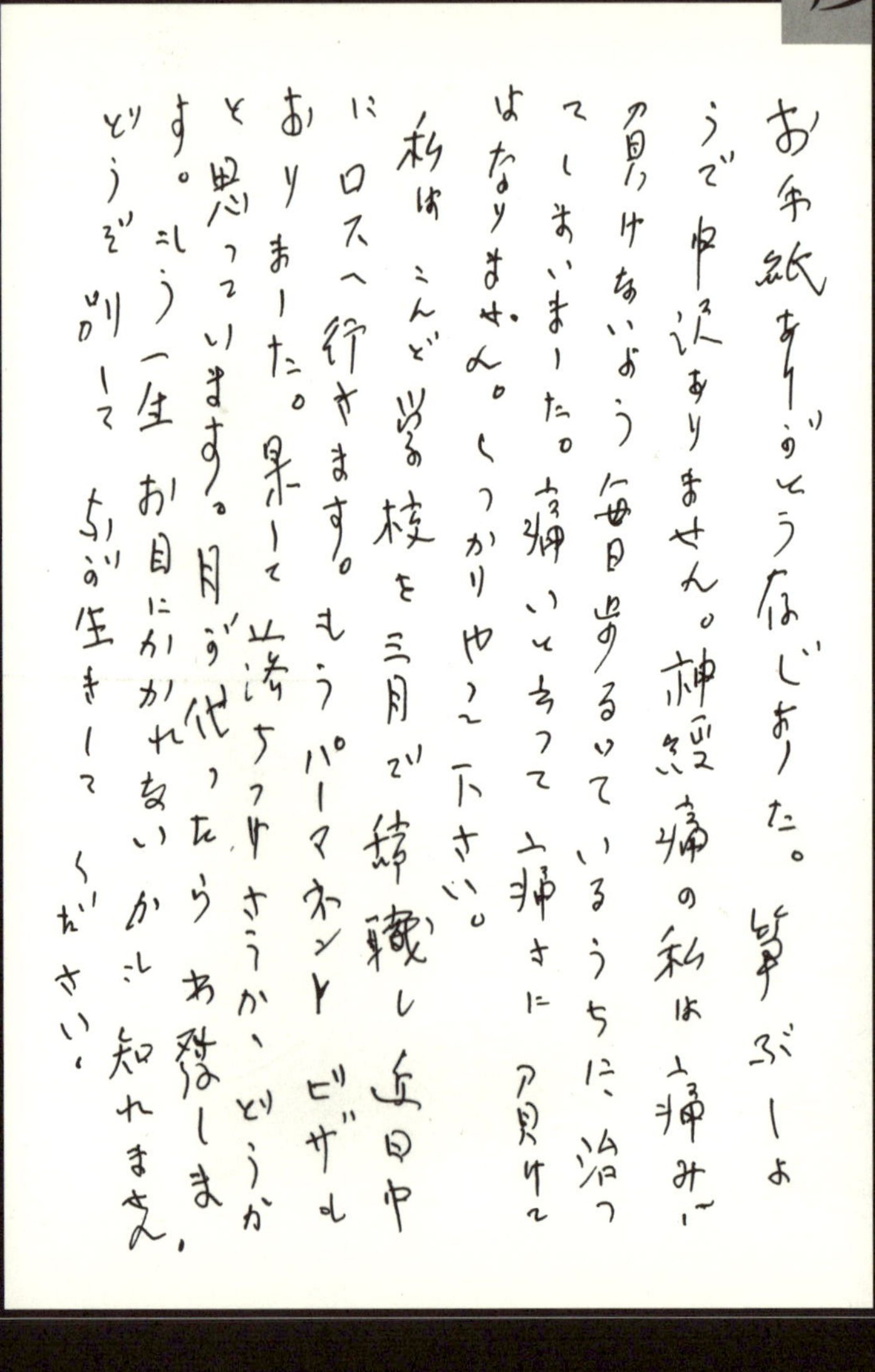
お手紙ありがとうございました。御ぶしようで申訳ありません。神経痛の私は痛みに負けないよう毎日歩るいているうちに、治つてしまいました。痛いと云って痛さに負けてはなりません。しつかりやつて下さい。

私はこんど学校を三月で辞職し近日中にロスへ行きます。もうパーマネントビザもおりました。果して落ちつけさうか、どうかと思っています。月が代ったら出発します。もう一生お目にかかれないかも知れません。どうぞ別してちゞの生きしてください。

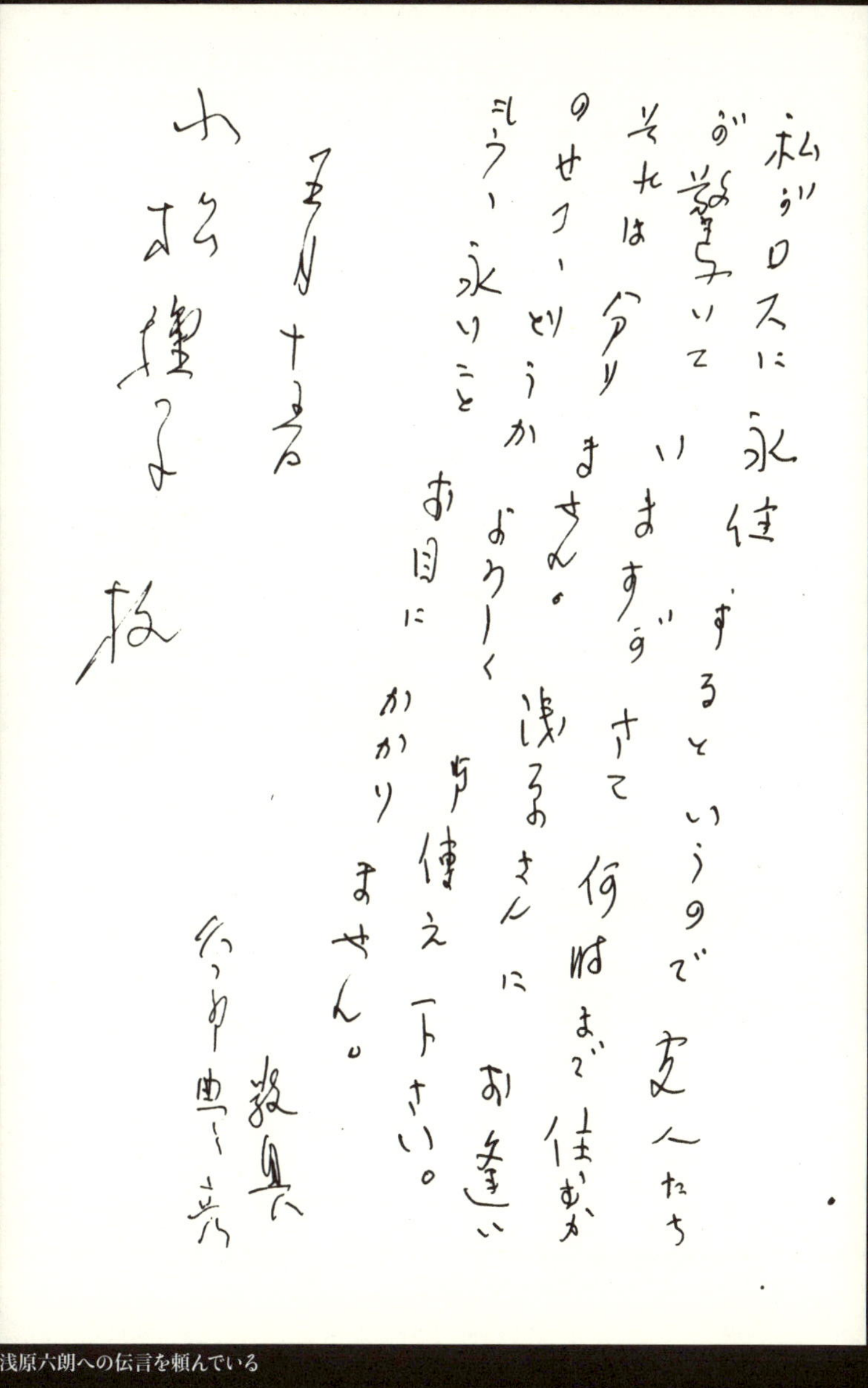
私がロスに永住するというので友人たちが驚いていますがさて何時まで住むかそれは分りません。浅原さんにお逢いのせつ、どうかよろしくお伝え下さい。もう、永いことお目にかかりません。

敬具

五月十日

浅原六朗への伝言を頼んでいる

名古屋商科大学では
演劇部の顧問となる

渡米直前、大野町にて

渡米後、絲子さんと名古屋商科大学学長を迎える

名古屋平和公園墓地に眠る

5 解説

『葡萄園』表紙

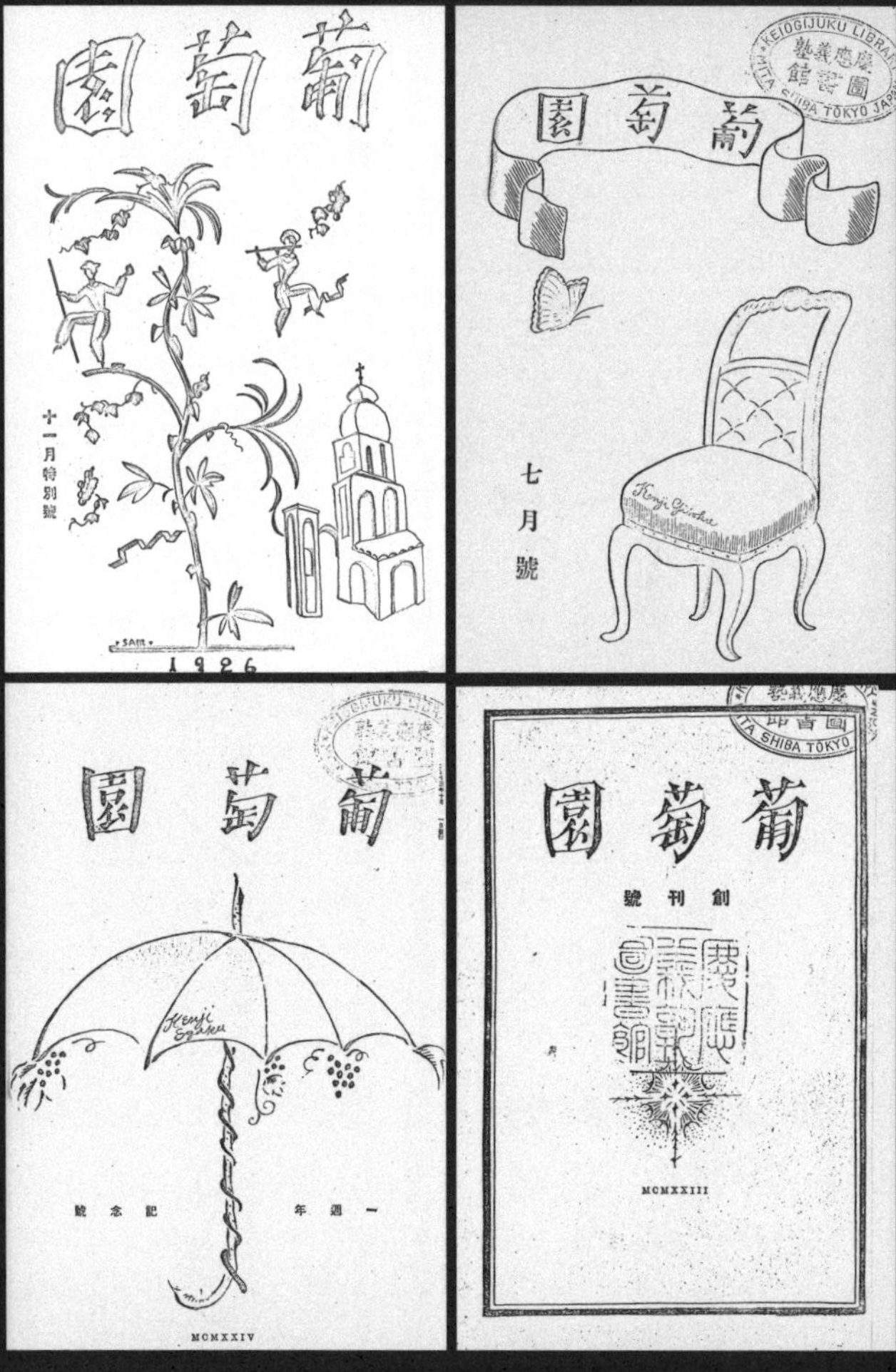

嶋田 厚

解説

嶋田厚

文壇を駈けぬけた前衛中の前衛

今ではすっかり忘れられている久野豊彦という小説家は、日本でのエリック・サティのもっとも早いファンの一人であった。こう言えば、あるいは当時、モダニズムの尖端的作家と称されていた久野さんの突出ぶりの片鱗が、今日の読者にも感覚的に伝わるかも知れない。

　この久野さんがいわゆる「新興芸術派」の中心メンバーとして、文壇で独特な活躍を見せたのは、一九二〇年代の後半から三〇年代の半ば、つまり大正末から昭和初頭にかけてのわずか一〇年ほどの間だった。

　木登りの好きだった久野少年が、遥か遠くに眺めていた第一次世界大戦の前後から、欧米先進社会のさまざまな領域で起こった大変化の一端として、芸術の分野での胎動が、いわゆるアバン・ギャルド(前衛)たちの手によって開拓され、近代芸術《モダン・アート》ないし二〇世紀文学として新しい次元を生み出していく。こうした流れが、日本にも本格的に波及するのは、関東大震災で東京の姿が一新する大正末、久野さんが木登りから離れて、慶應大学に入学したばかりの頃である。

　本来、前衛という言葉は、政治の世界、とくに社会主義運動の中で産まれたものだが、それが芸術の世界にも流用され、前衛芸術という言葉がある時期から若い世代の人気を呼んだ。どちらも革命的な変化を求めるという点で共通するわけで、政治前衛と芸術前衛との間に起こった交流と反発の歴史には興味深いところがある。

ともあれ、日本の前衛芸術家として、今でも辛うじて浮かぶ名前は、早くはダダイスト・(高橋)新吉、西脇順三郎や滝口修造、また村山知義や岡本太郎といったところだろう。しかし、小説家はと聞かれれば、恐らく、なかなか思いつく名はないのではないか。タルホがいるぞというタルホ・ファンもいるかも知れない。確かに稲垣足穂がそうした一人であったことは、早くからほかならぬ久野さんが認めている。しかし、実のところ、後にそれぞれ全集が出るほどに多くの読者を持った横光利一、川端康成、中河与一、堀辰雄や伊藤整などもまた、みな若き日には前衛作家として世に現れた人だったのである。そうして、当時の彼らによって熱い視線を投げかけられていた人物が、実は、トップ・ランナーに成長していた久野さんであった。

「新興芸術派の諸作家が何時の間にか自然主義伝来の文章を叩きこわしたことを、僕はあれは大したものに考えている」という室生犀星の重要な感想をよそに、前衛中の前衛だった久野さんは、わずか一〇年、アッと言う間に文壇を駈けぬけて、再び戻ることはなかった。

久野さんが文壇から去ったということについては、後に見るとおり、それなりの事情があったのだが、たとえそうでなくとも、それは久野さんの自由であって、はたがとやかく言うべきことではない。だからと言って、記録に値するものを記録するのが文学史の役割であって、そこから久野さんの仕事までを消し去ることを許すわけにはいかないと思う。
このたび、幸いなことに、こうして久野さんの代表的な作品を、改めて今日の読者の前に供する機会を得ることができた。この他にも、数々の短篇と、さらには、刊行と同時に発禁処分を受けた唯一の長篇小説がないわけでもない。だが、おそらく、久野さんの真価を見てとるには、ここに集められた作品群で充分であろう。もちろん、評価は読者のご自由である。当時は判らない、判らないと言われた久野さんだが、その文学の類いまれな面白さに、今ならば素直に共感する人々の数は、決して少なくはないと思われる。時代の方が、ようやく久野さんに追いついたのである。

なお巻末に、この不思議な作家の足どりをできるだけ正確な資料にもとづいて年譜におさめた。自分を語ることのなかった久野さんの唯一の、そして彼らしい短い自叙伝と、彼を知る人の久野像をまとめた終章を、どうかこの年表と対照しながら読んで頂きたい。

近年、書物の世界でむずかしい翻訳ものの影響か、文学に限らず、自国の作品集にも巻末に解説がつくのが習慣化している。一般に、本文の前に解説を読む読者と、その逆の二種類があるようである。どちらでもいいようなものだが、解説を書く身にとっては多少考えざるをえない。文学作品ならば、後者に組して、場合によっては、いっそ、解説文などない方がいいとさえ思うときがある。とは言え、今回のようなケースでは、なにぶんにもこれらが書かれて七〇年の歳月がたった現在、図書館のほこりまみれの書棚から忽然と蘇ったこの作品群を、いきなり裸でポンと差出すわけにはいかないだろう。

以下、過剰包装とならない程度に、そのバックグラウンドに関する若干の補足的なコメントを述べて、大方の読者、なかんずく若い世代に便宜をはかりたい。

未来の萌芽を感知するセンスと実験科学からのヒント

久野さんの七〇年にわたる生涯、とりわけ、その前半生を歴史年表に重ね合わせて見るとき、彼がいかに激動の時代の児《こ》であったかが判然とする。もちろん、彼ばかりでなく、その世代のすべてが同様であったことは言うまでもないが、久野さんの場合、驚かされるのは、こうした時代のさまざまな領域で起こった大きな変化の核心を、その波頭つまり尖端部分で洞察してしまう、その不思議なセンスである。「あまりにも時代に先駆けた」と言われた久野さんではあるが、実際には、むしろ、その時々の変化の内に隠れた未来の萌芽の意味合いを、因習や先入観にとらわれずにリアル・タイムで読みとってしまう内蔵されたレーダーに突き動かされていたと見た方が適切だろう。

もの心のつき出した頃に始まった第一次世界大戦。そのさなかに起こったロシア革命。文壇に出て間もなく起こった世界大恐慌。国内で見れば、第一次大戦の思わぬ余禄で、明治に始まる工業化は飛躍的な発展を見せるが、それも束の間、関東大震災で首都は壊滅。さらに復興間もなく、世界恐慌の前触れのような不況に見舞われるのは、社会主義運動の根絶やしを図る治安維持法が制定されて程なくであった。

この時期の日本の社会は、まさに経済史の術語を超えて、生活全般に及ぶ二重構造によって形成されていた。新しく近代化した大都市と、明治以来というよりは幕藩体制以来変わらない農村といった際立った対照を保ちながらの共存がそれである。フォードやGM

のタクシーが街路に行き交い、デパートやカフェーのネオンがまたたく銀座や道頓堀と、舗装道路もガスもなく、洋服姿も見当たらず、すべての作業が手作業で行われ、娘の身売りが現実に行われていた農村地帯とが、狭い日本の中で同時に存在していたのが当時の実状であった。おそらく、現代の若い世代にとっては、イメージすることさえ困難なこの時代と言えようが、そうであったからこそ、当時の知識人や学生の間に、社会革命への熱望が生まれ、やがてそれが強権による徹底的な弾圧によって逼塞《ひっそく》を余儀なくされるや、今度は逆に、右翼と軍部が人口の半数を占める貧しい農民層の潜在的な共感をバックに、西欧的な自由主義と資本主義への強い敵意をかざして政治的に進出する。

念のため、お断りしておくが、こうした社会的な事件や事態の推移は、今でこそ書物の上での抽象的な出来事の羅列と見えようが、久野さんにとっては、そのそれぞれが、その場、その時に身をもって体験し、その都度、いろいろと感じたり、考えたりせざるをえなかったナマの現実だったのである。

こうして見てくると、名古屋で医師の二男として生まれ、御三家の城下町に残る宏大な屋敷に育ち、慶應ボーイとなって兄弟で東京に遊学できた久野さんは、こうした時代を生きた人々の中で、明るい場所を歩んだハッピー・フューだったことが判ってくる。彼が文学の世界と出遭ったのも、当然、こうした道の中での出来事だったのである。

久野さんがどんなきっかけで文学に熱中するようになったのか、という点については、実は良く判らない。大学での専攻は経済学部である。東京の借家で同居していた親しい妹の種子氏の回想では、入学したての予科一年の時、留年となって大変しょげていたという。

多分、その頃の久野さんは野球に夢中のノン気な慶應ボーイだったのだろう。翌年、ほとんど一緒に暮らしたことのない生母の死を看とる。加えて、もう一人の同居人、四つ年上で慶應を卒業後、銀行員となった兄の文彦が後々まで劇作を続けていたというあたりに、そうした土壌が用意されたのかも知れない。本人もピアノを弾き、久野さんの友人だった作曲家の小松平五郎に嫁して、後々まで親しくつき合っていた種子氏によれば、この兄の方がふつうに言われる文学的才能があったのではないかと言う。ともあれ、その後は、守屋教授の追憶にあるような形で、『葡萄園』に至る文学への急傾斜が開始される。

当時にあって、同人雑誌の発行は珍しくも何でもない。専攻を超えて、学生たちの間に流行した同人雑誌ブームは、今日のメール通信のブームに似ている。問題は、久野さんがどうして、初めの初めから、着想といい、文体といい、それまでに類例のない新しい創作を始めたかにある。

一九二四(大正一三)年一〇月に雑誌『文芸時代』が創刊された。創刊直後から、「新感覚派」の雑誌と言われ、文学革命の拠点と見なされて注目された。早速、新感覚とは何かということがいろいろと議論に上がり、横光と並んで代表格であった川端康成が、「新感覚的表現の理論的根拠」として「表現主義的認識論」と「ダダ主義的発想法」の二つを挙げ、それぞれ代表選手を列記してみせたが、その二つを併せ持つものに、何と横光と並べて、無名の同人誌『葡萄園』の諸氏を挙げてみせた。『葡萄園』と久野さんの名が一躍、文壇の新人たちの間で注目されたのは、まさにこの時であるが、この発言以前に『葡萄園』はすでに一〇冊を刊行していた。

また、こうした議論のつづきの中で、新感覚派の作品には、堀口大学が訳出したポール・モーランの『夜ひらく』の影響が強いといった意見が広まり、その筆頭に久野豊彦の名を挙げる者さえ出たことがある。確かに久野さんはモーランに強い関心を寄せ、世のモーラン熱が冷めた後まで、モーランへの敬愛を変えることはなかったが、しかしその処女作「靴」が執筆されたのは、雑誌が出る前、明らかにモーランが紹介される一年も前のことであった。

ここで、読者も読まれてその風変わりさに驚かれたであろう「満月の島」を取上げてみよう。珍しく書かれた作者解説によれば、これは三年も前から構想されていたもので、ベートーベンの「スプリング・ソナタ」の形式をそのまま文字に移植したものだと言う。

「私は、この〈スプリング・ソナタ〉の定石が、音楽の定石とも言うべき形体をもっていたために、これを選んだにすぎなかったが、もとより、文字とかまたは言葉のコンビネエションは、音楽における音色のコンビネエションとは、だいぶん、質的に大いなる差異がある。文字は、あくまで、形象的ないわゆる、絵画的なものであるに反して、言葉は、かなりに音楽的である。これら二つの異端の徒を巧妙に結合させることは、そもそもはなはだ至難の試みである。私はかかる冒険的な試みは、成功したとは勿論思わないが、しかしながら、仕あがった作品には従来の小説とは、全然、趣きの変わったものであったことは確かだ」。

ここに示された作者の創作態度こそ、久野さんの全作品に通貫したものである。この態度は、彼の創作原理の実践にほかならず、それはまた、彼の芸術観とストレートに一体化している。この選集には、さまざまな機会に書かれた文学論の収録も考えたのだが、結果として小論文「連想の暴風」一篇に留めた。久野さんの考えは、ほぼ、ここに尽きていると判断したからである。久野さんほどに、終始一貫、単純明解に、自説を貫徹した人はいない。小説が言語の芸術である以上、その組合せの中以外に新しいリアリティが産み出されるわけはない。それがすべてで、ほかにはない。一見、あまりにも単純すぎるこの観方は、E・A・ポオの「構成の原理」やE・パウンドの考え(「文学のＡＢＣ」)と呼応している。原理は単純だが、そこから派生する問題は、考えて見ればきりがない。題材の選択とそのための技術的工夫。成功するかどうかは、やってみなければ判らない。

　視点を変えて、別の角度から例を挙げよう。以下に引くのは、作風では全く対蹠《たいしょ》的な私小説作家嘉村磯多《かむらいそた》が書いたオヤッと思わせる優れた久野評である。

「その小説は独逸の本を調べて書かれたものだそうで、苦渋の跡も多い。奇妙な小説である。全体として、ブロッケン山の妖魔の正体を常識的に掴むことはできないが、そして、何処《どこ》が何《ど》う成功で、何処が何う失敗と一口に言えないけれども、私の読んだ中では、「ある廃王の随筆」「彼と彼女」「北京の頃の娘」「シャッポで男をふせた女の話」などと共に、官能と色彩の魅力に富んだ久野さんの最もよく出た優れた代表的作品の一つだと思う」。

　今、これを引いたのは、「何処が何う成功で云々」といったその言い方に注目して頂きたかったからである。実際、当時の文壇で久野さんの作品ほど「判らない」という批評を受けたものはない。文芸時評や合評会で彼の作品が話題になるたびに、判らんという批評か、あるいは褒《ほ》めても「何処が」という点を明確にできずにただ褒めるという応援かの二種類しかなかった。典型的な例として、『新潮』の合評会の模様を挙げておく。なお、文中、中村とあるのは、新興芸術派の事実上のパトロンで、雑誌『新潮』の大編集長だった中村武羅夫《むらお》のことである。

中村　久野氏の「虎に化ける」というのはどうも分からない。
龍膽寺《りゅうたんじ》（雄）　あれは久野の作では出来がいい方じゃない。
中河（与一）　然し、ああいう風な自由自在な筆を持っている人は稀れで、私は矢張り感心したのですが……。
浅原（六朗）　あれは久野君の連想の暴風だね。
岡田（三郎）　僕には分からんね。
浅原　あれは文章の魔術だと思う。飄々乎《ひょうひょうこ》として風の如く人外に駆けて行く所なんか、隙間なく、可笑しいね。
中村　併し、分析的に見て行くと、全部に疑問を持たなければならない。
浅原　あの人の連想は、兎《と》に角《かく》、独特だね。
中村　そういう所に特異性はあるけれども、あまり一人だけの特異性で、多少の共通性がないと困る。
龍膽寺　そうでもないでしょう。現に彼の作品に惚れている読者が相当いるんですからね。
中河　僕も惚れている方だね。この作品は出来が悪いと誰かが言ったけれど、僕はむしろいい出来と思った。

川端(康成)　あれで少しも読みにくくないのは、不思議な才能だね。

中村　細君が豆自転車に乗って出て来る所なんか、……虎は噛んで咀嚼すると思うけれども、そういうことがどうしても分からない。何だか真面目に考えるのも困るし……

浅原　誰も分からないでしょう。あの人のはアレゴリーを持っているわけでなし、シンボリカルでもない。実に妙な風に出来ていて、誰でも感じで以てははァと肯《うなず》くより仕方がないと思う。説明は出来ない。

おそらく、これを読んだ久野さんは、中村武羅夫の反応に思わず吹き出しながら、しかし、説明できずにハハァと肯かせるそこのところをどう計画的に書き上げるのか、それこそ作家の仕事ではないかとひとり呟いたことだろう。それにしても、『葡萄園』時代から久野さんが迷うことなくやり通してきた「我が道」は、傍目《はため》で見るより、遙かにつらいものがあったに違いない。ただ、その陰には、一つの意外な動機が隠されていたように思われる。実は、それは久野さんと科学との関わりであって、その点、また、別のエピソードの紹介から始めよう。

一九二二(大正一一)年。アインシュタインが来日し、久野さんはその講演を守屋教授とともに聞いている。話はよく判らなかったが、久野さんは博士の黒いつば広の帽子がすっかり気に入り、早速、真似をしてそれを冠ったという。これは守屋氏が久野さんの尖端好きの一例として語ってくれたものだが、そこにはもう少し、深い意味があったのではないか。もちろん、相対性理論そのものを理解したはずはないけれども、少なくとも、それがニュートン的自然像を一挙に変革した仕事だったということを久野さんが知らなかったわけはない。久野さんにとって、科学もまた永遠の法則ではなく、時代とともに変化する一連の探究なのだということを、その身で示した博士の顔を何ともまばゆいものとして感じただろう。この時、久野青年の頭に浮かんだものは、七〇歳になってなお自伝の中に書き留められた、あの「叔父さん」の教訓ではなかったか。

久野さんの身近な周囲に音楽家がいたことは前にも触れたが、義弟の小松平五郎の実兄が作曲家の小松耕輔だったこと。さらに若くして死んだ弟の久野梓も音楽家だったことも付記しておこう。しかし、同時に、父をはじめ親戚縁者に医師の多かったことの指摘なしでは片手落ちになる。その作品の随所に出てくる、手術室の風景や断片的イメージは、こうした背景と切り離すことはできない。しかし、特に注目されるのは、今触れた「叔父さん」こと、生理学者久野寧《やすし》氏の存在である。後に名古屋大学の名誉教授。文化勲章ならびに学士院賞受賞者という肩書きを持つこの叔父とは、祖父の名古屋白壁町の屋敷で起居をともにした幼年時代から、最後まで親しい間柄にあった。「私の履歴書」で語られているように、汗の研究で世界に知られた科学者である。子供の頃から、懐《なつ》き、慕っていたこの叔父を通して、久野さんは一般に知られない科学者の実地の仕事を知るようになった。久野さんが実際、その実験室を覗いたかどうかは判らない。しかし、その仕事が、どのように合理的に計画され、そのプランを進めるために、どれほど手足を動かし、しかも、多くの失敗を繰りかえしながら行われるしんどい試行錯誤の連続であるということ。小さくとも一つの成果、一つの発見のために費やされる多大な時間と技術的労力。おそらく、久野さんは、こうした身近な見聞をとおして、科学の世界もいわば前衛の探究によって推進され、書き替えられていることを、身にしみて感じ取ったに相違ない。実験科学のこの仕事ぶりを、単純で連想好きな彼は、そのまま、文学の世界に持ちこんだ。大人になって、文学に関わりだした久野さんは、叔父さんに言われたとおり、「誰もしてないこと」にひたすら熱中する。彼に迷いはなかったのである。何かというとそこに閉じこもる、大好きだった知多海岸の尼寺の一室は、久野さんにとって、まさに籠《こ》もるべき実験工房だった。

新社会派ムーブメント

話が変わるが、久野さんがこうして創作の実験にとり組んでいたとき、信じられないかも知れないが、都会の書店の新刊売場は、マルクス主義を中心とするいわゆる左翼出版物一色で溢れていた。文壇においても、中村武羅夫が「誰だ？　花園を荒す者は！」を書いて、いわゆるプロレタリア文学による文学の政治化を牽制したのが一九二八（昭和三）年。しかし、そう言いながらも、この『新潮』の大編集者が、自分を取り巻く、さすがに党活動には距離を置いて、なお依然としてハッキリした左翼的な言説で評判の評論家の面々を決して遠ざけようとはしなかったことからも判るように、満州事変後の文化領域への大弾圧までは、若いインテリ層の左傾は止まるところを知らなかった。久野さんの小説の中にも、デフォルメされた形ながら、実にしばしば、この「危うい」話題がちりばめられているのはご覧のとおりである。プロレタリア文学に対立したいわゆる近代芸術派の作家たちの多くも、反対するのは文芸の世界への侵犯であって、それを離れた社会的な場面では、秘かにその運動に対して心情的に許すところがあったと見てよい。近代を知った知識人なら、誰もが自国の二重構造がもたらす悲惨な現状を見ないわけにはいかなかったからである。

ところが、ひとり、プロレタリア文学だけでなく、それを支えるマルクス経済学そのものの無効をはっきりと宣言して、論陣を張ったのが、保守でも右翼でもなく、それをもっとも嫌った久野さんだった。やがて、新芸術派の中から、吉行エイスケ、龍膽寺雄、浅原六朗がそれに追随して、「新社会派」を名乗ることになる。この一見、意外な成り行きを理解するには、まず久野さんが、「徳政」研究を卒業論文のテーマに選んだ一個の経済学徒であったことを想起する必要がある。新感覚の創作実験に没頭しながらも、彼は社会科学を忘れていたわけではない。「徒然草一巻」をデディケートした相手は、『葡萄園』以前から私淑していた土田杏《きょうそん》村である。日本において最も早く、最も深く研究を進めていたこの杏村を介して知ったC・H・ダグラスへの傾倒が始まったのは、昭和三年以降だったと久野さんはみずから言っている。ケインズ革命の前駆と評価されているこのダグラスは、マルクスに代わる新しい経済政策の提案者として、恐慌前後のイギリスで注目を浴びていた。ダグラスの訪日した際の講演題目が、(もちろん、久野さんも聞きに行っている)「金融に対する工学的方法の適用」であったことからも判るように、今日の社会工学につながるその学説は、尖端に敏感な久野さんにとって、いわば高圧電流のような衝撃を与えるのに充分だった。過去に生まれたイデオロギー的対処でなく、新しい科学的で技術的な計画こそが、二重構造の解消に何より有効なのだと、久野さんの直情が信じたのである。確かに、久野さんの夢が第二次大戦後になって、ケインジアンの考えを採用したいわゆる「国民所得倍増計画」となって実現したことは、そこに流れた無残な時間を含めて読者のご承知のとおりである。

ダダグラシズムに共鳴した久野さんは、その紹介のため翻訳を含めて活発な評論活動を開始する一方、作家としても、どうにかして小説の中にそれを盛りこもうと腐心するうちに、科学のアナロジーによって、純粋小説と応用小説という枠組みを考え出し、後者としての「新社会派文学」の創出に着手する。かつて新興芸術派の旗の下に集まった若い世代の作家たちが、社会を離れて専ら人間心理の分析や描写に活路を見出していくのを眺めながら、古い見方とは言え、プロレタリア文学が何よりこだわった社会の問題が、その後退によって文芸の世界から急速に消えて行くのを、かりにも社会科学を学んだ久野さんは黙って見過ごすことは出来なかったのである。しかし、その努力の結果、一応の完成を見せた初めての長篇小説も、官憲によって発行禁止の処分を受ける。そうでなくとも、この試みに大きな無理のあることを、久野さん自身誰よりもよく知っていたのであろう。前衛たりえなくなった久野さんは、黙って文壇を離れ、やがて、身を預けた日本大学芸術科の教壇も降りて、知多海岸に隠棲する。晩年、終焉の地となったアメリカでのわずか一年にも満たぬ滞在が、その生涯での初めての海外旅行だったという事実は、あのコスモポリティズムに溢れかえった小説世界に触れた読者にとって恐らく、一つの驚きであろう。

この不思議な一冊の書物は、出版界の困難なこの時期にもかかわらず、発行に踏み切って頂いた工作舎社長の十川治江さんとルーティンを超えて造本と装幀にかかわってくださった鈴木一誌さんの応援がなければ、到底陽の目を見ることはなかったろう。また、不躾《ぶしつけ》な質問に快く答えてくださったご遺族のシュライバー・久野・絲子さんにも、お二人とともに厚く御礼を申しあげる。

平成一四年二月四日

久野豊彦年譜

一八九六（明治29）年

9月12日、医師久野東英の次男として名古屋で生まれる。久野家は遠州久野城主以来の名門で、近くは尾張徳川家の藩士であった。豊彦は生まれて間もなく、武家町の白壁町の広大な屋敷に祖父母の手で育てられた。ここで一番若い叔父の久野寧（後に生理学界の重鎮となった名古屋大学名誉教授）と起居をともにした。なお、年長の叔父である久野芳三郎は、はやくに渡米し、カリフォルニア大学バークレイ校教授として、日本研究のパイオニアであった。

一九一七（大正6）年

山吹小学校、県立愛知一中をへて、4月、慶應義塾大学（経済学部）に入学。兄と、後に妹と共同生活をする。

一九二三（大正12）年

3月、大学卒業。9月、守屋謙二らと同人雑誌『葡萄園』を発刊。創刊号の「霊魂の轢死」以降、ほとんど毎号のように実験的な作品を発表しつづける。なお、この頃家父の縁で本郷にあった長田秀雄宅に仮寓する。

『葡萄園』

一九二五（大正14）年

1月、川端康成が創刊間もない『文芸時代』に、「新進作家の新傾向解説」を執筆、新感覚の代表として、横光利一らとともに無名であった「葡萄園の諸氏」と名指して注目を呼んだ。

9月、『文芸時代』に「一九二〇年代の人間紛失」を発表。

一九二六（大正15）年

4月、復活した『三田文学』に、「ある転形期の労働者」を発表。この前後から知多半島の大野町にある洞仙寺に長く滞在することが多くなり、吉行エイスケがはじめてここに訪れる。

10月、『新潮』新人特集号に「桃色の象牙の塔」を発表。これが久野のいわゆる文壇へのデビューとなる。

一九二七（昭和2）年

『第二のレエニン』
（昭和2年 春陽堂）

3月、『文芸時代』の終刊を受けて創刊された『手帖』の同人となる。12月、最初の単行本である短編集『第二のレエニン』を春陽堂から刊行。

『手帖』創刊号
（昭和2年3月）

一九二九（昭和4）年

近藤嘉子と結婚。長女絲子誕生。やがて新居を杉並区阿佐ヶ谷2丁目に構える。

一九三〇（昭和5）年

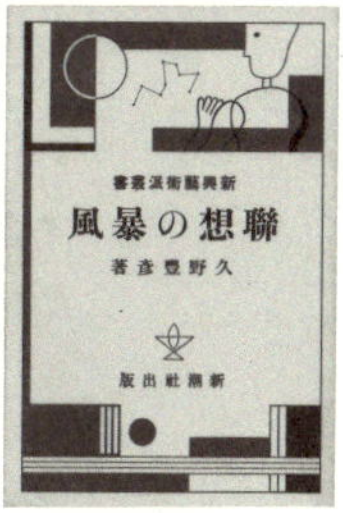

『連想の暴風』
（昭和5年　新潮社）

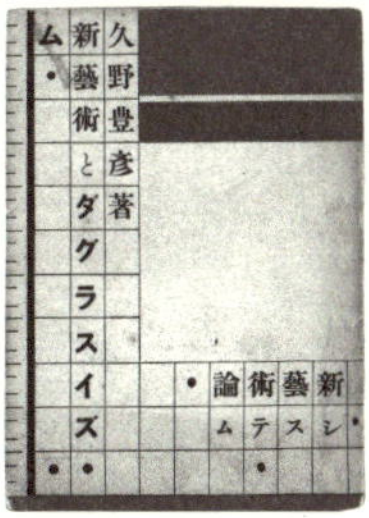

『新芸術とダグラスイズム』
（昭和5年　天人社）

『ボール紙の皇帝万歳』
（昭和5年　改造社）

1月、「月で鶏が釣れたなら」を『新潮』に、2月、「ダグラス印象記」を『新潮』に発表。同月、新興芸術派の事実上の母体となる『近代生活』の同人になる。4月、短編集『連想の暴風』を新潮社から、5月、評論集『新芸術とダグラスイズム』を天人社から、6月、「ある廃王の随筆」を『新潮』に、さらに7月、短編集『ボール紙の皇帝万歳』を改造社から出版。また10月、浅原六朗・龍膽寺雄との共同制作による「一九三〇年」を『中央公論』に発表。

『文学時代』
（昭和5年4月号「虎に化ける」収載）

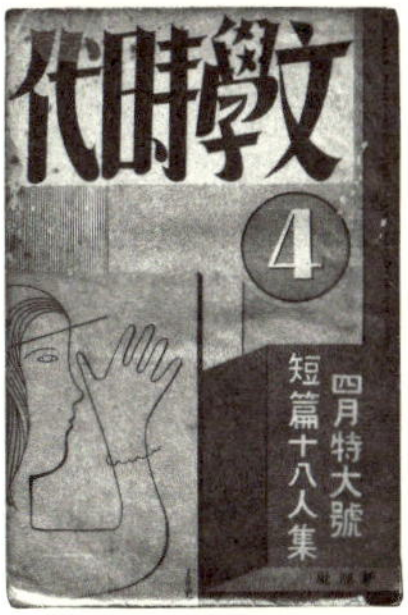

『近代生活』
（昭和5年5月号「ブロッケン山の妖魔」収載）

昭和初期発刊『新興芸術派叢書』全24巻

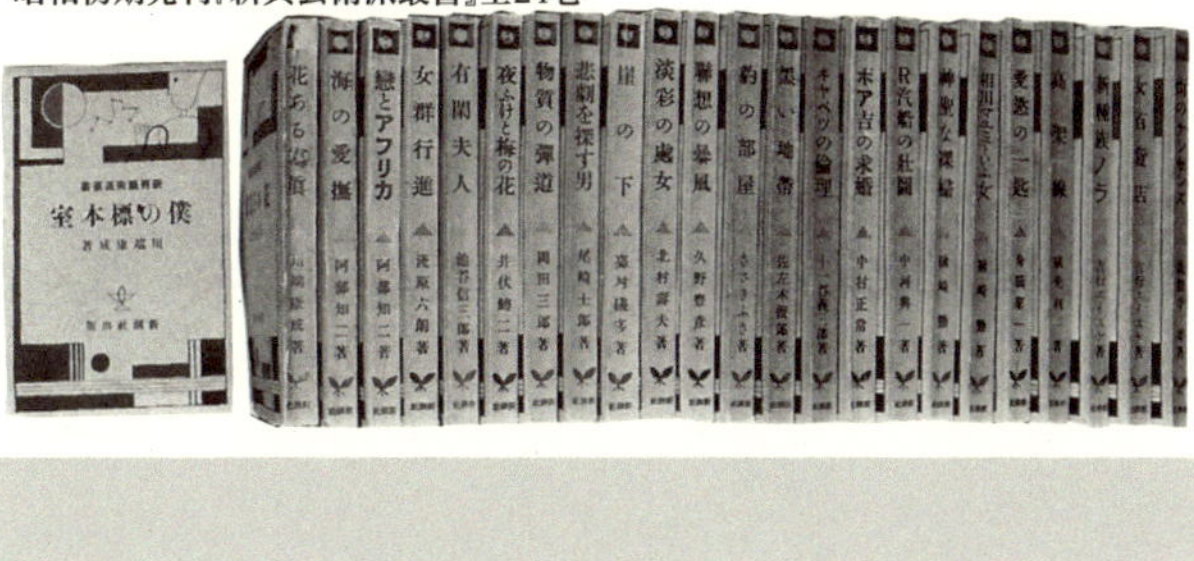

一九三一（昭和6）年

1月、「強制主義と集中主義を排す」を『新潮』に発表。また前年より連続的に公刊されていた『ダグラス派経済全集』（春陽堂）のうち第6巻と第8巻を訳出。

一九三二（昭和7）年

『新社会派文学』
（浅原六朗と共著 昭和7年 厚生閣）

『艶文蒐集』
（昭和7年 第一書房）

6月10日から10月7日にわたって、経済小説と銘打った長編小説「人生特急」を日刊紙『時事新報』に連載。11月単行本として千倉書房より刊行されたが、直ちに発行禁止の処分を受けた。理由は明らかにされていないが、久野の独自な資本主義批判、なかんずく、銀行攻撃の戯画的な描写がそれを招いたと思われる。また5月、浅原六朗の出資による「RBC」（レッド・アンド・ブルー・クラブ）に龍膽寺、吉行とともに参加。これは新社会派の実験活動の一環として、兜町に進出し、経済活動の実体験を目指そうとしたものであった。6月、「不景気と失業」を『新潮』に発表。7月、浅原六郎と共著で評論集『新社会派文学』を厚生閣から、10月、エッセイ集『艶文蒐集』を第一書房から刊行。

一九三五（昭和10）年

以前から出講していた日本大学で本格的な芸術学部の確立を目指し、江古田への移転を含む体制の整備のため、正式な教授および参与として、深く関与することになった。

一九三七（昭和12）年

8月、『山岳征服冒険記』を叢書の一冊として講談社から発行。

一九四四（昭和19）年

3月、日本大学を辞して、知多半島大野町に疎開、以後、再び東京に戻ることはなかった。

一九五三（昭和28）年　名古屋商科大学（はじめは短期大学）の教授に迎えられ、後に図書館長、商学科長を歴任、演劇部の顧問を楽しんだ。なお、この間、隣村の知多市大草に移る。

一九六七（昭和42）年　9月、『久野豊彦教授古稀記念論文集』（名古屋商科大学論集　第12巻）が編纂され、「ダグラシズム」および「私の履歴書」が掲載された。

一九七〇（昭和45）年　3月、名古屋商科大学を停年退職。6月、長女で当時アメリカに在住していたシュライバー・絲子に招かれて単身渡米。

一九七一（昭和46）年　1月26日、滞在先のロサンゼルスで死去。

一九七二（昭和47）年　6月、追悼集『すみれの花』が名古屋商科大学演劇部久野豊彦先生追悼出版委員会によって編まれた。

追悼集『すみれの花』
（昭和47年　名古屋商科大学
演劇部久野豊彦先生
追悼出版委員会）

単行本目次一覧

1927

「第二のレエニン」

昭和2年12月5日 印刷
昭和2年12月8日 発行
春陽堂

目次

1930

「連想の暴風」

昭和5年4月5日 印刷
昭和5年4月7日 発行
新潮社

目次

—了—

1930

「新芸術とダグラスイズム」

昭和5年5月18日 印刷
昭和5年5月22日 発行
天人社

目次

目次

1930

「ボール紙の皇帝万歳」

昭和5年7月5日 印刷
昭和5年7月8日 発行
改造社

目次

1932

「新社会派文学」(久野豊彦、浅原六朗 著)

昭和7年7月6日 印刷
昭和7年7月9日 発行
厚生閣書店

☆印……共著
★印……浅原六朗 著

1932

「艶文蒐集」

昭和7年10月20日 印刷
昭和7年10月25日 発行
第一書房

艶文蒐集

初出一覧

I ブロッケン山の妖魔
短編小説

1 ブロッケン山の妖魔（『近代生活』昭和五年五月）
2 靴（『第二のレエニン』所載）
3 徒然草一巻（『葡萄園』大正十三年十月）
4 黴の生えたレンズ（『ボール紙の皇帝万歳』所載）
5 李大石（『連想の暴風』所載）
6 虎に化ける（『文学時代』昭和五年四月）
7 植物の心臓について（『新潮』昭和八年十二月）
8 司祭ワイエルストラッス（『新潮』昭和五年十二月）
9 シャッポで男をふせた女の話（『新潮』昭和三年七月）

2 猫の耳
詩・言葉とタイポグラフィの冒険・掌編

1 猫の耳（『葡萄園』大正十三年四月）
2 乳房（『手帖』昭和二年八月）
3 蟻（『手帖』昭和二年八月）
4 ひる過ぎて…（『葡萄園』大正十三年四月）
5 人道主義…（『三田文学』大正十五年七月）
6 われら及神の耳（『葡萄園』大正十四年十二月）
7 満月の島（『葡萄園』大正十四年三月）
8 フロック・コオトの男（『手帖』昭和二年十月）
9 海底の鼻眼鏡（『手帖』昭和二年三月）
10 怪談（『手帖』昭和二年六月）
11 色合戦（『手帖』昭和二年四月）
12 虎が湯婆をかかえている（『近代生活』昭和五年三月）
13 足のない水泳選手（『艶文蒐集』所載）
14 時間（『三田文学』昭和三六年二月）

3 連想の暴風

芸術論・エッセイ

1 **連想の暴風**(『文学時代』昭和五年五月)
2 **兜町と文学**(『艶文蒐集』所載)
3 **新宿新風景**(『新潮』昭和七年三月)
4 **萬年筆**(『艶文蒐集』所載)
5 **動いて仕方ない**(『文学時代』昭和四年十月)
6 **ポオル・モオランから私へ**(『文学時代』昭和四年十二月)
7 **ジャン・コクトオの手袋**(『艶文蒐集』所載)
8 **ミチオ・イトウのこと**(『新科学的』昭和六年六月)
9 **満月吟花?**(『新潮』昭和四年十一月)
10 **中河与一氏は本当に青年紳士である!**(『艶文蒐集』所載)
11 **天真爛漫・龍膽寺雄**(『新潮』昭和六年二月)

4 私の履歴書

自伝・追悼文

1 **私の履歴書**(『久野豊彦教授古稀記念論文集』名古屋商科大学論集第十二巻、名古屋商科大学商学会発行、昭和四二年)
2 **久野豊彦君を懐かしむ　守屋謙二**(『すみれの花　久野豊彦先生追悼集』名古屋商科大学演劇部　昭和四七年)
3 **久野豊彦の記憶　中河与一**(『久野豊彦教授古稀記念論文集』)
4 **久野豊彦の思い出　龍膽寺雄**(『中日新聞』昭和四六年三月一〇日)
5 **久野豊彦　X・Y・Z**(『新潮』昭和五年七月)
6 **海もまた…**(『すみれの花　久野豊彦先生追悼集』)

編者略歴

嶋田厚……しまだ・あつし

昭和4年、東京中野に生まれる。

文化学院、学習院大学、法政大学大学院を修了後、明星学園、桑沢デザイン研究所、東京造形大学を経て、筑波大学に勤務、平成4年退職、名誉教授となる。

文学、コミュニケーション、デザインにかかわる理論と歴史を主とする文化研究に従事。『デザインの哲学』(講談社)他、著書・論文多数。モダニズム文学、とくに久野豊彦については、「久野豊彦ノート」、「久野豊彦と新感覚派」(以上雑誌『文学』岩波書店)、「文学にあらわれたモダニズム」(南博編『日本モダニズムの研究』ブレーン出版)がある。

久野豊彦傑作選　ブロッケン山の妖魔

発行日　二〇〇三年三月一〇日

著者
久野豊彦

編者　嶋田 厚

発行者　十川治江

編集協力　上杉葉介

ブックデザイン　鈴木一誌＋藤田美咲

製本・印刷　株式会社フクイン

発行　工作舎
editorial corporation for human becoming
〒150-0046　東京都渋谷区松濤2-21-3
phone: 03-3465-5251　fax: 03-3465-5254
URL: http://www.kousakusha.co.jp
e-mail: saturn@kousakusa.co.jp
ISBN4-87502-370-7